幽都少年行

满座衣冠胜雪 著

青岛出版集团 | 青岛出版社

图书在版编目（CIP）数据

幽都少年行/满座衣冠胜雪著. —青岛:青岛出版社,2022.5
ISBN 978-7-5736-0083-7

Ⅰ.①幽… Ⅱ.①满… Ⅲ.①长篇小说－中国－当代 Ⅳ.①I247.5

中国版本图书馆CIP数据核字（2022）第037759号

YOUDU SHAONIAN XING

书　　名	幽都少年行
作　　者	满座衣冠胜雪
出版发行	青岛出版社
社　　址	青岛市崂山区海尔路182号
本社网址	http://www.qdpub.com
邮购电话	18613853563
责任编辑	龚雅琴
特约编辑	孙昭月
校　　对	李晓晓
装帧设计	梁　霞
照　　排	梁　霞
印　　刷	三河市良远印务有限公司
出版日期	2022年5月第1版　2022年5月第1次印刷
开　　本	16开（640mm×920mm）
印　　张	24
字　　数	236千
书　　号	ISBN 978-7-5736-0083-7
定　　价	49.80元

编校印装质量、盗版监督服务电话 4006532017　0532-68068050

目 录

万国来朝，外邦异族云集河洛，争相斗艳，一派繁华盛世之景。

　　而在万家灯火的盛景下，狂欢的河洛居民还不知道，从城门大开的那一刻起，一场惊心动魄的阴谋已经开始了。

　　幽都、鬼市……

　　术士、傀儡师、江湖客，足以毁灭整个大宁国的风沙正一点儿一点儿地侵蚀这座金碧辉煌的城，而能扭转乾坤的人，是那位背负着血海深仇，素有凶名在外的北司典狱长——"北魔"。

第一章

雪夜行动

大宁国永安年间，盛世繁华，京都河洛乃名副其实的天下第一城。

每年十一月初一到十五，都是万国来朝、觐见上贡的日子。各国使团陆续前来，八方商队与歌舞班、杂耍班云集河洛，庆典不断。河洛城的宵禁时间也延迟到了子时，以方便外国来使与民同乐。

在此期间城中各司安保戒备森严，从金吾卫到南衙、北司都忙得不可开交，金吾卫统领武侯卫怀定更是昼夜巡查，警惕万分。

河洛城中的东市和西市从早到晚都很热闹，勾栏瓦舍熙熙攘攘，人挤着人，喧哗嘈杂。

在最大的一处瓦舍里，有着足足二十处勾栏，里头的莺歌燕舞、杂耍百戏、斗鸡走狗、各种下注关扑，吸引着大批客人。

顾俟城穿着铁灰色圆领窄袖袍衫，头上系着黑色幞头，带着一帮男人，霸占着最上等的座位"青龙头"，一边吃酒一边看着勾栏里的斗鸡场面。

他身后与左右的人都在呐喊，满脸潮红，看上去非常兴奋。

"老大，我押了'花将军'。"

"老大，我还是觉得'黑金刚'会赢。你看它，简直是威风凛凛。"

顾俟城懒洋洋地听着，扫了一眼年轻人口中的"黑金刚"："黑不溜秋的，难看。'花将军'那一身羽毛才漂亮，配着那通红的冠子，肯定赢。"

其他几个年轻人都笑起来："老大说得对。"

顾侯城一挥手，随意丢了一锭银子："去给'花将军'助助威。"

"是，老大！"随从拿了钱去下注。

两鸡相斗，随着起起落落的叫喊声，全身黑羽的大公鸡被全身彩羽的大公鸡扒乱了羽毛踩于脚下。

顾侯城旁边负责下注的汉子高兴得跳起来，连忙去拿赢取的银子。

几个花枝招展的西域舞娘袅袅婷婷地从他们面前走过，登上勾栏。

顾侯城慵懒地倚靠在椅旁，半合眼眸无意地看向了其中一位舞娘，那舞娘身姿曼妙，楚楚动人，令他莫名地觉得熟悉。

他身后几个有眼力见儿的男人连忙起哄道："老大，走，咱们看西域舞娘跳舞去！"

顾侯城暗自收回目光，并未反驳，算是默认了。

那群男人心中明了，起身簇拥着他去另一处看台，嘻嘻哈哈地掀帘而入。

他们走上正对戏台的神楼，围桌而坐。

随从的下人一路拎着酒坛，拍开泥封，哈腰上前往各人面前的酒碗里倒酒。

顾侯城端起酒碗，冰冷的眼睛暗暗地带着鹰隼般天生的警觉，在盯着台上的舞娘的同时，把勾栏里的众人都扫视了一遍。

西域舞娘从戏房里出来，伴着乐床上的乐师们弹起的卡龙琴曲，踏铃起舞。

充满异域风情的音乐热情洋溢，渲染着欢乐的气氛。

高鼻深目、身材火辣的舞娘们随着音乐跳起胡旋舞，不时向看客抛媚眼、扭腰、摆胯，风情万种。

台下的看客们不时叫好，有的还往台上撒铜钱，哗啦啦的声音让众人听得热血沸腾。

在这喧嚣的场面之下，顾俟城的目光渐沉，宛如一柄利刃，试图穿过嘈杂的人群，撕裂这波涛暗涌的夜。

一舞过后，子时将近，看客们陆续离开。

勾栏里的灯火逐渐熄灭，到处都是曲终人散后的宁静，外面呼啸的风让原本热烘烘的房间迅速冷却。

顾俟城和他带来的人在看客离开时趁乱分散开来，悄然隐于勾栏的暗影里，仿佛一道道稀薄的影子，与黑暗融为一体，让人难以发现。

顾俟城躲在柜台附近，敛住气息，看着柜台里那个打酒的汉子。

那人个头中等，身体健壮，一脸的老实憨厚。他将柜台上散落的酒碗放回去，用抹布将柜台擦干净，再抱起酒坛，送回酒窖，这才走出勾栏后门。

现在已经宵禁，金吾卫巡街的小队人马来来往往。如果有人敢无故上街，必定会被拿下。如果是普通人，就会被送往南衙关押；如果是术士，就会被押往北司。

此人是勾栏里的下人，就住在屋后房舍里。

那个汉子走过长廊，推门进了一间老旧屋子。

屋里面已经点了灯，有几个中年男人坐在桌边，正在吃蒸饼，见他进来，都热情地打招呼："老石头，快来，趁热吃饼。"

老石头笑着点头答应，过去坐下，拿起一块饼，就着粗陶碗里的白开水吃起来。

顾俟城和他的人分散在屋外，各自盯着目标房舍，其中卖酒汉子的房舍周围蹲守的人最多。

此刻，他们纷纷卸下了方才在瓦舍勾栏里肆意快活的莽汉外皮，严肃冷静，镇定警觉，如同一只只隐在暗夜里的猎鹰，一动不动，只等着首领一声令下。

夜越来越深，天上纷纷扬扬地飘起了小雪，冷风呼啸而过，屋子外面已经滴水成冰。

顾俟城等人依然纹丝不动，凝神探听着房舍里的动静。

待到屋里灯火皆熄，顾俟城静待片刻，提手发出一声呼哨，仿佛大风的呼啸声，从屋瓦间翻卷而过。

夜色中有淡淡的影子一闪而过，好几个黑影飘到房舍的窗前，用竹枝戳破窗纸，向屋子里吹出迷烟。

大约等了一盏茶的工夫，顾俟城飞身上前，轻巧地拨开门后的木闩，轻轻地将门推开一条缝，闪身进房，直奔临窗大炕。

在他身后，跟进来好几个人，都默契地找好方位，同时上前抓人。

躺在炕上的那几个下人这时也猛地跳起，却因为特制迷烟的作用有些东倒西歪。他们心知不好，立刻撞破窗户，跃到外面，被冰冷的风雪一激，顿时清醒过来。

顾俟城带着人跟着跃出，与他们在夜色中大打出手。

顾俟城盯死了卖酒的汉子，所有招数都对着他招呼，一时火龙翻卷，一时雷电轰鸣，一时飞沙走石。

那汉子闪转腾挪，并不反击，显然不懂术法。

其他人基本以术法对战，很快就有火焰引燃了一旁的旧木屋。旁边的房舍惊叫声乍起，其中伴有女子的尖叫声。

巡逻的金吾卫飞快地赶到，断喝一声："什么人？"

顾俟城喝道："北司办案！离远一些！"

河洛城中，北司和南衙两大牢狱威震四方，与金吾卫三足鼎立，守护着河洛城的太平。民间关于两大狱有许多传言，两者中最为神秘的北司就是关押犯案术士的，从典狱长到狱中牢犯皆为术士。所有金吾卫都被上司耳提面命，遇到北司办案，有多远躲多远，免得被术法误伤，死得冤枉。此刻一听是北司办案，金吾卫便立即停下脚步，想要退走。

顾俟城接着下令："你们包围这片房舍，凡是想要逃出去的可疑之人，一律拿下。"

"是。"金吾卫十个人一队，什长们立刻指挥自己的队员包围这片屋子，捉拿企图逃窜的可疑之人。

很快就有好几个人被金吾卫拿下，而那几个负隅顽抗的术士也被北司的众捕头打伤后制伏。

顾俟城一脚踹翻被术法打得狼狈不堪的卖酒汉子，重重地踩住汉子的胸口，冷冷一笑。

金吾卫的什长押着人过来，恭敬地问他："大人，这些人不像是术士，我们把他们押往南衙吗？"

"不。"顾俟城冷冷地扫了那几个俘虏一眼，"交给我们吧。等我审完以后，才知道他们是不是术士。"

"好。"什长一挥手，将人交给北司捕头。

躺在地上艰难挣扎的卖酒汉子嘶声叫道："你是北魔！你这个大魔头，草菅人命，无恶不作！我根本不是术士！我不是术士！我冤枉……"

顾俟城重重地一脚踩下去。那个汉子闷哼一声，从唇边溢出一缕鲜血，断断续续地说："你……你杀良冒功……刽子手……魔鬼……"

顾俟城冷笑，抬腿走到一边，让捕头将汉子捆上押走。

他带着下属押着一群犯人往外走，突然听到一阵急促的马蹄声由远而近，速度很快。他抬眼看着夜色中摇摆不定的火把，冷峻的脸上隐隐地浮现一丝会心的笑。

身披银铠、手握长枪的年轻人冲到他面前，猛地勒住缰绳，从马上一跃而下。年轻人二十七八岁，长身鹤立，英气勃勃，正是统率金吾卫的武侯卫怀定。

在场的金吾卫全都拱手行礼，齐声喊道："武侯大人！"

卫怀定一摆手："不必多礼。你们继续去巡逻吧，多加小心。"

"是。"金吾卫们列好队，齐步离开。

卫怀定看了看那些被俘的人，转头问顾俟城道："顾大人，这些都是犯事的术士？"

"是啊。"顾俟城张口就来，"不是杀人就是抢劫。"

那些被俘的人全部朝卫怀定喊起冤来。他们都受伤不轻，声音苍凉嘶哑，有气无力，听上去确实有点儿像是受害人。

顾俟城冷笑一声："这些贼子倒是只朝卫大人喊冤，以为你是菩萨心肠。"

卫怀定轻声笑道："你我相交数年，我是那等滥好人吗？"他转头看了看顾俟城的脸色，"你今儿怎么了？心情不好？"

"不。"顾俟城朗声笑道，"我今夜心情极好。"他的目光扫向不远处的卖酒汉子，眼里的笑意更浓。

"哦，那就好。"卫怀定陪着他走了一段路后，低声问道，"南衙新到的典狱长，你见过吗？"

"没有。"顾俟城不屑地说，"听说是名满天下的'南侠'，人人称颂的义薄云天的谢图南。他好好地在刑部当差，怎么调到南衙当典狱长了？"

"南衙衰败已久，刑部也想要振兴。"卫怀定淡定地笑了笑，"你统管北司后，把南衙压得喘不过气来，你们上面的太史局同样压得刑部抬不起头来。刑部把谢图南调过来，也是想要他与你分庭抗礼吧。以谢图南的实力，应该能够扛住你的压力，重振南衙。"

"喊。"顾俟城满不在乎，"我拭目以待。"

"你心里有数就成，那我先走了。"卫怀定翻身上马，带着侍卫飞速离去。

顾俟城带着大批俘虏回到北司时，谯楼上三更的更鼓响了。

他抬头望了一眼，随后抖了抖身上的浮雪，走进燃着炭火的室内，端起热茶一饮而尽，亲眼见着刚才抓获的俘虏一个个被关进刻满符文禁制的牢房里，这才回到自己的房间里打坐冥想，将今夜激战时耗去大半的灵力补足。

等他收功时，东方天空已经发白。顾俟城叫人搬来热水，匆匆沐浴梳洗一番。

牢房里已经在分发朝食，呵斥声、谩骂声、哭喊声不绝于耳。同时有狱卒端着朝食过来，放到顾俟城房间的桌上。

顾俟城神清气爽，吃完胡饼喝完汤，便大步流星地走进监房，将卖酒汉子提出来，押进刑房，开始审问："叫什么名字？"

那个汉子被吊在刑架上，有气无力地说："石头。"

顾俟城冷冷地看着他，厉声道："真名？"

那个汉子依然没精打采地说："真的叫石头，是我老娘起的。大人如果不信，可以去问问瓦舍的人，他们都叫我老石头。"

顾俟城看了他半晌，忽然笑了："我这人最喜欢的就是硬骨头。"

他走出门，唤了几个狱中专司审问的狱卒来，对着刑架抬了抬下巴："去上点儿手段，给他松松筋骨，等他舒坦了，肯开口说实话了，再来叫我。"

那几个狱卒都膀大腰圆，面目狰狞可怖，听了他的话，都是笑容满面，看上去很兴奋。他们立刻去墙上摘刑具，点火盆，兴高采烈，让人看了毛骨悚然。

顾俟城走出去，到各处牢房去查看昨夜抓捕的人，旁边跟着几个得力的下属。

男监区里关的都是术士，负责囚犯卷宗的严咏志一一向他介绍了这些人的姓名与来历。他边听边点头，不知不觉地走到女监区，看到昨夜抓来的女犯有些熟悉，不由得微微一怔："那个姑娘……是不是昨天在勾栏跳舞的胡姬？"

"正是。"严咏志介绍道，"她叫弥弥儿，是西域歌舞杂耍团的舞姬，应该是昨夜太过混乱，被金吾卫误抓的。"

那女子坐在角落里，抱着膝盖发呆，看上去依然妖娆，神情间却又给人天真无邪的感觉。

顾俟城看了她一眼，微微皱眉。他还是觉得那个胡姬有些熟悉，好像在哪里见过。不过，比起这个女人，他更关心刑房里的那个犯人，说道："先关着吧，明天我再审他们。即便是被误抓，也得好好地审审看，那样混乱的场面，她竟然敢往外跑，有那个胆子，也就不是寻常人。"

"明白。"严咏志点了点头。

顾俟城巡视完监区，又独自回到刑房。

那个自称"石头"的汉子已经被折磨得遍体鳞伤，脸上身上都是血，嗓子也叫哑了。

"怎么样？"他淡淡地问道。

行刑的人抹了一把脸上的汗："嘴挺硬，还没被撬开。"

顾俟城摆了摆手："你们先出去，我单独跟他聊聊。"

行刑之人都知道，顾俟城的手段比他们的手段更加狠戾毒辣，因此躬身应是，放下刑具离开了。

顾俟城神情淡漠，在那汉子面前转了两圈，忽然叫道："老五。"

被绑在刑架上的血人陡然一颤，抬头看向他，眼里闪过一丝惊惶。

顾俟城看着老五，沉声道："十五年前，你与四个杀手到过地下幽都的乌岩谷，围杀了一个人。"

刑架上的汉子颤抖得更厉害："你……你……"

顾俟城站在他面前，气势全开，压得他肝胆俱裂："说吧，谁派你们去的？为什么要杀他？"

顾俟城的目光冰冷，声音更冷。

老五打了个寒战，见自己十五年前的事被揭露，脑袋里嗡嗡作响，一时不知该怎么辩驳，只能无力地否认："我……我不知道……你在说什么……"

顾俟城慢悠悠地说："老五，你和当年一起杀人的那四个凶手，我全都知道。其中三个人已经死了，就只剩下你……和另一个迟早也要死的人……你如果说出幕后主使，我可以饶你一命。"

老五心里一动，不由得有些犹豫："我……我……"

顾俟城的声音变得柔和起来："说吧。只要你说出来，我就马上放了你。"

老五的眼神渐渐地变得迷离，偶尔又有些挣扎，显然他很快就会交代的。

这时，有个声音在外面响起："大人，南衙典狱长来了，说是要带走我们抓的犯人。"

老五的眼神突然变得清明，语气坚定了许多："我不知道你在说什么。我是被冤枉的，什么也没有做过。"

"该死。"顾俟城低声地咒骂了一句，猛地拉开门出去，瞪着门外的狱卒骂道，"号丧啊！规矩呢？我在刑房的时候不许任何人打扰，你不知道？"

那狱卒很年轻，吓得立刻跪下来："大人饶命，小人是被狱头派来禀报大人的……小人忘了……大人饶命啊……"

"行了，别号了。真是晦气！"顾俟城一甩手，怒气冲冲地向大门走去。

南衙典狱长谢图南，其父是汉人，其母是鲜卑人，因此他的形貌与众不同，身材高大，气质剽悍，眼珠和头发都是褐色，皮肤雪白，高鼻深目，相当俊美，却并不女气，看上去相貌堂堂。

南衙和北司的典狱长都是正三品，官服为紫色。谢图南穿的是武官服，窄袖短袍，行动之间十分利落。

他站在北司的前衙大堂中，看着正上方的匾额，"玉宇澄清"四个字铁画银钩，龙飞凤舞，意境极深。看着落款"不劫"二字，他默默地长嘘一口气。

谢图南原是刑部的总捕头，多年来缉拿江洋大盗、叛臣逆贼、山匪水寇，名扬天下。在刑部当差多年，他对神秘的北司及其上峰都有一定的了解。

顾俟城的恩师温不劫是当朝术士最高管理机构太史局的太史令。他性格暴烈刚正，心思简单耿直，虽天资过人、术法高深，却一直应付不了官场中的尔虞我诈，这么多年来，全靠顾俟城从中斡旋，鼎力相助，才勉强把太史局管理得像模像样，但仍被副令袁天师分走了不少权力。

不过，太史令号令天下术士，实力才是最重要的，温不劫凭着他强大的实力，也能将这个位置坐得稳稳当当，再加上他本就不喜权势，也乐得袁天师帮他处理官场事务。

自顾俟城七年前拜了温不劫为师，温不劫就一直把这个徒弟当作亲儿子对待，平日里看似动辄打骂教训，却是一路扶持，帮助他坐稳了北司典狱长一职并力压南衙，使得南衙一蹶不振，刑部上下怨声载道。

以前，谢图南缉拿的罪犯都不是术士，因而从未与北司打过交道。有时北司办案需要人在外围协助，顾俟城多半也是找金吾卫，很看不起刑部捕头。谢图南也不喜北司的嚣张跋扈，见了他们就绕道走，而且他多数时间在外面追捕朝廷钦犯，从来没有到过北司，如今才是第一次造访。

北司与南衙的结构大致相同，都是前衙后狱，从抓捕到审讯到关押到行刑，基本在这里进行，既方便又安全。与南衙不同的是，北司专门关押术士，因而里面机关重重，戒备森严，外人不易进入，里面的人更难出去。谢图南打量着四周的布置，在心里默默地盘算着，回去也要将南衙打造得固若金汤。

他正在思量着，顾俟城已换上官服，大步走出。他铁青着脸，敷衍了事地抱了抱拳："谢大人，大驾光临，有失远迎！"

谢图南很规矩地拱手一揖："顾大人客气。谢某冒昧前来，实在是有要事与顾大人商议，还请顾大人体谅。"

"谢大人请坐。来人，上茶。"顾俟城生硬地做了个"请"的手势，率先坐到主位上，冷冷地看着他，"谢大人莅临我北司，有何指教？"

谢图南开门见山："顾大人，听说您昨夜抓捕的犯人并不全是术士。既非术士，那便是我南衙的犯人，我自当前来接收，还请顾大人把犯人交给我。"

顾俟城冷哼一声："谁告诉你有的犯人不是术士？犯事的术士为了脱身伪装成普通人的事情这些年来层出不穷，若是贸然把犯人交给你们南衙，你们关得住吗？不是顾某看不起你南侠，你武艺高绝，身手惊人，顾某佩服，但术士与普通犯人不同。如果是草包术士，你或可对付，但若是术法高明的术士，你们武士可就挡不住了。"

谢图南心平气和地笑道："多谢顾大人关心！谢某曾经多次遇到犯事的术士，即便不能将之生擒或斩杀，却也能够抵挡一二。另外，谢某提人，也不是全无防备，已经带了禁止术士使用术法的锁链，到时候给犯人戴上，可保无虞。"做刑部总捕头多年，他身上有好几件上等法器，面对术士并不怵。便是天资聪颖、术法极高的顾俟城，他也无所畏惧，何况区区犯人？

"你都带了禁法链，还说犯人不是术士？"顾俟城语带讥讽，"谢大人新官上任三把火，跑到我北司来抢人，莫不是要给顾某一个下马威？"

"顾大人此言差矣。"谢图南仿佛没听出他的言辞不善，仍然面带微笑，"若他们真是术士，自然是你北司的犯人，我断不会染指，但是，该是我南衙的犯人，我也不能拱手相让。请问顾大人，您可有证据证明那些在生死关头也没用出术法的犯人是术士？总不能您说他们是，他们就是吧？"

"你……"顾俟城大怒，"贼犯为了保住一条狗命，何事不可为？顾某亲自抓捕，他们自知术法浅薄，不能力敌，便坚持一招不出，伪装普通人，等到南衙的蠢货信以为真，将他们提走，他们再用术法奋起一击，自可顺利逃脱。以前又不是没有这样的事，你们南衙放走了多少术士，你有了解过吗？谢大人还是回去多翻翻卷宗，再来与我理论。"

谢图南淡淡一笑："顾大人所说之事我都知晓，为防万一，我才带来了禁法链。待我回去审讯一番，自然能弄清楚犯人究竟是不是术士。若他们果真是术士，谢某亲自将他们还回北司，并向顾大人赔礼；若他们确实不是术士，自当关押在我南衙，明正典刑。"

顾俟城看了他半晌后，忽然怒气尽消，平静地问："你要提谁？"

"据谢某了解，顾大人昨夜缉拿的犯人里，不是术士者共有三个人：一个人是顾大人亲手抓的勾栏卖酒汉子，还有一个人是胡姬舞娘，第三个人是打扫勾栏戏房的粗使婆子。"谢图南如数家珍，"谢某要提走的就是这三个人。"

顾俟城端起桌上的茶杯喝了一口茶："胡姬舞娘和粗使婆子可以交给你，但卖酒汉子不行。"

谢图南据理力争："据谢某了解，昨夜顾大人缉拿此人时频施术法，几乎令此人当场毙命，而他从头到尾未曾用过半点儿术法，被拿下时还一直在喊冤，辩称自己不是术士。既然如此，还请顾大人将他交给谢某。既然他是犯人，谢某绝不姑息，请顾大人放心。"

顾俟城将手中茶杯往桌上一搁："不行。此人奸狡若狐，看似憨厚，实则阴险。世间术法万千，防不胜防，谢大人不谙此道，极易为人所乘。若是被他逃脱，顾某固然前功尽弃，谢大人也无法向上峰交代，为安全起见，此人还是留在北司，顾某必定会审出真相，给谢大人一个交代。"

谢图南拿起茶杯盖子，拂了拂杯中茶水，轻叹一声："顾大人，谢某职责所在，还请顾大人不要让谢某为难。待谢某将犯人押回南衙，也必定会审出真相，给顾大人一个交代。"

两个人唇枪舌剑，你来我往。顾俟城胸中的怒火越来越炽烈，正要发作，忽然后面大狱里传来喧哗声，接着，有狱卒冲进来向他禀报："大人，有犯人越狱。"

"什么？"顾俟城倏地起身，飞身向大狱奔去。

谢图南二话不说，拔出长剑，也带着南衙的人冲进去。大堂上的北司众人也同样迅速地冲向大狱。

北司捕头寇德容按下墙角机关，沉重的大门轰然关闭，本来亮堂的屋子变得一片黑暗。就在大门即将被关上的一瞬间，一道暗影从缝隙间闪过。

寇德容眨了眨眼，凝神看去，只见门边空无一物，只当是自己眼花，便没再多想，径直奔向后面大狱。

每个牢房都有禁制符文，犯人身上也戴着禁法链，是用不出术法的。可是现在，犯人一个个破禁而出，与狱卒战成一团。

在北司，除了厨师和打扫的杂役外，从捕头到狱卒都会术法，只是功力有高下之分。那些被禁多日的术士，许多人灵力运转不畅，术法用得并不顺当，而昨夜被捕的术士身受重伤，实力也不强。

越狱的术士中虽然有杀人越货、抢劫强奸的亡命之徒，更多的却是装神弄鬼、骗财骗色或小偷小摸的不法之人。前者为逃必死之劫，自然奋力拼杀；后者刑期不长，只是浑水摸鱼，并不愿意玩命，一见顾俟城率人赶到，便立即缩回牢房，远离战圈。

顾俟城与北司捕头投入战斗，一时间火龙翻卷，冰锥漫天；一时间风卷残云，水漫金山；一时间牢内地刺频出，荆棘如林；一时间，鲜血四溅，惨叫连连。

破禁而出的囚犯越来越多，不擅战斗者，借着飞遁和移形换位之术贴着墙壁逃得飞快，捕头们飞速上前触动墙上机关，想要拦截越狱的囚犯。

囚犯们有一些被机关打伤或阻截，还有一些闪转腾挪，避过机关，顺着通道向外狂奔。

谢图南挡在大狱的正门，将长剑挥舞得水泼不进，一夫当关，万夫莫开。

那些逃到他面前的囚犯基本不通战斗术法，只能施展身法，佯装围攻，实则伺机而逃。谢图南凭借一柄长剑死死地挡住出口，不让一人漏网。

以前南衙众人面对术士均畏敌避战，此时躲在他身后，渐渐地有了胆量，自发拿着武器结阵守卫，准备抓捕漏网之鱼。

激战过后，北司牢狱墙上与天花板上均是焦黑一片，破碎的机关残片散落在各处，地面上血流成河。

北司和南衙两司联手，仅用了大半日，逃犯或被擒或被杀，

· 20 ·

几乎无一逃脱。

顾俟城喘着粗气，紫色官服上鲜血点点，仿佛是盛开在地狱里的艳丽花朵，衬得他越发阴戾，原本俊秀的眉眼中满是酷烈的杀意。他环顾左右，沉声道："给我查他们是怎么越狱的。"

一些人答应着离开，大批狱卒留下来清理现场。

顾俟城在战斗时眼观六路，耳听八方，已经知道谢图南挡住了所有逃狱之人。他转头看向手执长剑、正气凛然的俊美男子，心里转了无数个念头，终于慢慢地走上前，对谢图南说："谢大人仗义相助，顾某感激不尽！"

谢图南笑着拱了拱手："分所当为，不必言谢。"

顾俟城微微点头："你要的那三个人，我交给你。"

谢图南大喜："多谢顾大人！"

顾俟城摆摆手，回头叫道："秦绍辉，把刑房里的那个男人、女监里的胡姬和婆子都提出来交给谢大人。"

"是。"秦绍辉叫了两个人分别去提人。

顾俟城想了想，示意谢图南和他走到空荡荡的大堂，低头轻声地道："那个男人看似老实，实则是一个杀手，曾犯案无数，手上血债累累。他并不重要，重要的是指使他杀人的幕后真凶。此人是一个硬骨头，要撬开他的嘴，需要下大功夫。谢大人在刑部多年，名满天下，想来也颇有手段。顾某将他交给你，还望你能审出他背后真凶，将其绳之以法。"

谢图南认真地倾听，随即点头道："谢某明白，定会认真审讯，查明真相。"

顾俟城对他拱了拱手："若他招供，还请谢大人告知顾某。"

谢图南抱拳还礼："放心，谢某定会实言相告。"

顾俟城放下心来，看着被两个人架着胳膊拖出来的老五，目光冷厉。

秦绍辉空着手跟在两名狱卒后面，见到顾俟城后连忙上前禀告："那个胡姬舞娘弥弥儿逃出去了，牢房里没人。婆子逃出牢房后已被杀死。"

"什么？！"顾俟城勃然色变，随即对谢图南道："谢大人把人提走吧，顾某失陪。"说完，他大步走回大狱，前去勘察关押弥弥儿的牢房。

谢图南不再打扰他，押着老五离开，返回南衙。

顾俟城站在空荡荡的牢房里仔细查看，从地上捡起一张人形的破纸，淡淡地道："傀儡术。"然后，他走到牢门前，看着里里外外的术法痕迹，"缩骨术……换形术……破禁锥……影遁术……"最后他一直走到大门口，"移位术……飞空术……"

他站在大门外的冰雪之中，抬头看了看铅灰色的天空，神情凝重："这是一个高明的术士，西域舞娘……装得真像啊！"

秦绍辉满脸怒色："她逃就逃了，居然跑进各处牢房破了我们的禁制，放出那么多犯人，真是岂有此理！"

顾俟城淡淡地道："如果大狱不乱，她怎么能逃脱呢？传令下去，北司所有捕头都出去查找此女踪迹，再将此女画影图形，送给金吾卫和南衙，让他们帮忙查找贼妇。"

"是。"秦绍辉犹豫了一下，"大人，要不要行文天下，通缉此贼？"

"暂时不必。"顾俟城双眉微皱，"如今正值万国来朝，河洛四门戒严，可疑人等难入难出。你将此贼妇画像张贴四门，让守门官兵注意，凡是西域胡人，无论男女老幼，必须严加盘查。"

"是。"秦绍辉匆匆离去。

雪越下越大，很快就落满顾俟城的双肩。他负手而立，右手渐渐地握紧成拳，昨夜擒获老五后的愉快心情已经荡然无存。

他看着眼前的无边夜色，脑海里浮现出十五年前的雨夜。八岁的他被所有人宠得不知天高地厚，总是异想天开地干点儿大人明令禁止的事情，为此不惜离家出走，于是给了敌人可乘之机。

在倾盆大雨中，突然出现五个黑衣蒙面人想要抓他为人质，胁迫父亲，却触动了父亲挂在他身上的防御法器。防护罩将他护住，父亲得到示警，立刻与母亲飞速赶来，拦住了那五个黑衣蒙面人。

他被父亲用防御法器匆忙禁锢在阴暗的角落里，母亲一直挡在他前面。两人风华绝代、实力高强，却因为要保护他而束手束脚，不能尽情施展术法。那五个人抽空就会攻击他，明明他身上有防御法器，可父母不放心，依然会全力拦截那五个人的各种杀招。

五个黑衣蒙面人配合默契，手段阴毒，除了杀招频出外，还不断掷出剧毒轰天雷。久战之下，父母都中了剧毒，渐渐地出现破绽。

一个黑衣蒙面人举起横刀刺进父亲的胸口，另一个黑衣蒙面人奔向母亲，就在黑衣蒙面人十指如钩，抓向母亲的咽喉时，有大批卫士急速奔来。

恍惚中，他听到有人低声喝道："老五，走！"

五名黑衣蒙面人消失在雨夜中，八岁的顾侯城受到强烈的刺激，变得浑浑噩噩。等他从昏沉中清醒过来时，已经是三天后了，父亲已经死亡，大家都等着他起来摔盆执幡，为父亲送灵。

他母亲身受重伤之后又丧夫，几乎一病不起，从此深居简出，不问世事。他父亲的地位、家业与手下势力全部由他叔叔接手。他不再是少主，一心只想为父亲报仇雪恨，除此之外再无他念。

经过八年的努力，他叔叔终于同意他前来河洛。他那时候一腔愤恨，行事张狂，幸而很快遇到恩师温不劫。

恩师对他关心、包容、言传身教，各种指导与扶持他，终于让他成长到今天的地步。

他仰头望天，长长地出了一口气，按捺住心中火烧火燎的狂躁。

不急，不急，很快他就能报完大仇，父亲也可以安息了。

第二章

鬼市

在河洛郊外的东南角，有一片"水乡泽国"。

这里地势偏低，水网密布，洛水在此蜿蜒而过，一遇雨天便会因水势上涨而被淹，只要家中稍有余财者，都不会在这里置产。久而久之，这里便成为贫民聚居的地方，同时也是贼寇藏匿与销赃之地，被江湖人称为"鬼市"，既阴森黑暗，也藏龙卧虎。

顾俟城带着北司精锐寇德容、秦绍辉、严咏志、吕华清乘坐小船，沿着小河前行。船停在通往鬼市的小码头上，五个人跳下船，拾级而上，锐利的目光扫向周围形迹可疑之人。

那些人都衣衫破旧，有浑身是泥的小乞儿，有形容枯槁的中老年男子，还有畏畏缩缩的婆子，仿佛风一吹就会倒，实际上普通人稍不留意就会把命交待在他们手上。

顾俟城五个人不似有钱财的买家，也不似有货的卖家，看上去还有些扎手，周围那些人纷纷不着痕迹地避开，并不打算招惹他们。

顾俟城大步流星，直奔鬼市。这里的房屋全是木制的，十分密集，高矮参差，鳞次栉比，小街小巷都很狭窄，左弯右绕，仿若迷宫。在一片低矮的屋瓦中，一座三层高的木楼相当醒目，高高的屋檐下挂着酒招子，表明这是一座酒楼。顾俟城带着人直奔这座酒楼，等到走近，便能看到大门上挂着"明月楼"的牌匾。

吕华清是第一次来，抬头看了一眼牌匾："这就是'乌阎王'开的酒楼？"

"是啊。"严咏志嘿嘿一笑，"你可别乱叫啊，人家可是赫赫有名的大善人，百姓称他'月菩萨'。"

寇德容和秦绍辉都忍不住笑出声来。

他们说的"乌阎王"和"月菩萨"是同一个人——鬼市的土皇帝乌月照。他早年间在江湖上叱咤风云，闯得猛，玩得火，斗得凶，视人命如草芥，杀人不眨眼，人称"乌阎王"。十年前他金盆洗手，退出江湖，从此定居河洛，娶妻生子，不仅没有再妄杀一人，还乐善好施，成了百姓心中救苦救难的活菩萨，人人都称他为"乌善人""月菩萨"，就连当官的见到他也要敬他三分。

他隐于鬼市，消息灵通，与北司、南衙、金吾卫都是暗地里的合作关系，时常给他们传递一些在逃要犯的消息。他长袖善舞，八面玲珑，黑白两道都吃得开，在河洛混得风生水起。

顾俟城轻车熟路地走进大门，立刻有掌柜迎上来，满面堆笑地亲自将他们领上三楼，带到乌月照专用的雅间里。

乌月照曾经是一个壮实的汉子，如今却心宽体胖，看上去慈眉善目。他腆着大肚子，穿着做工精致的皮袍，笑眯眯地坐在铺着虎皮的罗汉榻上，招呼顾俟城等人喝茶。房间的角落里有个红泥小火炉，年轻貌美的婢女正在炉子上煮茶汤。

现在是申末酉初，已不是用夕食的时候，酒楼里没什么客人，很安静。顾俟城来到罗汉榻的另一头，示意煮茶的婢女退出去，这才坐下，淡淡地道："乌老大越发有福相了。"

乌月照摸着自己的大肚子，嘿嘿直乐："这都是托了顾大人的福。若不是顾大人带着北司的诸位大人奋勇擒贼，我们哪有眼下的太平日子过？"

顾俟城笑了："乌老大还是这么会说话。"

他拿起桌上的茶汤喝了一口，旁边坐在椅子上的严咏志便道："乌老大，咱们今儿来是想向你打听一个人。最近来河洛的西域歌舞杂耍团里有个胡姬舞娘叫弥弥儿，你可知道？"

乌月照仔细地思索着："弥弥儿……没什么印象……大人可有她的画像？"

严咏志当即拿出一轴画卷，展开给他看。乌月照一边端详一边回忆："这相貌……确实不熟，可她那身形……倒是跟一个女飞贼有些相似。"

"哦？女飞贼？"秦绍辉很感兴趣，"她盗过哪家？"

"这个倒不清楚。只是她曾经到鬼市来卖过一些贵重的小玩意儿，我没见过，听下头的人描述，应该大多是大户人家后院女眷的珠宝首饰，偶尔也有古董字画。每隔三五个月，她就会来一趟，换了钱就走。最初几次，鬼市有人跟出去，想要从她手上'借'点儿银子花花，可要么一去不回，要么跟着跟着就跟丢了，后来就没人再不自量力，找她麻烦了。"

秦绍辉认真地问道："以乌老大之见，她是单独作案，还是有同伙？"

乌月照想了一会儿，摇了摇头："我感觉她是孤身一人，不像有同伙。一般来说，如果她有同伙，应该不会是女子，而是爷们儿，这样的话就不会让她一个人来鬼市了。您说是吧？"

秦绍辉同意他的推测："乌老大所言极是。"

寇德容慢条斯理地问道："那女飞贼上一次到鬼市来，是什么时候？"

乌月照一怔："这种小事……我还真没留意……各位大人稍等，我找人问问。"他费力地站起身，摇摇摆摆地走出门去叫人。

顾俟城见房门合拢，又等了一会儿，听着沉重的脚步声渐渐远去，这才起身，在宽敞的房间里转悠。他时而仰头看向屋顶，时而凑近墙上挂的字画欣赏一番，然后推窗远望，看了一会儿积雪覆盖下的鬼市全貌，再关上窗户，慢慢地一步一步踏上地板。

寇德容、秦绍辉、严咏志、吕华清都是双眉微挑，眼中若有所思，却都端坐不动，一言不发。

过了一会儿，沉重的脚步声由远及近地响起，顾俟城不动声色地坐回原位上，端起茶杯，饮了一口。

乌月照推门而入，朗声笑道："顾大人，我已派人出去查问，只怕得一两个时辰后才有消息。时候不早了，今儿我做东，还请顾大人和诸位大人赏脸，一起用个便饭。"

顾俟城摆摆手："乌老大不必客气。我还得带人去别处查探，实在不得闲。以后吧，等到万国使团离开，我再来与乌老大痛饮三百杯。"

"好，乌某恭候大驾。"乌月照知道他的脾气，并未挽留，连忙拱手作揖，客气地将他们送出明月楼。

顾俟城没有多加停留，带着四个人匆匆离开鬼市，上船而去。

冬日天短，才酉时三刻，夜色便已降临。纷纷扬扬的小雪渐渐落下，大半个河洛城都沉寂在黑暗中，唯有瓦舍勾栏依旧热闹。

顾俟城命北司众人分散在集市里的各个瓦舍中探查，然后与卫怀定一起坐在附近的小饭馆中吃饭。

这个饭馆的老板和伙计都是北司细作，专门收集梳理集市里三教九流的消息。所谓中隐隐于市，许多居心叵测之徒会藏匿于人员庞杂的集市中伺机而动，顾俟城在这里布置了不少细作，也因此抓住了不少作奸犯科的术士，并且帮助南衙和金吾卫探查到了一些普通案犯的重要线索。

卫怀定与顾俟城坐在窗边，一边喝酒吃菜一边交换各自探查到的消息。

顾俟城嚼着花生米，冷静地说："那个胡姬舞娘弥弥儿会缩骨术、影遁术、飞空术、傀儡术等多种逃遁与隐匿术法，多半还会易容术，想要抓到她，不是那么容易的事。"

"是啊。"卫怀定喝了一口酒，"我今天盘问过那个西域舞团杂耍班的人，他们都说她不是从西域跟来的固定成员，而是在河洛以北的安阳临时加入的舞娘。因为她会说流利的胡语，还带着他们家乡的口音，他们班主觉得亲切，又看她能歌善舞，还会说流利的河洛官话，这才让她加入，一起表演。我觉得，她只怕不是胡姬，应该是咱们大宁人。"

"嗯，我也是这么想的。"顾俟城淡淡地道，"西域那边的术法与中原有很大不同，而弥弥儿用的术法没有任何西域风格，全是大宁术士的路子。"

"如果是这样，那就更难找了。"卫怀定叹气道，"咱们连她的真面目都不知道，怎么找？"

"尽力而为吧。"顾俟城镇定自若，"看得出来，她的术法大都用于自保，很难损伤人命。如果乌月照提到的那个偶尔到鬼市销赃的女飞贼就是她的话，那也是小偷小摸。而且她偷的都是富贵人家，他们破点儿财算不得什么大事。要是她没越狱，我还以为她是在混乱中被误抓的普通人，今天就会放了她，没想到她竟敢在北司越狱，让我没脸，那我就一定要给她一个教训。"

卫怀定忍俊不禁："多少年没人能在北司越狱了，那位小娘子还真是了不起！"

"你别幸灾乐祸。"顾俟城冷哼一声，提起酒壶给他斟满酒，"她若沉得住气，根本不会暴露，何必铤而走险？不过是一个莽撞之人。"

卫怀定却凑近他，笑容可掬地问："你这么着急地找她，只怕不是因为丢脸，而是爱才惜才吧？她小小年纪，能在戒备森严的北司大狱制造混乱，在你眼皮子底下全身而退，从术法到见识到身手到谋略，都是上上之选。你是不是想把她招募进北司？"

顾俟城一顿，稳稳地把酒壶放下，看了卫怀定一眼："你看到如她这般的人才，会不会想要招进金吾卫？"

"那当然。"卫怀定拿起酒杯，与他碰了一下杯，将酒一饮而尽，"人才难得。如果她手上没有人命，就只是偶尔去富贵人家盗

· 31 ·

取一点儿金银财宝，那根本不算是坏人。些许小案，我马上就可以帮她抹平，等她加入金吾卫，能帮我做不少事。"

"是啊，我就是这个打算，如今张开大网缉捕她，也不过是想让她心服口服。"顾俟城淡淡一笑，"她是术士，不是武士，只能入我北司，要么进大狱，要么为我效力。"

"算你运气好。"卫怀定拿起酒壶倒酒，"哎，听说南衙的谢图南到你北司去抢人，还成功了。"

"事出有因。"顾俟城不想多说，却也不愿让他误会谢图南，到底谢图南曾帮过自己大忙，"那谢图南真不愧'南侠'二字，的确有义气。我观他之意，似乎只想振兴南衙，并不想压制我北司和你的金吾卫，那就没必要对抗了，先让他搞着吧。"

"嗯，那倒也是。"卫怀定本来就与南衙没有矛盾，只负责抓人，至于犯人要被关在北司还是南衙都与他没什么关系。

顾俟城与他吃完饭后，接着饮茶汤暖身。其间不时有消息传来，都说在某地见到疑似弥弥儿的胡姬，却被她逃脱了，此女身法极快，很是狡猾，稍不注意她便消失不见。

顾俟城并不意外，会影遁术的术士在夜里很难被缉捕，只要在有影子的地方，她就能够借助暗影逃脱。若是要抓这样的人，正午才是最佳时机，因而顾俟城就是要日夜捉拿，让她无法藏身，最终露出破绽。

两个人颇有节制，小酌几杯后吃了几张胡饼便分开去做自己的事。

顾侯城没有叫上自己人，而是独自在黑暗中隐身疾行。风雪中，他轮番施展影遁术、飞空术、移位术，速度惊人，仿若闪电。在无人看见的夜色里，他犹如一只自由飞翔的苍鹰，迎着寒风疾掠，直达鬼市。

　　到了鬼市，顾侯城如一道影子，穿行在密集的屋檐下，悄无声息地落到明月楼对面的窄巷里，靠在墙上，从怀里摸出一个小罗盘，将上面的指针拨到明月楼三楼乌月照专用雅间的方向，然后摊开手掌覆盖在罗盘上，施展极少人会用的谛听术，凝神细听。

　　乌月照在房间里布置了层层术法，且时有变换，顾侯城今天去那个房间里仔细踏勘后，料定乌月照不可能马上改变术法，才会赶来偷听。

　　乌月照的房间里烧着好几盆炭，还有一个炉子上放着铜壶，一直在烧水。乌月照坐在罗汉榻上，面沉如水，白日里满是慈悲的小眼睛里尽是杀气。

　　他对面的椅子上坐着一个中年男子，面目普通，只有一双眼睛深不见底。男子沉声道："铁老五确实被北司顾侯城所擒，后被南衙谢图南提走，现在被关在南衙。谢图南一直在审讯他，大刑不断，他就算不死也废了。"

　　乌月照握紧拳头，重重地捶在桌上，恨恨地说："顾侯城，我与他不共戴天！老二、老三、老四全都死于北司之手，现在老五也……我幽都五煞当年何等威风，便是那幽都第一高手顾秋水也照样死在我兄弟手上，可现在……我乌阎王只能躲在鬼市装模作样地当善人，做那缩头乌龟……你们当年让我们去杀顾秋水，承诺我们五兄弟的好处可不是这个。"

那中年男子淡淡一哂："你们当年要求离开幽都，到地面上开始新生活，难道我们没有做到？我们给了你们新身份还有用不完的银钱，是你们幽都五煞不能安分守己，才引来顾俟城的注意。黑老三连着糟蹋那么多官家女眷，图什么？明明有的是银子，不会去妓堂娼肆玩女人？狐老二和瞎老四到处抢劫地方官府押往河洛的税银，那又是为什么？显摆自己有勇有谋，比官府高明？铁老五杀人越货，动辄灭人满门，不是找死是什么？他们这般张扬，当顾俟城是死人哪？"

乌月照顿时语塞，半晌才道："那现在……怎么办？老五……我总不能看着他死。"

"你又不是他爹。"中年男子语带嘲讽，"铁老五已经这样了，要他死容易，想他活很难。"

乌月照叹了一口气："铁老五一向硬气，肯定会紧咬牙关，什么也不说。我是他老大，能救还是想救他。只要他能出来，哪怕是废了，我也养着他，再也不会让他出去闯祸。"

中年男子嗤之以鼻："你倒是慈悲，莫不是做善人做久了，真把自己当成救苦救难的活菩萨了？"

乌月照苦笑道："我们幽都五煞都是孤儿，当初在幽都一起打拼，出生入死，并肩作战，才闯下偌大的名头。自从离开幽都，来到地面，大家便分散开去，隐姓埋名，各自生活。老二、老三、老四死后多时，我才得到消息，只得认了，想办法为他们收尸，找个风水宝地把他们埋了，也就算尽力了。可老五还活着，以前他一直把我当成亲大哥，对我言听计从，十分忠诚，如今他遭了难，我还是想搭把手，救他出来。您说吧，需要多少人？多少银钱？我都可以给。"

中年男人收起脸上的轻蔑之色，认真地想了想："给我一百个悍不畏死，敢与北司、南衙、金吾卫拼命的亡命之徒，再加上你从幽都带出来的那件法器。"

乌月照一惊，随即连连摇头："那件法器是我用来保命之物，绝不可失。"

中年男人平淡地问："那你是要黑老五的命，还是要那件法器呢？"

乌月照突然冷静下来，伸手拿起旁边炉子上的铜壶，给桌上的茶壶续了滚水，然后放回铜壶，将茶壶拿起来晃了晃，再将冒着白汽的茶水倒进自己的茶碗里。他端起茶碗吹了吹，慢慢地喝了两口，这才放下，抬起头来看向中年男子："其实，害怕老五将当年之事供出来的人应该是你们吧？"

金吾卫与北司在外面明察暗访，捉拿人犯，南衙却很安静。

谢图南很清楚，南衙的捕头根本对付不了术士，即便是面对普通人，他们也抓不住那些实力强大的武士，因此也不必出去拖后腿，还是先好好练练身手再说。

今天白天，他让捕头们在南衙的校场里操练，自己在狱中提审老五。此人的确是一个硬骨头，只咬牙喊冤，坚决不承认自己曾经犯过案，更别说命案了。

谢图南虽然义薄云天，却并不是滥好人，既然顾俟城言之凿凿，他自然是宁可信其有。而且他做刑部总捕头多年，什么样的案犯都见过，老五虽然矢口否认，顽抗到底，但观其表现，怎么看也不像是在瓦舍卖酒的普通伙计。越审，他就越发相信顾俟城的话，于是毫不犹豫地吩咐道："来人，大刑伺候。"

他坐在几案后面，面无表情地看着几个行刑手上前，将犯人绑上刑架，从最简单的鞭刑、棍刑到水刑、火刑、拔指甲、上烙铁。老五的惨叫声不绝于耳，在阴森的刑房里回荡。

他出去用过夕食，坐在签押房里翻阅案卷。这些年大宁正值盛世，百姓安居乐业，普通人很少犯案，南衙才在北司的压制下逐渐式微。南衙犯人虽然不多，但也总有百来个，其中有一小半是由他亲自捕获的，另外一些不熟悉的犯人他也会一一查阅案卷，做到心中有数才好安排今后的政务。

不知不觉间，天色迅速暗下，盐粒子般的雪花在夜色中飞扬，风声骤起，呼啸而来。

嗯？风声？

谢图南陡然发现异样，立刻从椅子上起身，一骨碌滚到墙角处。

无数弩箭戳穿糊窗的纸，从细小的窗格里射进来，咚咚地钉在桌上、椅上、墙上。接着，第二拨弩箭全是火箭，有火油助燃，桌椅一被沾着就燃烧起来。火焰迅速蔓延，蹿上门窗和房梁。

谢图南飞身蹿出，抓过放在桌上的长剑，一脚踹开着火的房门，迅速冲出签押房。

外面已是一片混乱。一群手执横刀的黑衣蒙面人与南衙捕头战成一团，地上到处都是中箭而亡的尸首与身负重伤的捕头和狱卒。

无数火箭插在墙上、窗棂上、门上和屋顶上，在寒风中熊熊燃烧。有人已经冲进大狱，从刑房中救下浑身是血的老五，架着他往外冲。

谢图南手执长剑，迅速迎上去，剑风呼呼，快如闪电，朝着两个黑衣人刺去。一个黑衣人架住老五，另一个黑衣人舞刀抢上，挡住他的剑。

谢图南的长剑是重剑，看着与一般的长剑差不多，实际上乃玄铁打造，极为沉重。刀剑相击，激出阵阵火花，举刀的黑衣人招架不住，步步后退，被他的雷霆一击斩断刀刃，顺势砍在脖子上。黑衣人惨叫一声，颈中鲜血喷溅，倒地身亡。

谢图南飞身跃过那个黑衣人的尸身，长剑挥过，直刺老五身旁的另一个黑衣人。那人情急之下抓住老五挡在身前，谢图南只得偏转长剑，步法如电，闪到一边，长腿一点墙壁，腾身跃起，居高临下地杀向黑衣人。

那人见他投鼠忌器，越发将老五当成盾牌使用。老五受刑过重，一直昏昏沉沉的，出来后被寒风一激，渐渐地清醒，感知到有人来劫狱，不再藏拙，忽然身法如蛇，滑不唧溜的，挣脱黑衣人的钳制，使出看家本领金身术，显出钢浇铁铸般的身躯，五指如钩，猛地扑向谢图南，一爪锁住他的长剑，另一爪抓向他的咽喉。

旁边的黑衣人见谢图南被制住，立刻转守为攻，横刀虎虎生风，向他拦腰疾斩。

谢图南一怔。顾侯城说得没错，这个老五果然是术士，生死关头居然仍能隐忍不发，可见其心志之坚，以致他稍一走神，便陷入危殆之境。

谢图南忙而不乱，下腰后仰，避开老五的利爪，同时飞腿急踹，将挥刀的黑衣人踢开。刀锋擦过他的腰侧，黑衣人顺势拖刀，在他身上划开一道长长的血口。

谢图南浑然不觉，用剑刃别住老五的爪，向后疾推，左手挥拳，向他的头颈连番猛击。

老五虽然用了金身术，全身刀枪不入，实则太阳穴、咽喉、心窝等致命之处依然不能正面硬扛谢图南凶猛的进攻，所以左躲右闪，五指如钩，不断地撕开谢图南的衣裳和皮肉，让他伤痕累累。

被踹开的黑衣人挥刀再上，与老五夹击谢图南。外面的黑衣人杀了南衙捕头后，一拥而入，但狱中通道狭窄，只容三个人并肩而行，最多只有五个人能同时围攻谢图南。

他们似乎并没有长期并肩作战培养出的那种默契，刀剑拳脚齐上，反而互相牵制碰撞，并没有形成有效的攻击。

一个被堵在外围的黑衣人骂道："废物！老五，别磨蹭！快走！"

老五答应一声，便要离开，然而谢图南不顾四周的攻击，一直缠着他，不让他脱身。

这时，由巨石砌成的南衙大狱已经是烈火熊熊，木制门窗与大梁都烧了起来，风助火势，一片火光在漆黑的夜色中显得异常醒目。南衙周围并无民房，都是官衙，现在早已无人，只有在附近巡逻的金吾卫官兵正在赶来。

卫怀定身穿银铠，手提长枪，飞马赶来。他飞身从马上跃起，枪尖向前，杀进黑衣人群中。他用的是马战招式，大开大合，势若奔雷。

惨呼声不断地响起，鲜血在空中飞溅，那些黑衣人要么被他刺中胸腹，要么被他打得骨断筋折。他一路当先地冲杀，金吾卫官兵手握长枪，气势如虹，排成冲锋战阵，跟在他后面猛冲。

混乱中，突然有火龙和冰锥朝他们和黑衣人袭来。狂风席卷，毒雾弥漫，不少黑衣人死在这些术法中，也有金吾卫官兵惨叫着倒下。

卫怀定身上有顾侯城给的防御法器，并未受害。他挥舞长枪，以顾侯城传授的技巧迅速破解那些术法。与此同时，一直向前飞奔的他以雷霆万钧之势杀向那些黑衣蒙面术士。

这时，火速从鬼市赶来的顾俟城在暗影中一闪即逝，人已经出现在火势凶猛的屋顶上。他在火焰的空隙中找到正在浴血奋战的谢图南和全力突围的老五，立刻纵身跃下，在半空中朝老五扔出一团火球，落在已经重伤力竭的谢图南身前，替谢图南挡下所有术法与刀剑、匕首、峨眉刺，将谢图南保护得严严实实。

待对方术法懈怠之时，顾俟城一言不发，大招频出，将周围拦截的黑衣人火速杀死，飞身扑向踉跄前行的老五，打算将他生擒活捉。就在这时，那些护着老五向外突围的黑衣人突然掉转方向，朝老五使出致命招数。老五还没反应过来，就被术法重击，太阳穴、咽喉和心窝更是被无数武器捅穿。

与此同时，另一些黑衣人的术法夹杂着弩箭朝着顾俟城席卷而来。顾俟城虽然术法高强，又有法器护身，但五脏六腑还是受到了剧烈震荡。他勉强站稳，脸色苍白，一口鲜血涌上喉咙，被他生生地压了下去。他按着胸口，低声地咳了几声，看着面前死相惨烈的老五，目光沉郁。

那些黑衣人作鸟兽散，从四面八方突围而去，卫怀定竭力拦截，终究也只是杀伤了一些普通武士，拦不住那些黑衣术士。

敌人尽去，南衙和金吾卫的人便张罗着救火。顾俟城听着外面的喧哗声，回头将倒在地上的谢图南扛在肩上，施展身法，在火焰之间闪转腾挪，飞快地冲出火海。

卫怀定正在南衙大门外寻找谢图南，这时看到顾俟城扛着他冲出来，连忙上前接过谢图南，飞奔到一旁尚未被火势波及的官衙，踢开大门，将谢图南放到桌案上，拿出金创药为他包扎。

顾俟城一边点燃手里的油灯，一边吞服治疗内伤的药丸，在替卫怀定掌灯的同时，也为自己控制住了内伤。

卫怀定为谢图南包好全身上下的伤口后，往他嘴里塞了几粒止血补气的药丸，这才抬头看向顾俟城唇边的血迹，关心地问道："你怎么样了？伤在哪儿了？"

"没事，被震了一下。"顾俟城放下油灯，坐到旁边的官椅上，"这是怎么回事？有人在南衙劫狱？"

"是啊！"卫怀定叹了一口气，"贼子凶残，南衙死了很多人，便是我金吾卫，伤亡也不小。"

谢图南并未昏厥，只是久战之后有些脱力，闭着眼睛缓了缓，待卫怀定替他处理好伤势后，他就觉得好些了，这时声音低沉地说："多谢二位鼎力相助！"

顾俟城抬手把嘴边的血抹掉，淡淡地道："礼尚往来罢了。"

卫怀定更加豪爽："我金吾卫不就是干这个的吗？"

谢图南笑了一下，慢慢地起身下了桌子，找了个椅子坐下，这才思忖着说："今夜这拨贼子实在太过猖狂，竟敢在我南衙公然劫狱。他们的目标就是顾大人说的老五，而这个老五也确实是一个术士。那些黑衣人起初是来救他出去的，等到卫大人和顾大人相继到来，前后夹击，他们眼看难以救人，索性杀人灭口。我这个推断，顾大人和卫大人有异议吗？"

顾俟城就在现场，看得很清楚，于是回道："我赞同谢大人的推测。"

卫怀定浑身是血，自身却没受什么伤，这时略感不适地提了提衣领，挽起袖口，大大咧咧地说："我没看见里面的事，不清楚来龙去脉，你们说是那就是。"

顾俟城看向谢图南："南衙被烧得不轻吧？大狱还能关人吗？"

谢图南失血过多，有些虚弱，眼前直冒金星，但还是撑住了："大狱那边因修建得很结实，破损不大，只是前衙被烧得厉害，需要重新整修。"

"嗯。"顾俟城冷静地问，"需要把犯人转移到北司关押吗？"

谢图南琢磨了一下："暂时不需要，等天亮了，我看看情形再说。"

"也好。"顾俟城站起身来，"那你休息一下吧。你伤得不轻，得好好养一养。"

谢图南勉强地站起身来，对他拱手一礼："多谢。"

卫怀定笑道："那么客气做什么？咱们意气相投，倾盖如故，完全可以做兄弟。"

顾俟城看向谢图南，感受着他那一身浩然正气，脸上冷峻的神色如冰雪消融，笑容如春暖花开："谢大人肯赏脸吗？"

谢图南眨了眨眼，颇感意外："卫大人、顾大人之意……是要与我义结金兰吗？"

卫怀定一拍大腿："你这么一说，正合我意啊！"

顾俟城有些诧异——他并没有结义之心。平时他在交际应酬或收买人心之时，随口便会叫人"兄弟"，但其实并未放在心上，更从没与人结拜过，即使是多年交好的卫怀定。现在，谢图南与他不过是萍水相逢，彼此并不了解，他虽然匆匆赶来支援南衙，在生死关头也毫不犹豫地以身相护，但与谢图南不过是泛泛之交。现在卫、谢二人都提到金兰结义之事，他略感犹豫，随即便决定应下。

他看了看卫怀定，又瞧了瞧谢图南，爽快地点头："行啊！"

于是，在这个混乱的夜晚，三个人走出门去，面向东方跪下，齐声道："卫怀定、顾俟城、谢图南，兄弟结义，生死相托，吉凶相救，福祸相依，患难相扶！天地做证，山河为盟，一生坚守，誓不相违！皇天后土，明鉴此心！"

三个人对着天际磕了三个头，然后起身叙了年齿，谢图南最大，卫怀定次之，顾俟城最小。

卫怀定笑呵呵地抱了抱拳："大哥、三弟。"

谢图南也愉快地拱手："二弟、三弟。"

顾俟城有点儿没精打采："大哥、二哥。"他什么时候当过小弟啊？真是失策。

卫怀定是他的知己，了解他的心情，忍不住哈哈大笑，拍了拍他的肩："三弟，有哥哥们罩着你，你可以在河洛横着走了。"

顾俟城睨他一眼："我有师父罩着，本来就可以横着走。"

三个人嘻嘻哈哈地说笑一回，便各自散去。谢图南的事最多，卫怀定也要料理死伤的金吾卫官兵的后事，顾俟城便去追查今夜来南衙劫狱的那帮人。

顾俟城先回北司小睡了两个时辰，然后在东方初晞时出去，到集市上找了个摊子用朝食。

这是专卖馄饨的摊子，就支在街边的屋檐下。清晨天冷，时辰还早，街上的人并不多，摊子上只有他一个食客。

摊主打开大铁锅的锅盖，往沸腾的水里扔馄饨，然后一边低头包馄饨一边低声说："我们运回幽都的粮食、精金矿石、铜矿石、玄石，那边已经收到了。上头一直在催促我们寻找浑天仪，这次又细问了情况，对我们毫无进展十分不满。"

顾俟城看着翻腾的面汤，懒洋洋的，一言不发。

风雪已经停了，太阳渐渐地从地平线上升起，淡金色的阳光笼罩着河洛，让这座巨大的都城更有活力。

顾俟城抬眼看向东方天际，目光冷淡，俊秀的容颜沐浴在阳光里，仿佛一个不谙世事、不履红尘的书生，安静而疏离。

摊主将热气腾腾的馄饨盛到碗里，放到他面前，热情地笑道："客官请慢用。"

顾俟城从筷筒里拿出筷子，埋头吃起来。

摊主盖上锅盖，继续包馄饨，声音极低地说："上面让我转告您，找到浑天仪是您最后一项任务，完成以后，您就可以回归幽都了。"

顾俟城边吃边说："你想回去吗？"

摊主眼里流露出一丝复杂的神色，一时没有吭声。他瞒着幽都的上司，已经在这里娶妻生子，留在幽都的家眷便没那么重要了。他喜欢河洛，哪怕只能做一个面摊老板，收入有限，生活艰难，身为幽都密谍还很危险，也想要留在这里生活一辈子，直到老去或者死亡。

顾俟城不再询问，心里已经明白摊主的答案。他自己也不想再回幽都，只是打算完成任务后，带上仍在幽都的母亲远走高飞，找一个安全、温暖、宁静的地方，过真正自由的生活。

两个人都沉默着。顾俟城吃完馄饨后，一边喝汤一边说："昨夜有一批黑衣人突袭南衙，里面既有术士，也有武士，术士的路数乃中原正统。你让其他谍子都打听一下消息，随时传给我。另外，派人盯紧乌月照。"

摊主轻声地说："明白。"

"我会加紧寻找浑天仪。"顾俟城扔下两个铜板，起身离去。

第三章

太史局

河洛居天下之中，四面环山，六水并流，八关都邑，十省通衢，所谓"定鼎之基永固，无穷之业在斯"，历朝历代对河洛城的经营都很重视。

河洛中的宫城、皇城、外郭城平行排列，其中共有一百零八坊。宫城象征北辰，以为天中；皇城百官衙署是环绕北辰的紫微垣；外郭城则是拱卫紫微垣的群星。

在宫城一侧，有一座直插云霄的三十三重高塔，名为摘星台，每年皇帝祭天，便是在最高一层的祭天台上举行的。

这里也是管理天下术士的太史局的所在地。一层到九层是太史局官员的办公地，十层到十九层是太史局放置公开或秘密卷宗、术法秘册、法器等的库房，二十层到二十九层是术士们研究和修炼术法的密室，三十层、三十一层是副令袁天师的签押房、修炼室、密库，三十二层是太史令温不劫的地盘……

摘星台四周由术法营造出大型幻境，仿若仙家福地，有奇花异草、飞瀑流泉、灵禽异兽，让人一见便心生向往。如果有人不经允许便擅自闯入幻境，轻则被困在其中不得出来，重则受伤甚至丧命。

皇城清静，闲杂人等不得入内，顾俟城大步流星地走向摘星台，因为脸上被施了障眼法，一般人很难看到他的真面目。他在幻境中畅行无阻，进入摘星台后，走进正中央圆形中空的通天柱，站上圆盘，抬手打出几个繁复的手诀，脚下圆盘微微一颤，随即向上，一直升到三十二层才停下。他又抬手打出手诀，身前便有一扇小门无声无息地被打开。他抬腿跨出通天柱，小门被关上，圆盘迅速下降，回到一层。

他走进签押房，懒散地叫了声"师父"后便坐到一张椅子上。

太史令温不劫人到中年，却神采奕奕，看上去仙风道骨，实则性情暴烈，刚正不阿。他不仅术法高深，眼光也极高，一直没有收徒，直到七年前偶然遇到熊孩子顾俟城，被他惊人的资质打动，毫不犹豫地收他为徒。

顾俟城三推四拒，他锲而不舍，终于将这熊孩子降服，收为衣钵传人。顾俟城在他的教导下于术法上一日千里，让他喜欢得不行。七年相处下来，师徒俩亲如父子，顾俟城在他面前一向自在，他也喜欢这孩子的随性自然。

此时，温不劫正拿着千里镜站在窗前看着外面。阳光下，整个河洛尽收眼底，气势恢宏，景象万千，而他正在观察的是西城门，那是术士进城的唯一入口。

听到爱徒的声音，他便转身回来坐下，笑眯眯地说："万国术士大比在三天后开幕，最近入城的术士数以百计，你的担子很重啊！"

"年年如此，没什么稀奇。"顾俟城微眯双眼，"今年术士来得比往年多，东瀛邪术士、南沼蛊术士、西域兽术士、酆都鬼术士以及大宁各地正道和歪门邪道的术士都来了不少。惹事的、犯事的、没事找事的，层出不穷。"

"嗯，术士之间有地域之别、门户之见，见面就打也不是什么稀奇的事儿。"温不劫嗤笑，"其实都不怎么样，半罐水，叮当响。"

顾俟城忍不住笑出声来："是啊，都是废物，偏以为自己天下无敌。"

温不劫宠爱地看着他："听说昨天夜里南衙被劫？"

"对。一群黑衣蒙面人，武士居多，术士混在其中，看路数像是本地人。"顾俟城笑道，"南衙死了不少人。谢图南确实骁勇善战，不过久战脱力，最后差点儿死在术士手里，幸亏我赶到，救了他一命。卫怀定也赶来杀了个痛快。后来也不知怎么的，我稀里糊涂地被卫怀定拉着，跟谢图南拜了把子。"

温不劫哈哈大笑："挺好的。卫武侯与谢南侠都是义气中人，你顾北魔与他们结拜，不亏。"

顾俟城起身去翻柜子，把煮茶的器具和材料找出来，给师父煮了茶汤奉上，自己也端起茶碗喝了几口。

温不劫享受着徒儿的孝心，忍不住慨叹道："你的年纪也不小了，什么时候娶个媳妇，给我生个大胖孙子？你师娘前几日还跟我说，为你瞧中了几个姑娘，都是清白人家的好闺女。等眼下的事情做完，将各国术士送走，你就去我家，让你师娘安排你相看一二。你性子急，你师娘找的都是柔顺贤良的姑娘，以后你也有个家，不必再夜夜睡在北司衙门。你办完差，回去后也有热汤热饭可用，不会再冷冷清清的，让你师娘心疼。说实话，我要是有个闺女，你师娘肯定早就招你做女婿了。你也别辜负了你师娘的心。"

温不劫的妻子是他师父的爱女，两个人从小一起长大，青梅竹马，成婚后琴瑟和谐。他妻子成亲不久后便有了身孕，当时他刚办完一桩大案，将犯案术士团伙击杀和抓捕大半，却遭到余孽报复。他妻子受惊后小产，导致身子受损，再也不能生育，他却对妻子更加敬重关爱，既不纳妾收通房，也不打算过继，觉得夫妻二人清清静静地过日子也挺好。自从他收了顾俟城为徒，他妻子就把这个孩子当成自己亲儿子一般关心。顾俟城对他们夫妻也很孝顺，时常抽空到他家里，帮着干些力气活，陪他妻子聊天，哄他妻子开心，让他倍感欣慰。

顾俟城被师父师娘催婚已经不是一次两次了，现下依然像以前一样推托："师娘关心我，弟子当然感激不尽。但那些姑娘长于深闺之中，实在与我没什么话说。有的女子似乎知道我那个'北魔'的诨号，一见我便花容失色，被吓得发抖，好像我长得青面獠牙一般，无趣得很。"

温不劫失笑："你师娘认识的都是规矩人家。怎么？你喜欢野性子的？"

"倒也不是。"顾俟城叹气，"野性子的女术士、女贼寇、女盗匪我见得多了，北司里关了不少，我也没遇着上心的。行了，师父，咱们说正事吧。"

温不劫点了点头，没有再为难他。

如今已是隆冬，外面很冷，房间里却布有术法地暖，让人感觉很温暖。顾俟城一边喝茶汤一边慢条斯理地和温不劫讨论即将到来的万国术士大比。如今八方术士齐聚河洛，鱼龙混杂，防范他们犯案的责任都在太史局和北司上，因此师徒俩肩上的压力都很大。

两人聊了一会儿，将一些重要的事商定，顾俟城便离开三十二层，下到十八层的文案室，查询各种资料，查找有关浑天仪的消息。

他在安静的房间里查阅资料时，河洛城西的延平门却热闹非凡。

平时，无论是术士还是普通人，都可以随意地从河洛各个城门进出，毕竟术士极少，没必要单独辟出一道城门供他们通过。而在万国术士大比期间，朝廷特别规定，除太史局和北司的术士外，所有术士都必须从延平门进出。这里除了普通的守城官兵外，还有北司的术士驻守，防止进出城门的术士闹事。

同样，这几日在河洛城中巡逻的也不只是金吾卫的官兵，还有北司和太史局的督查缉捕术士。

此时，从延平门入城后的延平大街上熙熙攘攘，大部分是从外地来的术士。突然，街头响起几声虎啸狼嗥，随即引起一阵混乱，普通百姓见到威风凛凛的猛兽，全都惊叫着纷纷走避。几个身穿兽皮长袍的西域术士骑着各自以术法契约的虎熊豹狼，向城里疾驰。

普通人畏惧猛兽，术士却浑然不惧，且将其行为视为挑衅。一群穿着米白色镶银边短褂长裤，披着狐皮大氅的南沼术士手指轻捻，便有细小的飞虫悄然飞向那些猛兽；几个套着黑色长袍，戴着黑色毡帽的酆都术士祭出几个小鬼，向骑在猛兽背上的术士扑去；其他术士也是各下暗手，一时间乌云遮住了太阳，阴风阵阵，飞沙走石。那几个被围攻的兽术士也不是等闲之辈，一边驾驭猛兽冲锋，一边祭出法器，左挡右打，前攻后防。猛兽速度极快，笔直地向前疾驰猛冲，不时将人撞飞。

街道两旁的百姓不断惊叫，不时发出被误伤后的惨呼声。风雪初霁，几个垂髫童子本在街上玩耍，此时猝不及防，都傻在原地。几头虎熊豹狼凶神恶煞地撞过来，眼看血盆大口就要咬到他们头上，那几个孩子却被吓得只会大哭，根本不知道跑开。

旁边一个骑在马上的姑娘见此情景勃然大怒，猛地挣脱了一直拉着她不让她上前参与乱斗的青年男子，飞身跃起，抖手祭出长鞭，用力一抽。空中仿佛响起一声炸雷，接着，一条火龙翻卷着冲出，直扑那几头猛兽。

兽类惧火乃天性。猛兽虽然经过术士驯养，能够适应术士对战中的各种术法，但仓促之间火焰烧到眼前，还是让它们本能地向左右闪避，如此便避开了那几个孩子。

那姑娘怒火中烧，杏眼圆睁，一张俏脸涨得通红，边骂边冲上去加入战圈，右手鞭法，左手术法，竟然打得几个兽术士手忙脚乱。

其他术士也加入，趁机浑水摸鱼、故意捣乱，现场顿时成了一场乱战，在一片白袍、黑衣、皮袍中，年轻姑娘的艳红镶兔毛夹袄长裙显得异常夺目。

没过多久，北司术士和金吾卫官兵包抄上前，将他们团团围住，救出被误伤的百姓，勒令术士们住手，否则会将他们全部逮捕，押入北司。

这些前来参加大比的术士虽然大多桀骜不驯，但是都听过北司和金吾卫的大名，心知如果负隅顽抗，就会被押进北司，或者被逐出河洛，得不偿失，于是纷纷收手，佯装什么都没发生过。

类似的乱斗已经发生过很多次，太史局和北司的术士早已见怪不怪，按例询问了他们的姓名，查看了他们的路引后，稍加训诫，让其赔偿了受伤百姓，才放他们离开。

查到那个姑娘时，太史局的术士态度明显变好："原来是玄都观的虞仙子，来河洛是要参加大比吗？"

玄都观是天下第一道观，观主玄微子是大宁第一术士，而虞灵犀是他的养女，在小一辈中实力强大，又自小受到养父和师兄们的宠爱，养成了活泼直爽、疾恶如仇的性情。听到太史局的术士询问，她便爽快地点头："是啊。以前我从没参加过万国术士大比，这次来见识见识。"

"好啊。虞仙子定能取得好成绩。"那个术士捧了她一句后，便将目光移向她身边温文尔雅的青年男子身上，态度更加热情："阮大师，您也来了。"

阮星辰微笑着点头："对。我师父不放心，让我陪师妹过来。"他是玄微子的二弟子，负责玄都观的庶务，深受弟子们的爱戴。

玄微子的首徒季同是一个术痴，精通机关建造术，除此之外一窍不通，常年闭关，精研机关术，几乎没有出过玄都观的大门。因此，阮星辰在玄都观内外的名号比季同要响亮得多。

他的笑容令人如沐春风，太史局的术士对他也相当亲切。几个人寒暄几句后，阮星辰便带着虞灵犀上马，快速离去。

等到离开混乱的现场后，阮星辰才语气温和地责备道："师妹，我们临行之前，师父叮嘱过你，切忌冲动行事，可你呢？还是那么莽撞。若是你有个什么闪失，我怎么向师父交代？"

虞灵犀连忙央求："二师兄，你千万别告诉师父。你看，我没闯祸，与那几个西域术士切磋一番，只是为了救无辜的孩子们，连太史局和北司都不追究我的责任，可见我做得没错。二师兄，你最好了，事情都过去了，就别让师父他老人家担心了，好不好吗？"

阮星辰看着她，长叹一声："你啊……唉……好吧，这次我就不告诉师父了。若是师父问起，我帮你兜着。可是，下不为例啊。"

"好。二师兄，你果然是最好的二师兄！"虞灵犀高兴得差点儿跳起来，"二师兄，我们先去南衙看谢大哥吧。我之前打听过了，他现在是南衙的典狱长。"

阮星辰点点头，愉快地说："嗯，我也正想见见谢兄。"

前来参加万国术士大比的术士都不能进入皇城，只能在外郭城指定的十余个迎宾馆居住。外国使团都住在四夷馆，与这些术士相隔甚远，以策安全。

阮星辰是玄都观的住持，虞灵犀是玄微子的养女，两个人身份不俗，自然可以进入皇城内。他们策马疾行，却谨慎地躲避路上的行人，没有伤到或惊吓到普通百姓。

进了皇城后，他们直奔南衙，却看到前衙已经变成一片废墟，有不少杂役正在清理断木残瓦，到处都是一片焦黑。两个人大吃一惊，同时跳下马背，上前询问。

阮星辰找到一个像是南衙小吏的男子，风度翩翩地一拱手："这位兄台，我们是谢图南谢大人的朋友，前来探望他，请问他可在南衙？"

那小吏知道谢图南受了重伤，之前已有不少官员前来探望他，现在看到阮星辰气宇轩昂，虞灵犀明艳照人，便以为他们也是官家子弟，热情地说："南衙繁乱，不宜休养，谢大人已被送回家中。"

"原来如此。"阮星辰笑着点头，"谢大哥现在依然住在安仁坊吗？"

那小吏心说这两位果然是谢大人的朋友，于是态度更加殷勤："正是，谢大人一直住在安仁坊。"

"多谢兄台。"阮星辰彬彬有礼地道谢后，这才与虞灵犀上马，向皇城外驰去。

安仁坊紧邻朱雀大街中段，是中级官员和富商聚居的地方。谢图南虽然在刑部当差多年，却不贪污、不枉法、不关说，又仗义疏财，俸禄和赏赐几乎每年都会被用光，到现在也没攒下什么钱。他住的三进院子是祖上传下来的，家里也只有十来个老仆打理，看上去十分朴素，近乎寒酸。

阮星辰和虞灵犀上门后，很快被迎进正院。院子里路上的积雪都被清扫干净，两旁的雪却依然存在，在淡淡的阳光下显得更加洁净，大树与草坪都已经枯黄，看上去有些萧瑟。微微驼背的老管家对两个人很热情，一路上向他们介绍着主人的伤情。

以前谢图南常年在外，阮星辰和虞灵犀也不常下山，因此他们并没来过谢宅。虞灵犀好奇地看着周围的景色，笑吟吟地与老管家聊着家常，兴致勃勃地打听谢图南小时候的趣事。

她生得明眸皓齿，笑起来眉眼生春，因为从小就修炼术法，身体发育得很好，胸部丰满，腰肢纤细，四肢修长，整个人都散发着勃勃生机。老管家很喜欢这个从未见过的年轻姑娘，心里不由得大动，很想将她与自己的主人撮合成一对，表面上不动声色，一直不着痕迹地为主人说好话，虞灵犀没听出来，阮星辰却听得明明白白。他一直微笑着，倾听着老管家的讲述，并没有提醒仍然有些懵懂的小师妹。

今夜，月明风清，夜空中有星云在回旋运转，大地在月光的映照下泛着银光。

在一片平静、祥和的气氛中，顾侯城却看到了自摘星台上冉冉升起的云气。他微微地皱了皱眉，双眸中闪过一丝锐利的光芒，转头看向东北的天际。略懂占星之术的他看着眼前的星辰变化，心中已感知到了今夜的变动。

夜色渐浓，悬挂于空中的明月渐渐地泛起了一层浅淡的红色，诡异妖娆，透着一股不祥的意味。

顾俟城从鬼市悄悄地出来，从容不迫地看了一眼血月，脚一踮，蹿上街边的屋顶，朝皇城的方向疾奔。

鬼市与皇城相距甚远，中间隔着许多坊市。外郭城不比皇城，建筑众多，树木花草稀少，此时华灯初上，大部分街道两旁的店铺和住宅灯火通明。橙黄色的灯光静静地照亮着大半个外郭城，也是一大脍炙人口的景观。

顾俟城身法轻灵，踩着形状各异的屋顶，犹如一缕黑烟，由南往北，一闪而过。

寒冷的空气中，有歌声在风中飘过："得清闲，尽快活。日月似穿梭过，富贵比花开落。青春去也，不乐如何。"丝丝袅袅的吟唱声若隐若现，热情活泼，使夜色显得更加静谧。

顾俟城在夜风中一路飞驰，刚刚越过城中心的朱雀大街，便感到黑暗中的缕缕杀气将他包围。

风声隐隐，一柄利器突然从左边屋角的暗影里以雷霆万钧之势朝他袭来，与此同时，右边隐约响起几点细如蚊蚋的风声。

顾俟城一脚猛踮，腾空一跃，避过飞来的暗器，迅速从腰带里抽出一柄软剑。

风声将止，从数处暗角里接连跃出身穿黑衣的蒙面人，手上都握着普通的横刀，却杀意正浓，使得空寂的街道显出了几分狰狞。

顾俟城握紧手中的软剑，打量着眼前的刺客，眉头微微一皱，阴沉的双眸中杀意渐涌。

领头的黑衣人与他对峙数秒后，随即挥来一道白练似的刀光，向他拦腰疾砍。

其他黑衣人贴地急滚包抄上前，直攻他下盘。

顾俟城纵身跃起，避开了黑衣人的贴地攻击和那一刀杀招。

霎时，耳边风声乍响，他抬头一看，只见成千上万的暗器铺天盖地地朝他飞来。

顾俟城提剑抵挡，迅速旋身，剑气舞动间幻出万点星光，灵巧地将前后左右的暗器一一击落。

这时，在万千被击落的暗器之后，一道寒气逼人的刀光忽然如白龙跃空直冲顾俟城。

顾俟城挥剑接招，迎上刀锋。出刀之人一刀快过一刀，一刀猛过一刀，刀刀势大力沉，犹如长江大河层层叠起的滔天巨浪，势不可当。

顾俟城只觉得手中的秋水长剑已被那至刚至猛的刀势紧紧地缠住，一时摆脱不掉，其他黑衣人乘机从四面八方向他袭来，黑暗中，刀光闪闪，又有暗器如同蛇芯子，无声地向他探去。

顾俟城的左手本来捏着术法手诀，这时忽然指向自己的胸口，用力一握，一道紫色的奇异光华从他的胸口冲出，绚丽明亮，深奥难测。他被罩在那道紫光中，犹如紫玉雕成的人像，闪烁着璀璨光华，所有攻击在触到那道紫色光障时，便再也不能前进分毫。

围攻他的人皆是一怔。

就在这片刻之间，秋水长剑的剑光暴增，剑势如天河倒泻，朝着那领头之人席卷过去，只听得铿的一声脆响，那人手上的刀已被崩成碎片，叮叮当当地坠落到屋面上。

顾侯城的剑势依然绵绵不绝，直向那人身上缠去。那人只觉眼前光华一片，竟充满了奇异的魅力，吸引着他想多瞧上片刻，而不舍得退后。

两旁之人见势不妙，奋不顾身地一齐冲上，三个人同时出刀，勉强架住那一剑，另有一个瘦小之人自后方蹿出，抓住那人向后用力拉扯，这才让他堪堪避过那必杀的一击。

顾侯城身随意走，手中长剑变化万端，忽如刀劈，忽如枪刺，忽如软鞭挥出，忽如弯钩斜犁，身法更是轻灵飘忽，迅捷飘逸，让人眼花缭乱。每个人都觉得那青色长剑在自己眼前身周缠绵不去，却是招招夺命。

一时间，人人手忙脚乱，疲于招架，有几个黑衣人被顾侯城裹在剑光里，已是命在旦夕。

那个被扯出去的高大汉子刚刚站定便劈手从旁边人的手里夺过刀，又奋身冲进战圈，一刀由上而下，直直劈出。

他是存心想两败俱伤，攻势排山倒海，自己却是门户大开。

顾侯城显然也看出来了，却没有欺身直进，反而用剑尖在他刀尖上一点，借力远远地飘开，落到一丈开外的另一处屋顶上。

他的手中握着一泓秋水，身上的紫光已经消散，在夜色中悄然地落到每个黑衣人的身上，透过他们的衣衫，沾上他们的肌肤。他不再进攻，也没有逃逸，只是冷冷地站在那里，借着下面窗户透出的灯光，看着这边的黑衣蒙面杀手。

在他的身后，半轮颜色浅淡的血月已经隐入黑云之中，黑云压顶，盘踞半个夜空。一股诡异的气息似乎自那九天落下，迎面扑来，让那群敢在河洛伏击"北魔"的人有些不寒而栗。

为首之人仿佛也感觉无法与这股气息相抗，立刻不再犹豫，低声地命令道："撤。"

这群黑衣人全都往后一翻，落入屋下的暗影里，飞快地四散奔逃。

顾俟城并不打算追赶，仰头看了看天空，迅速还剑入鞘，再次飞身而起，却改了方向，朝着附近的谢宅疾掠而去。

这时，一簇温润的光点自天外迅速飞来，从四面八方进入河洛，涌入内城，同时飞进摘星台。

顾俟城进入安仁坊，径直寻到小巷里的谢宅，越墙而入，找到正院，见里面灯火未灭，便沿着青石板路走过去。

突然，一旁风声霍霍，暗夜里，一条鞭子带着暴烈的杀气向他抽来。他猛地刹住脚步，飞身向后疾退。

一个女子的声音冷然喝道："贼子休走！"

顾俟城本以为有人夜袭谢府，颇为谢图南担心，此时听到这句话又放下心来。这显然是谢图南的人，大概以为他是前来谢府犯案的贼人，这才一上来便是狠招。

远处的回廊上挂着照明的灯笼，他借着些许微光，渐渐地看清了袭击者的长相。来人正是玄都观观主玄微子的养女兼亲传弟子虞灵犀，顾俟城虽然没见过其本人，但是在摘星台的卷宗里看过她的画像，所以仅一眼便能认出。

这个虞灵犀从小天资过人，心思纯澈，如今不过才十八九岁便身手不凡。她手里的这根乌金鞭是她养父玄微子所赐，为高阶法器，如果不是顾俟城实力强大，非得栽在她手上不可。

顾俟城敏捷地躲过几鞭，将灵力覆于手上，猛地探爪抓住鞭梢，再用力一抖，就将鞭子从她手中夺过。

虞灵犀大怒，从扣在手腕上的皮质护腕上拔下三把银镖向他掷去。顾俟城挥鞭打落银镖，不再与她缠斗，抛下鞭子，足轻踮，飞身而起，一溜烟地蹿进正院。

虞灵犀连忙上前捡起鞭子，然后衔尾急追，一头冲进谢图南所在的正房里。

顾俟城停下脚步，推开房门，撩开厚棉门帘，走进温暖的房间里。

全身包扎着棉布的谢图南半躺在罗汉榻上，借着油灯，轻轻地翻着手中的公文，手腕上的伤若隐若现，虽形象狼狈了一些，但气质依然宛若骄阳，璀璨夺目。

看到他进来，谢图南并没有惊诧，只是略感意外："这么晚了，三弟有急事？"

顾俟城坐到榻前的椅子上，有些无措地挠了挠头："就是……刚从朱雀大街过，突然想起大哥就在附近，便顺道来看看。你伤得这么重，怎么还不休息？"

谢图南正要说话，虞灵犀便冲进门来。她长发披散，身上仅穿着白色细棉布中衣，外面胡乱裹着一件狐裘，显然是仓促从床上起来"捉拿贼人"的。谢图南一怔，满脸惊讶："虞姑娘，你这是……？"

虞灵犀一看房里的情形，不免有些尴尬，连忙收回方才的气势，偷偷地瞥了一眼好整以暇的顾俟城，有些不好意思地问："谢大哥，他是谁啊？半夜翻墙进来，实在是太过鲁莽。"

谢图南忍俊不禁："他是我三弟，北司典狱长顾俟城。"

"北魔？！"虞灵犀脱口而出，接着自觉失言，一张艳如桃李的俏脸顿时红到耳根。

顾俟城轻咳一声："在下正是北魔。"

谢图南轻声笑道："三弟，这位姑娘是玄都观观主的千金虞灵犀。"

顾俟城抬手，抱了抱拳："虞姑娘，幸会。"

谢图南关切地道："更深露重，虞姑娘赶紧回去歇息，小心着凉。"

虞灵犀这才意识到自己深夜闯入男子寝房似有不妥，于是脸更热，心跳得更快。她收起鞭子，对顾俟城抱拳一礼："顾北……"

喀喀……顾三哥，刚才我以为是贼子想盗窃财物，因此贸然出手，失礼了，还请顾三哥海涵。"

顾俟城摆摆手："你也是为大哥的安危着想，又不知我是谁，能仗义出手，不避危险，实是我辈中人。顾某对虞姑娘很是钦佩，还要多谢虞姑娘对我大哥的维护。"

虞灵犀看了谢图南一眼，笑靥如花："谢大哥是我的救命恩人，我维护他是应该的。那你们聊，我先走了。"说罢，她干脆利落地转身离去。

顾俟城意味深长地看向谢图南，有些好奇地问："大哥，你怎么救她的命了？"以他的眼光，自然知道虞灵犀是一个高明的术士，而谢图南不会术法，却是怎么个救命法？

谢图南干咳一声，有些好笑地说："我跟玄都观的阮星辰有些交情，八年前曾经去玄都观拜访，结果在路上看见一个小姑娘耍鞭子，不慎将鞭梢缠在了崖边的树干上。她用力过猛，就被鞭子拽过去，险些跌下悬崖，我冲上去搭了把手，把她捞回来，就是这么个救命之恩。"

顾俟城哈哈大笑："嗯，没错，这确实是救命之恩。"

谢图南苍白的脸上有了更多的笑意："虞姑娘一派赤子之心，不骄横，不张狂，良善豁达，颇为难得。"

"我深夜到来，在江湖老手看来自然是艺高人胆大，轻易招惹不得，她却不避危险，主动出来迎敌，确实人品极佳。"顾俟城点头，"她来河洛，是要参加万国术士大比吗？"

"对。"谢图南有些担忧，"她年纪太小，历练太少，对那些术士的鬼蜮伎俩只怕见识不多，我怕她会在大比台上受伤，甚至丢了性命。"

"放心吧。到时候我师父、袁天师和我都会到大比会场上坐镇，就是防止发生意外。"顾俟城安慰他，"年年大比，虽然总会有人受伤，但不会那么容易丢掉性命，太史局和北司都不允许，我们已经做好了准备。"

"那我就放心了。"谢图南松了口气，"夜深了，你也别走了。我带你去客房，姑且歇息一晚。"

"先别急。"顾俟城把他手上捏着的公文拿下来，放到桌上，"你受伤很重，为什么不好好养着？"

谢图南见他不肯走，便拿起旁边小火炉上的铜壶，给他和自己都倒了一杯滚水，拿起茶杯吹了吹，喝了两口水，这才说："我睡了大半天，晚上就睡不着了，所以才看看公文。南衙遭遇这么大的损失，我心急啊！"

"重新整修，找工部就行了，按部就班的事儿，你也不懂。"顾俟城拿起茶杯，一饮而尽，然后拿起铜壶倒水，"我来找你，是想听你说说昨天夜里发生的事情。我来晚了，知道得很少，对那些袭击你的术士一点儿也不了解，查案比较困难，所以才这么晚了过来找你，想从你这里了解一下。你不妨躺下来，跟我说说遇袭的细节，等到困了倦了，你就直接睡觉。至于客房，你跟我说一下位置，我自己会过去。"

谢图南想了想："也好，就按你说的办。"

顾俟城起身上前，帮他脱下披着的大氅，扶他躺下去，给他盖上棉被。谢图南理了理思绪，便缓慢而清晰地讲述了昨夜南衙遇袭的全部经过。那些黑夜中射来的利箭，他逃出签押房后看到的情景，老五与黑衣武士的进攻手段，黑衣术士的围攻，他们说过的每一个字，等等，巨细靡遗。

顾俟城凝神细听，同时在心里还原当时的情形。等到谢图南讲完后，他又问了一些细节，有些谢图南没看见没听到，有些经他提醒后，谢图南会想起来，重新描述一番。

等到终于把事情讲完，谢图南眉宇间的倦意更浓了。顾俟城喂他喝了几口热水，扶着他躺下，等他睡着后，顾俟城却并未离开，而是拿起桌上的公文，仔细地看起来。

南衙和北司在晚上都只留一部分人值夜，大部分人会回家。守夜之人也多半在衙里的值房歇息，因此在敌人的突袭下猝不及防，伤亡惨重，但细数起来，昨夜南衙也不过死了七个捕头、四个狱卒、两个衙役。顾俟城对死伤之人并无兴趣，只对仵作填写的尸格很关注。

昨夜除了少数捕头、狱卒、衙役、金吾卫士卒外，死伤的主要是黑衣蒙面人。在谢图南的要求下，仵作对每一具尸体都验得很仔细，尸格上填写得都很详尽，能从中看出很多东西。顾俟城这些年来瞧过无数尸格，一看就懂，此时逐页逐项地看过去，心里渐渐地有了一些明悟。

　　谢图南睡得很沉，其间曾发高热，顾俟城从怀中的锦囊里拿出一个瓷瓶，倒出一粒丹药喂进他的嘴里，不久后他就安静下来，渐渐地退烧。顾俟城一直守着他，顺便将桌上的公文看了几遍。

　　等到晨曦初露，谢府里的下人陆续起床，有长随进来侍候时，顾俟城便悄无声息地离开了。

第四章

万国来朝

顾俟城离开谢府后，立刻回北司去换官服。

今天是万国来朝的盛典，所有外国使节将进宫觐见，献上国书与贡品，接受大宁上国皇帝陛下的赏赐。

这一日从早上开始，便会有各国进献礼品，同时有皇宫大宴，款待各国到来的使团。

明天皇帝会亲临摘星台，举行隆重庄严的祭天仪式。

第三天到第七天是各式各样的狂欢节，其间也会举办万国术士大比。皇帝已颁布圣旨，届时举城狂欢，可通宵达旦，金吾不禁。

匆匆用完朝食后，顾俟城率领北司精锐走在皇城中笔直宽阔的街道上，与潮水一般的车轿和人流一起向皇宫行去。

几乎没人注意到他们。即使贵为北司术士，他们平时过的也是普通生活。他们是沉默的守护者，历来都是。

各国使团都带着贡品，因而不仅有大批武士跟随，还有术士随行，以保证使团和贡品的安全。这些术士也会跟着进入皇城，因此就需要太史局和北司的术士拱卫皇宫。

顾俟城正在交代守卫事宜，就听见身后传来数声马嘶，接着便有此起彼伏的惊呼声响起。顾俟城和秦绍辉回头一看，原来是一驾金马车的驷马惊了，正一路狂奔而来。

车上有人大叫："马惊了，快闪开……"

跟在顾俟城身后的寇德容最擅驭兽，此时双目一凝，看向那四匹奔马狂乱的眼睛，嘴里有节奏地发出阵阵的嘶鸣声。

片刻之后，那四匹马的速度迅速降低，跑出十余步后就渐渐地停住。它们打着响鼻，浑身颤抖，神情却渐渐地安静下来，眼神变得十分柔顺。那车上正努力驾驭惊马的人猝不及防，一个前倾，扎手舞脚地飞了出来。前面的人急忙闪开，眼看他就要重重地摔到坚硬的水磨石板上时，严咏志飞身蹿出，双手顺着他的来势稳稳地托住他的后腰，然后将他放下。那人惊魂未定，面如土色，剧烈地喘息着，讷讷半响，却一个字也没说出来。

　　严咏志见他安然无恙，不再理会，从容地转身回到顾俟城身边。

　　顾俟城什么也没说，继续朝着皇宫走去。那人还想前来道谢，车流与人流却已重新合拢，让他无法挤上前来。

　　大约走了两刻钟，顾俟城等人渐渐地接近皇宫。远远地，他们便看见卫怀定正威严地站在宫门前，督促着金吾卫官兵严格检查进入皇宫的各路宾客。

　　顾俟城与魏无恙没有挤进等候进宫的人流，而是折返往西，绕到明光门前。

　　这里也被严密地把守着，只有太史局、北司、金吾卫、御前侍卫等负责皇宫守卫的特殊人士才能进入，皇宫内卫和内务总管宿英才负责在门口进行警戒与甄别。

　　看到顾俟城，宿英才原本严肃的脸上浮现出一丝恭敬的笑容："顾大人，您来了，温大人一直在等您呢。"

　　顾俟城随和地笑着，对他点了点头："宿大人辛苦了！"

"顾大人言重了，这是宿某应尽之责。"宿英才说着，做了个"请进"的手势。

宫门处的卫士们均躬身低头，让出通道。顾俟城对他们微微点了点头，便迈过高高的门槛。他带着的北司精锐也都紧走几步，跟上他的步伐。

大宁的皇宫规模宏大，庞大的宫殿矗立在高高的汉白玉台阶上，每一座似乎都映衬着世人的渺小。

在柔和的阳光里，这些金碧辉煌的屋宇闪烁着光辉。今日是盛典的第一天，但在那些高大的建筑周围，依然空旷、安静，只有从天际吹过来的微风隐约带起飒飒声，传达出一种悠远的惆怅。

顾俟城缓步走向皇宫中心的太极殿，心静如水。

湛蓝的天空下，巨大而威严的皇宫总会给人奇异的宁静感。

人们从皇宫正门进入，穿过宽阔的广场，登上精雕细刻的汉白玉台阶，便到达恢宏的太极殿。

这里是每年举行大典和接待各国使节的地方。一组精美的盘龙柱矗立在巨大的宫殿中，支撑着极高的屋顶，顺着盘龙柱往上看，湛蓝色的天花板上金光熠熠，如璀璨群星。在耀眼星空下的额枋两侧，神禽大鹏昂首展翅，护着通向天空的路。殿中，巨龙盘绕的立柱上雕着几朵栩栩如生的莲花，宏伟之间绚丽妖娆，宣示着大宁国承天庇佑的朝气蓬勃和深厚福泽。

这座精美而又气势恢宏的宫殿给了外邦使节强烈的震撼。它的布局蕴含着神奇的力量，使他们自然而然地选择向这个被上天垂青的强盛王朝臣服。

在太极殿后面是数座用途不同的巨大宫殿，每座宫殿里都有或华丽或庄严的雕刻装饰，似乎在诉说着在上古时代发生过的故事。

历代君王的画像被挂在雕梁画栋之间，震撼着后人的心灵。

这些宏大而庄严的建筑将数术的精妙和建造的工艺完美地糅合在了一起，处处都打上了当年的建造者的烙印。

顾俟城每次穿行在这些巨大的建筑之间时，看着阳光将飞檐斗拱的影子拉得斜长，心里便会出现奇异的感觉，体内的灵力似乎与天地之间的神奇力量相呼应，让他时常感觉会在顷刻间突破无形的枷锁，翱翔于天。他总要花费很大的精力才能压制住内心深处那股急欲脱离红尘而去的狂躁不安。

他大步流星地穿过宽阔的广场，来到宫中重地议政殿。门口的执事太监立刻对他行礼："顾大人，温大人已经到了，请您进去。其他大人请在殿外稍待。"

"好。"顾俟城一笑，迈步走进殿中。北司精锐都没有跟进去，全部等在大殿门外。

殿中除了温不劫外，还坐着一位中年长者。他已年过不惑，看多了岁月沧桑的眼睛目光深沉而锐利，脸上满是威严，谁也不敢因为他那瘦削的身材而小觑他。

他便是太史局的副令袁天师，术法精湛，疾恶如仇，为诛邪除恶可以不择手段。比起温不劫来，他在江湖上的名声更响，也更令人畏惧。

看到顾俟城进来，他淡淡一笑，将手里端着的茶盏放到桌上："俟城来了，我们这把老骨头也可以放松一下了。"

顾俟城抱拳向他行了一礼："袁师叔，俟城来迟，还请恕罪。"

"那么客气做什么？"袁天师摆摆手，"快坐吧。"

顾俟城从容地坐下，一双眼眸波澜不惊地看着他："袁师叔似乎心有挂碍，不知忧心何事？"

袁天师轻叹一声，抬手抚了抚额，紧皱眉头："昨夜天现血月，似为不吉，我卜了一卦，卦象却扑朔迷离，吉凶未卜。深夜，摘星台得到千里传讯，言西南有异动，却语焉不详，让人好生困惑。"

温不劫看了看悻悻然坐在下首的钦天监占卜师，再看看满脸凝重之色的袁天师，轻松地说："祸兮福之所倚，福兮祸之所伏。昨夜血月浅淡，即便是天降凶兆，多半也是为了提醒我们。咱们保持心性清明，即可化解。"

顾俟城听得明白，立刻笑道："师父的意思是，虽是凶兆，但不甚要紧，是吗？"

"是的。"温不劫微笑着点头，"孺子可教也。"

顾俟城从来不信"命中注定"，只信"人定胜天"。他偶尔会在难得的闲暇时候研究星相、卜卦、数术等学问，也不过是为了触类旁通，提醒自己时刻小心，谨慎从事。

昨夜天上出现血月，他在地上被不明身份的敌人围攻，事后根本没把两件事联系在一起。天上的月离他有千万里，地上的杀机源于敌人的恶意，二者并无关系，他无法改变天象，却能用自己的力量来应付危机。

在绝对的实力面前，一切阴谋都无济于事，更不必将之公之于众，徒然引起混乱，根本于事无补。

看着温不劫和顾俟城师徒笃定的笑容，殿中许多人紧绷的身体慢慢地放松，纷纷点头。

袁天师的大弟子韦长生已过而立之年，是袁天师的得力助手，术法高深，沉稳干练，这时看了看大殿一角的沙漏，礼貌地说："师父，庆典即将开始，您与温师伯可以前往太极殿了。我和顾师弟就先带人过去了。"

温不劫和袁天师同时点头："去吧。"

韦长生起身对顾俟城笑了笑："顾师弟，我们一起走吧。"

他中等身材，相貌很普通，扔在人群里便找不到了，平时待人也很温和，未语先笑，顾俟城却从来不敢看轻他。听到他话语带着命令意味，顾俟城立刻点头："好，韦师兄请。"

看到二人联袂而出，大殿里的占卜师有些迟疑地看向温不劫："温大人，如果陛下问起血月之事，我等应该如何上奏？"

温不劫看着钦天监的监正和占卜师，沉声道："你们观察星相，自是分所当为，可也要记住，尔等的职责不是制造恐慌，更不是妄加猜测，散布未经证实的流言以维护你们的权威。过去，世俗之欲望蒙蔽了你们的双眼；现在，你们该醒了。守口如瓶、安抚民心才是你们目前的首要职责。我希望你们牢牢地记住你们存在的意义和应尽的责任，否则，就要你们率先以身献祭，去向上天忏悔你们的肆意妄为。”

温不劫一向和蔼可亲，很少有如此声色俱厉的时候。此时，他一身紫色官袍，腰系玉带，整个人仿佛泛着紫光，眼眸中隐隐地流动着奇异的光芒，如运转着的日月星辰，目光无比明亮，摄人心魄。

钦天监监正是星相师，与占卜师一向不和，温不劫对他们之间的明争暗斗向来视若无睹，每次见到都是水波不兴，除了筹备大典之外，很少与他们交谈，更不会如此严厉。此时此刻，他们只觉得温不劫的气势犹如利刃一般朝他们逼来，让他们难以招架，除了连连点头外，一句话也说不出来。

袁天师听着温不劫训斥钦天监的官员，一直没有说话，只是端起茶盏，慢慢地饮着已经微凉的茶汤。

顾侯城与韦长生出了大殿，带着北司与太史局的精英术士往太极殿走去。大殿里穿梭着忙碌不堪的内侍、宫女和内卫。

顾侯城指导北司术士隐于大殿内外各处，然后从侧门进入殿中，穿过充满阳光的回廊，悄然隐入正殿的角落里。

这里位于丹墀的左侧，长长的丝绒帘子遮住了满殿的灯火。他静静地扫视着殿里的人群，用心感知着可能发生的危机。

丹墀右侧的帘后站着韦长生，他不动如山，气息却内敛到极致，让人根本察觉不到那里还有一个人。

此时，宽阔的殿堂里已是座无虚席。各国使节、皇室宗亲、勋贵大臣、后宫妃嫔、达官显贵的女眷与孩子们都在礼宾官员的引领下，纷纷到大殿两旁的席位上就座。他们与相邻的宾客交谈着，脸上都是兴奋快乐的神情。

大殿一角的皇家乐师们正在演奏着喜庆的迎宾大乐，为这满殿洋溢着的欢乐气氛锦上添花。

扰攘半晌后，大家都在大宁礼仪官特别通知的时间里到齐。

看了看日晷，礼部典御使高声宣布：“河洛盛典开始！陛下驾到！跪——”

礼乐停止，殿中众人依礼起身，一起跪下。

伴随着摘星台敲响的悠长庄严的钟声，大宁皇帝缓步走出，登上皇座。

他站在那里，带着睥睨天下的笑容，看了殿中诸人一眼，微微摆手：“各位贵宾远道而来，朕欣喜不已。诸位平身，赐座。”

众人齐声道“陛下万岁万岁万万岁！”，然后纷纷起身，坐回原位上。

皇帝也坐到龙椅上，饶有兴趣地看着各国使节依次上前献上珍贵的贡品，听他们景仰地山呼万岁。

直到午时，各国使节才全部递交完国书并献上贡品，典御使立刻大呼：“开宴——”

乐声再起，变为轻柔悠扬的雅乐，一队队彩衣侍者端着各式各样的美味佳肴鱼贯而出，将佳肴摆放在众人面前的几案上，顿时香气四溢，挑动着人的食欲。

皇帝首先举杯相邀，众人这才欣然动箸。

正当殿中众人觥筹交错之时，天边有朵浓密的铅灰色云彩正急剧地翻腾着，向河洛飘来。

殿角垂帘后面，顾俟城和韦长生分别接到温不劫和袁天师派人送来的口信，于是召唤来各自的心腹下属守在这里，然后悄然离开。

顾俟城与韦长生疾步穿越皇宫，各自从御厩里拉出一匹骏马，飞身跃上，扬手一鞭，那马长嘶一声，四蹄生风，向着摘星台狂奔而去。

今天皇城里的人太多，到处都是金吾卫，贵宾们的随从和居住在皇城里的各府邸家眷都跑出来看热闹。

顾俟城和韦长生穿过人群策马狂奔。金吾卫官兵见着他们骑的是有御厩印记的皇宫御马，便连忙给二人让了道。于是两个人一路畅通无阻，纵马长驱直入，穿越幻境，到达摘星台门前。

两个人跳下马，奔进塔中，进入通天柱，迅速升到三十二层。顾俟城打出手诀，小门被滑开，两个人前后脚出去，走进温不劫的签押房。

袁天师也在里面，见到他们，微微点了点头："走吧，你们也跟着长长见识。"

温不劫站起身来，对顾俟城说："跟紧我。"随即他伸手一挥，凭空抹出一道奇异的闪烁着银色光芒的小门。他伸手推开门，里面白雾氤氲，隐隐有彩光闪烁，顾俟城感觉那里有一个很大的空间，却又不辨东西南北。

温不劫率先进去，等到其他三个人跟着进入后，便立刻将门紧紧关上，随后垂目静立。不一会儿，他身体周围的白雾开始急剧地翻滚。那团雾裹挟着他们，以迅雷不及掩耳之势向上疾升。

整个河洛都听到一声巨响，仿佛雷霆在耳畔炸响。人人都是一惊，随即本能地循声望向摘星台顶。那里闪现出一道紫色光华，直冲霄汉，蔚蓝的天空中立刻云蒸霞蔚，瑰丽异常。那束光华凝成一团彩霞，疾速往南边天际涌去。

看到摘星台"显灵"的吉兆，河洛百姓无不心醉神迷，纷纷俯首膜拜："神灵护佑，大宁永盛！"

顾俟城隐在温不劫创造的大挪移术法的结界里，那种将人限制在地面上的强大力量此刻仿佛已经完全消弭。他本身的重量已在现实中消失，身体被全部包裹在结界里。在温不劫的号令下，袁天师、顾俟城、韦长生都用出术法，一起推动结界向前，想要全力阻止那股凶厉至极的力量向河洛推进。

很快，他们的结界便触到那个结界的边缘。温不劫立掌如刀，猛地向前砍去。两个结界都出现了一丝裂痕，他抬起双臂插进去，全力往两旁一分，将对方的结界撕开一个大大的缺口。立刻，一股诡异的、充满血腥的咒力伴随着尖锐至极的声音，铺天盖地地向他们包围过来。

袁天师翻手拿出一柄黑黢黢的铁尺，当空一挥。

哧——随着仿若裂帛般尖锐的声音响起，弥漫在四人眼前的灰雾瞬间消散，咒语也在顷刻间停止。

顾俟城眼前出现了一个男人。

他穿着深红色的长袍，头戴朱砂色的三尖高冠，满脸皱纹，皮肤泛灰，一张苍老的脸上，双眼炯炯有神，闪现着微光。

顾俟城一看那老人的装束便明白了他的身份。他是万里之外南海诸岛中的小国南沙王国的国师"巫圣"青虚子，据传会无上巫法，屡现神迹，南海诸岛将他尊奉为至高无上的神灵化身。

在他身旁趴着七个身着铠甲的男子，虽然看不见他们的脸，却能辨认出他们都穿着大宁国武将的铠甲，顾俟城略一沉吟，推测他们都是大宁朝廷派遣到南方，驻守在海岸一线的将领。

以前，来河洛觐见皇帝的外邦使团中也有南沙王国的使团，但是，今年他们没有派人前来朝拜，而是开始全民备战。大宁南边与南沙相邻的王国南禺和南越都请求大宁国派军队前往协助防守，以防南沙派兵报复。皇帝陛下考虑到事出河洛，外加南禺和南越历来与大宁交好，深思熟虑后立即派出虎威将军盖玉树，率大军二十万驻防在南越与南禺的海岸线上。

说来，此事的起因与顾俟城有关。

四年前，他查到杀父仇人狐老二与瞎老三成为江洋大盗，四处劫掠朝廷税银和使团贡品，便周密部署，终于在二人抢劫南沙使团时赶到现场，将他们包围。

狐老二与瞎老三都是亡命之徒，身上又有不少法器，与北司捕头激烈对战，不仅伤了不少捕头，还杀死了许多使团成员，使得北司术士投鼠忌器，处于下风。

顾俟城见到仇人分外眼红，一直状若疯虎，招招都像是要与他们同归于尽。狐老二见势不妙便与遍体鳞伤的瞎老三抓住南沙王子为人质，拿出压箱底的法器天雷子，威胁北司让出一条路。

对于这种情况，太史局早有规矩，对身份尊贵的人质需要尽量保全，放走犯人也无过错，如果人质是普通百姓，则可见机行事。

当时的人质是一国王子，又是前来朝拜进贡的外邦使团的正使，身份算得上尊贵，按理应该放过犯人，救下人质，可顾俟城不管不顾，术法频出，没有给犯人半点儿生路。狐老二眼见不能善了，索性一咬牙，暗示瞎老三引爆天雷子，将整个南沙使团包括他们两个人全部炸得粉碎。

当时，惊天动地的爆炸还波及包围他们的北司术士，顾俟城也被炸飞，受了严重的内伤，养了一个多月才好。

南沙王国的使团遭遇天降横祸，让他们的国王悲愤不已。这个遇难的王子是老国王最有出息的儿子，此次老国王让他前来大宁上国朝拜，是打算让他得到大宁皇帝的首肯，回去就封他为王太子，却没想到他会在异国他乡惨死。老国王悲伤过度，病倒在床，派使节前来河洛递交国书，要求太史局给个交代。

当时袁天师认为顾俟城严重失职，不但要罢他的官，还要将他发配到北境沙漠守卫边关。温不劫为了爱徒付出了巨大代价，掏私人腰包，给了南沙大笔术法资源，还亲赴南沙为老国王带去上好的丹药，为他治好病痛，延年益寿，同时在南沙展示了自己强大的实力，让老国王为了国家的存续而不得不低头。如此软硬兼施，老国王才再派使节到河洛，向皇帝表示不再追究北司的责任，这才保住顾傒城。

一年前，悲剧再次上演。南沙王国的另一位王子带着使团成员在酒楼吃饭时，顾傒城追捕黑老三，双方在酒楼中大战。这也是他的杀父仇人，因此他再次疯魔，根本没有考虑在场的无辜之人，与黑老三大打出手，肆无忌惮地施展术法。等到战斗结束时，黑老三被他击杀，酒楼也倒塌了半边，食客死伤者众多。南沙国王子被顾傒城和黑老三的术法同时击中，摔出酒楼时又被倒塌的梁柱砸中，死状惨不忍睹。

南沙的老国王闻讯后，口吐鲜血驾崩，老国王的弟弟继位，从此便与大宁王朝终止了往来，再也没派使团前来朝拜，也不再进贡。几年来，南沙国厉兵秣马，上下一心，要为前后两位惨死在大宁的王子以及被气死的老国王复仇。

使团从南沙到大宁朝觐，可直接乘海船到大宁国的港口，但是，如果是入侵，军队就不可能直接在大宁的港口上岸。南越与南禺就在南沙军队的必经之路上，两国才会紧张地向大宁求援，大宁也才会派援军前往两国，帮助守护边境。

大军前往南方守边卫国已经有一年多了，南沙并无异动，大家都以为南沙自知国小势弱，不敢与大宁硬碰，渐渐地就松懈下来，没想到在河洛盛典开始的这一天，他们的国师居然会擒住大宁的武将，奔赴河洛挑衅。

南沙虽是小国，青虚子却是当世数一数二的大巫师，巫法诡谲，咒术可以隔万里杀人而不见血。多年前，青虚子为躲避南沼蛊术士的剿杀，辗转定居在南沙，受到国王的庇护，站稳脚跟，过上了安定的生活，为报国王大恩，这才出世成为南沙国师。

一般来说，术士界约定俗成的规矩是，大宗师级别的术士不得轻易出手。当年温不劫远赴南沙，青虚子也只是护住老国王和王室宗亲，并未与温不劫正面相抗，如今青虚子突然出手，显然来者不善。

温不劫和袁天师一见青虚子也都明白了前因后果。袁天师瞪了顾侯城一眼，冷冷地问青虚子："国师这是何意？"

青虚子长笑一声："袁天师何必明知故问？"

温不劫皱眉："国师擒拿我大宁将领，突然侵入河洛，可是向我国朝正式宣战？"

青虚子闻言，眼中喷出怒火，连声冷笑："好好好，果然是天朝大国，仗势欺人惯了。你们连杀我国两位王子，前一次还过来虚情假意地安抚一番，后一次却始终装聋作哑，连一点儿歉意都没有。实话告诉你，去年被你们无辜杀害的王子乃我的孙女婿，可怜我孙女听到丈夫的死讯，动了胎气，早产加难产，竟至一尸两命。你们太史局与我仇深似海，不共戴天。我今天过来，就是要你们做出选择。要么，你们将北魔交给我，让他给我孙女一家陪葬；要么，大家玉石俱焚，我们先灭南禺，再取大宁。这，就是我们南沙国送给你们河洛盛典的一份大礼。"

顾侯城双眉紧皱，脸色阴沉。自八岁时父亲惨死后，他一度如傀儡般对这个世界极其冷漠，年少轻狂的他一心报仇，惹出了不少事端……这些年来他为此倍感歉疚，越发沉着冷静，只是没想到南沙竟还揪着他不放。

国敌当前，顾侯城握紧了腰间软剑的剑柄，目光锋锐，盯着青虚子。

袁天师听了青虚子的话后，看了一眼顾侯城，又看看温不劫，没有吭声。韦长生站在袁天师身后，神色自若，始终一声不吭。

温不劫皱眉："国师大人，当初贵国王子不幸罹难，我国陛下也十分痛惜，不仅赐予大批珍宝，还特别允诺你们十年不进贡，并愿意让一位皇子娶贵国公主为正妃。这叫装聋作哑吗？再说，去年贵国王子身故，并不是我们太史局或北司造成的，而是被犯案恶人打伤之后，不幸被倒塌的梁柱压住而死，北司顾大人当场将恶贼杀死，算得上为贵国王子报仇了。国师大人不可听信小人谗言，平白与我大宁结仇，为贵国带去灭顶之灾。"

青虚子冷笑："既如此，我们便没有什么好说的了，那就……战吧！"

此刻，在河洛人的眼中，天边那朵氤氲的紫色仙霞已经与灰色的密云碰在了一起。不少人怀着崇敬的心情，注视着从摘星台顶冲出的那团"仙气"。只见紫色云霞刚刚与灰色云团接触时，微微地顿了一下，随即便融入其中。渐渐地，两团云混在一起，成了一大蓬灰紫色的绮丽云团，在天空中乍沉乍浮，激烈翻腾，当中似乎隐隐有火焰般的光芒射出。

温不劫努力地将自己的结界强行嵌入青虚子设置的结界里，灵力敏锐地感知着这个结界中的规律，然后运用灵力迅速调整，想要强行使之改变，令青虚子的法术再无用武之地。

青虚子神色凝重，努力维持着自己结界的平衡，接着冷笑一声，忽然左手屈指一弹，一道道冷光扑进倒伏于地的七个人体内。他们都闷哼一声，身体微微一动，似乎在渐渐地苏醒。

青虚子看向温不劫，灰白的脸上有一丝得意的狞笑："你再动下去，最先死的人将会是他们。"

温不劫知他所言非虚，如果在顷刻间打破了青虚子所设结界的平衡，最先死的将是毫无灵力的武将们。盖玉树等将领皆会七窍流血，被结界崩毁时发出的巨大力量炸得粉身碎骨。他看着青虚子，终于收回力量，迅速地调整自身，快速地适应青虚子所设结界的规律。

袁天师、韦长生、顾侯城也都随之调整自身，再辅以防御法器，保全自身。

青虚子看着他们，眼里忽然涌出一丝钦佩之意："果然名不虚传，年纪轻轻，就有如此强大的力量！"

温不劫心平气和地说："罢手吧。"

青虚子冷笑："你们大宁征南大军的统帅都被我擒住了，你难道还不清楚战事已经到了何种程度吗？现在叫我回头，除非你们还我国一个活的王子。"

温不劫等人看着他，久久无语。青虚子只是冷笑，眼里满是疯狂的快意。盖玉树等人在地上挣扎着，努力地想翻过身来。

温不劫身上的紫色官袍渐渐地鼓荡起来，隐隐泛出紫光："那么，接招吧。我绝不会让你扰乱河洛盛典。"

青虚子一探手，自腰间抽出一柄造型十分奇特的兵器。这兵器很短，看上去勉强有些刀的轮廓，刀尖却分了两个叉，刀刃和刀脊都有着形状不同、大小不一的转折和缺口，犹如不规则的锯齿，仿佛是把打造的时候就失败了的废兵刃。整把兵器都泛着雪白的寒光，似乎是用什么特殊材料制成的。

温不劫只看了一眼便动容地道："岁月刀。"

青虚子右手握刀，左手爱惜地以手指轻轻地抚过刀身的那些残缺之处，满眼沧桑地说："是，岁月刀。人的一生就像这柄刀一样，没有一处会顺利，总是充满曲折与缺憾。"

这位南沙国师已有百岁，据说幼年时遭遇极惨，却努力挣扎求生，再以无上毅力修炼武艺，参悟道法，摒弃了人世间的无数欲望，方有大成。后来巫族遭遇天灾人祸，几乎全部被灭，是他率领族人浴血奋战，冲出重围，逃往南沙，最终被国王赏识，拜为护国神圣大法师，受到全国上下的虔诚膜拜。如今看来，那些传言多半是真的。

温不劫不动如山，稳稳地立在那里，看着他那五味杂陈的神情，淡淡地道："无欲则刚。"

"对。"青虚子左手一放，右手持刀向前探出，凛然地说道，"无论有怎样的残缺，只要是块好钢，就能够于绝境中劈出一条生路。"

顾俟城抽出软剑在身前一划，泛出漫天水光，剑身划破空气的声音仿若潺潺流水，又如烈火在燃烧。他昂然地道："就让顾某来领教国师大人的高招。"

青虚子哼了一声："黄口小儿，你还不够资格。"话音未落，他便出刀，森森寒气先于刀风斩向温不劫。

温不劫轻飘飘地抬手拂过，一片火海便迅猛地烧过去。他淡定地说："城儿退后，不得无礼。"

顾俟城听命收剑后退，与韦长生并肩而站。

青虚子不再多言，攻势越发凌厉。他的刀招极其奇怪，全都是罩向温不劫的上盘，劈、刺、剔、挑，刀身上所有的残缺都成了进攻的工具，刀尖上的一叉明明戳向温不劫的眼睛，刀刃上的一个缺口却抹向温不劫的咽喉，不等招数用老，又顺势一拖，刀柄处的尖锐折口递向温不劫的右肩井处，刀尖上的另一尖叉则顺势对准温不劫的膻中穴。招数之快之奇诡，实在是令人防不胜防，青虚子的刀身古怪，刀招更是令人惊异。

温不劫初次与青虚子交手，对久负盛名的岁月刀也有些忌惮，一时尽采守势。他倏地仰身下腰，闪避开全在面门之间闪动的刀招，右手一引，将顾俟城手上的长剑吸引过来，握住后顺手一招"燕双飞"，叮叮两声，迅速挡开攻向胸腹之间的凌厉刀招，左腿飞踢，中途变向，猛地扫向青虚子的下盘。他的身体极其柔韧，这一式"杨柳垂条"单腿支撑于地，如杨柳扶风般轻灵美妙，手中长剑、左边飞腿齐齐攻出，整个身体又如磐石般纹丝不动。

青虚子并未跃起，只是往后巧妙地踏了一步，闪过他攻来的一腿，右手一翻，岁月刀已拦腰劈下。这一招力道极沉，去势刚猛，看着是全力一击，其实暗中早已备好七个变式，无论温不劫是挡是攻是闪，都避不开他后续的连环杀招。

温不劫左手捏的"灵犀诀"这时如闪电般点出，在堪堪触及自身的刀尖上时轻轻一弹，手势状若莲花，一沾即收。

一股排山倒海般的力道顺着刀身涌去，将青虚子重重地撞飞，刚好落在懵懵懂懂地坐起来的盖玉树身边。青虚子一时间只觉气血翻涌，精力全失，连维持结界都已力不从心。

他们四周的紫灰色云层陡然剧烈地翻涌，灰云似乎在迅速地散去。刹那间，众人都有了强烈的坠落感。

温不劫左手紧紧一握，重新将结界封住，黑眸中精光大盛，目光灼灼地盯着摇摇欲坠的青虚子。

青虚子看了他一眼，反手一刀便往旁边盖玉树的头上直插下去。温不劫想也不想，飞身跃上，右手的长剑使出"一苇渡江"，险险地将岁月刀挡开。盖玉树坐在那里，一脸迷惘，似乎还没弄清楚到底发生了什么事。

青虚子的左手突然画了一个半圆，将其他六个刚刚醒过来的将领击飞出去。袁天师手里的黑尺一摆，也跟着跃出，想要将六位将领救下。

顾俟城与韦长生都没有这般功力，没有跟出去添乱，而是飞快地打出手诀，攻向青虚子。两个人知道南沙国师是大宗师级的高手，只想要牵制一二，帮助温不劫救下盖玉树。

青虚子却改变了战术，把所有刀招都往盖玉树身上使，温不劫则竭尽全力地护住这位曾为大宁立下赫赫战功的中年将军。

盖玉树浑浑噩噩地醒来，只见周围刀光剑影，不远处朦朦胧胧，身下软软绵绵，仿若身在云端，半晌没反应过来，一直愣在那儿不动。

青虚子刀刀狠辣且诡异非常，总是一刀斩下后再顺势一拖，刀上的每个缺口都对着盖玉树的诸般要害。温不劫、顾俟城、韦长生被逼得尽采守势，将盖玉树护得滴水不漏。

电光石火之间，青虚子的左手忽然打出一团灰雾，右手中本是向盖玉树砍过去的刀却半途疾转，朝着顾俟城的左肩斜斜地劈下。

顾俟城之前被他的招式带着闪转腾挪，此时已经挡在盖玉树身前，于是不敢让开，只得催动金身术，打算硬扛。一瞬间，他的金身术只来得及覆盖在整个右手臂上，身后空门大开。

就在岁月刀与他的手臂互击发出的响声中，顾俟城忽然感到身后的空气传来异动，一股阴邪之气自后方猛地扑来。他的手臂仍在招架青虚子那雷霆万钧的一劈，只得本能地将身体猛地往旁边一移，右手将岁月刀向左斜引，想要借势跃起飞出。

岁月刀刚自他身侧滑过，他脚一踮，还未跃起，身体的左后侧便一阵剧痛，一柄阴寒的利器深深地刺入他背部的肋骨之间，阴恻恻的邪恶气息伴随着破开他肌肤的凶猛一击迅速地钻进他的身体里，在瞬息之间就弥漫开去。

顾俟城身形微微一滞，便借力往前猛蹿。刚刚跃至半途时，在他身体里一直流传不息的灵力忽然停滞，他再也控制不住自己的身体，自半空中跌下来。幸好这结界以云彩为形质，绵软柔和地托住了他。

他一个踉跄，摔倒在地，韦长生连忙赶过去护住他。

鲜亮红色中闪着黑灰色光点的鲜血自他身体中奔涌而出，顿时濡湿了紫色官袍，然后在空中四处飘浮，迅速地融入正在消散的紫色结界中。

第五章

热血化碧

河洛城中仰头望天的人们一直没有散去。他们出神地看着那团一直在变幻色彩的云，只见幽暗的灰云与艳丽的紫霞融为一体，灰色渐褪，紫色愈加鲜艳，转眼间又变成了前所未见的鲜红色，如万千红莲火焰朵朵盛开，染红了整片东南天际，就连河洛城外静静奔流的洛水也被渲染成了鲜艳瑰丽的红色。

人群中不断响起惊呼声，有人甚至跪下来，不住地伏地膜拜。

这时，从天上掉下的六个武将因为青虚子的巫术护体，都安然地散落在河洛城的四面八方。

袁天师奋力地追上一个，伸手想要拉住他的衣衫，延缓他的下落之势，那人却突然反手一刀，砍向袁天师的手臂。袁天师本能地挥出黑尺抵挡，架住了刀，却被刀锋伤了皮肉，那人被刀势反弹，下落的速度反而更快了。

这种诡异的情况让袁天师颇为惊讶，他一边向下急追一边凝神细思。

六个武将分别落到河洛城的外郭城、皇城和宫城中，落地之后便大开杀戒。他们两眼血红，脸色苍白，力大无穷，如虎入羊群一般，不一会儿便杀得周围血流成河。

六个人之中有一个人落在了宫城的后宫，后宫的妃嫔都带着儿女去了太极殿参加宫宴，只剩下普通宫人与内侍，那个武将冲上去胡乱砍杀，内卫和北司术士很快闻讯赶来，将他包围，钳制在后宫之中。

另外两个武将掉落在皇城中，也是凶猛疯狂，见人就杀。在外面看热闹的下人和官吏，惊叫着四散奔逃，一路上被砍得翻滚在地，伤亡惨重。金吾卫官兵和北司捕头都扑上去围攻二人，南衙捕头带着人救治伤者，制止众人乱跑，有序地疏散众人。

还有三个武将出现在外郭城，这里百姓云集，都在外面看天上的奇观，他们挥刀如砍瓜切菜，如入无人之境。在此起彼伏的惨呼声中，金吾卫的巡街官兵飞奔前来，分别围住三个人，战况非常激烈。

天空中那绚丽夺目的诡异霞光为这惊世骇俗的惨烈一幕做了壮丽的背景。

这时，顾侯城深深吸了一口气，将体内因伤凝滞的灵力重新调顺。

青虚子本想趁顾侯城猝遇袭击而受伤的良机再度攻上，但温不劫已经飞身而上，恼怒地与他缠斗。青虚子毕竟年事已高，刚才的全力一击被顾侯城运功卸开，一时也是气息紊乱，举步维艰，于是只得一边招架温不劫的攻势一边努力调息。

盖玉树呆呆地站在那里，眼里全是茫然。他的手里握着一把比墨还黑的刀，散发着邪恶气息的刀身上仍在飞散着晶莹红亮的血滴。

韦长生一边戒备着盖玉树，一边按住顾侯城的伤口。顾侯城看了盖玉树一眼后，把目光转向他手中那把黑漆漆的刀上。

青虚子瞧着顾侯城苍白中隐泛灰黑的脸色，笑得很是欢畅："伤你的是你们的虎威将军，不知你们打算如何惩罚他？是不是也就这么算了？"

顾俟城从容不迫地问："你把盖将军炼成了活傀儡？"

青虚子不答，只是诡异地笑着，看着眼前飞舞着的鲜红血滴，忽然拈起一颗，送进嘴里。

顾俟城看着他，不为所动。

青虚子侧头品了品，挥刀挡开温不劫手里的长剑，愉快地笑道："顾大人的血，味道果然很不错。"

顾俟城又问："他手上拿的是魔刀吧？"

青虚子的左手拍出巫法，与温不劫的术法旗鼓相当。他开心地笑道："对，正是一柄魔刀，以千只恶灵炼就，即使握在凡人手中，也能在瞬间破掉你的护体术法，刺入你的身体里。"

顾俟城闭了闭眼，努力地抵挡魔刀的阴鸷邪气，平静地说："我中了这一刀，是否与国师大人恩怨两清了？"

青虚子冷笑："你不死，吾恨不消。"

温不劫焦躁地喝道："行了，都少说两句。青虚子，我敬你是前辈，方才让你几分。俟城是我徒儿，你有什么不满，只管冲着我来。你如此丧心病狂，就不怕我大宁重兵压境，灭你南沙国吗？巫族生存不易，你莫要自取灭亡。"

青虚子不由得一震，顿时心乱如麻。他不敢再多想，也不再与顾俟城啰唆，当即大喝一声，挥刀扑上。随着他的这一声大喝，盖玉树立刻眼露寒光，握着魔刀，与青虚子一左一右，同时向顾俟城冲来。

温不劫腾身而起，右手长剑、左手术法，同时顶住了青虚子和盖玉树的招式。

顾俟城仿佛身处寒潭，冷得全身僵直，动弹不得。他咬着牙，强运灵力，将伤口暂时压制住，同时封闭血液外流的通道，这才觉得轻松了一些。

青虚子与盖玉树全力猛攻，务求使顾俟城失去战斗力，甚至将他斩于刀下。

这次青虚子单枪匹马施展秘术来到河洛，抱着玉石俱焚的决心，与盖玉树双刀合围，招招拼命。然而有温不劫护持，他们根本无法攻到顾俟城面前，于是青虚子掉头与盖玉树合攻温不劫。盖玉树顶在前面，他在后面施展巫法，一时黑雾阵阵，灰气弥漫，阴冷诡谲的气息迅速地扩散开来。

温不劫有所顾忌，不想伤及被巫咒所惑的盖玉树将军。他的实力只略逊于青虚子一筹，平日闲暇时也对其他流派的术法有所涉猎，在与盖玉树久战之下，辨认出盖玉树并非被炼成了血肉傀儡，而是被巫咒附身，迷惑了心智。如果盖玉树是傀儡，自然没救了，他大可无所顾忌地将其斩杀，但如果只是被巫咒迷惑的话，那还有的救，所以不能伤了盖玉树的性命。

这便是青虚子的算计，也是阳谋。温不劫看得清楚明白，却一时间束手无策。

顾俟城盘膝坐下，只觉得伤处阵阵阴寒，直袭肺腑，渐渐地难以支撑。韦长生坐在他身后，双手紧贴他的后心，帮他压制伤势。顾俟城已经服下祛除鬼气煞气的药丸，虽不对症，却能勉强压制阴邪魔气。两个人都没办法再协助温不劫对敌，只能在一旁观战。

青虚子身怀百年修为，巫术很强。盖玉树身为大宁的一品将军，更是有着万夫不当之勇，再加上手持极其诡异的魔刀，其攻击力异常强大。青虚子心下暗喜，心里郁塞的满腔愤恨渐渐淡化。

温不劫在紫云般的结界中且战且退，渐渐地引得青虚子放下戒备，与盖玉树倾力合围。

青虚子手握岁月刀，使出大招"白发三千丈"，无数道凌厉的雪白刀气如春蚕吐丝一般，朝着温不劫全身上下绵绵不绝地缠去。

与此同时，盖玉树用出他最具威力的一招刀法"石破天惊"，刀势如泰山压顶，曾在阵前屡斩强敌，此时配合魔刀，在空气中发出群鬼夜哭般的可怕巨响，刀势在狠辣中又增添几分诡异，更加令人难以抵挡。

这两招一刚一柔，将温不劫的所有退路封堵得严严实实。

在此千钧一发之际，顾俟城将空气中飘浮着的自己的鲜血猛地收拢，再以双手弹出。几蓬血雾准确地打在盖玉树的眉心上、左右太阳穴上和他手上的刀身上。顾俟城双手结印，沉声念诵清心咒："太上台星，应变无停。驱邪缚魅，保命护身。智慧明净，心神安宁。三魂永久，魄无丧倾。急急如律令！破！"

魔刀墨黑的刀尖带着凄厉的风声已斩至温不劫的肩颈上方，却在这一刻停住。青虚子的身子一晃，刀身稍偏，在温不劫的右手臂上划出一道长长的口子，却没有伤及要害。

盖玉树眼睛从茫然变得清亮，随即显得疲惫至极，身子摇摇晃晃。温不劫迅速地伸出左手，从他手中拿过魔刀，温和地说："你先歇歇。"

盖玉树仿佛孩子一般，听话地就地躺倒，闭上眼睛睡去。

青虚子也停了手，从容不迫地退到结界的尽头，收起手中的岁月刀，敛下方才步步进逼的杀气，突然变成了一个慈眉善目的普通老人。

温不劫右手执长剑，左手握魔刀。魔刀上满是顾俟城的血，在温不劫神功的克制下，漆黑刀身隐隐地泛起了紫光，原本浓重的森森鬼气逐渐减弱，变得柔和安静。

青虚子看着魔刀的变化，幽暗的眼睛变得苍老而疲惫。他冷冷地看着温不劫，淡淡地道："此番前来，老夫心结已解，这便退走。若贵国欲来报仇，老夫恭候大驾。"

他虽未明说，温不劫却明白，他虽然来势凶猛，实则并未动用毁天灭地的大术法，有他坐镇南沙，便是千军万马前往，也无济于事。更何况，南沙在茫茫大海之中，大宁军队想要打过去，必须乘船渡海，而海上风云变幻，若是青虚子以术法掀起大风浪，就有可能让他们全军覆灭。此刻想来，青虚子单枪匹马地前来河洛，应该也是因为这个。由此可见，南沙大军并未入侵南禺、南越或者大宁南境，所谓"厉兵秣马"不过是障眼法。

青虚子敢做这么大的事，自然早已留下后手。他来河洛大肆杀戮，控制大宁武将重伤顾侯城，就是向温不劫、袁天师和大宁皇帝表明，他有足够的实力控制他人为己所用。

如果大宁敢反击，发兵南沙，他不仅能让他们有来无回，还能控制他们，让他们回到大宁反杀。他实力高强，根本不怕大宁术士前去围剿。普天之下，能够压制他的高手只有玄都观的玄微子，太史局的温不劫和袁天师如果联手，也稳胜他一筹。但是，他的大挪移术已经修炼得登峰造极，此次从南沙直接抵达河洛便可见一斑。届时若玄微子来南沙找他，或是太史局倾巢出动，他不能力敌，大可一走了之，然后潜入大宁，暗下杀手，将大宁皇族诛杀殆尽也大有可能，天下很少有人能制得住他。

当年南沼蛊术士便是低估了他的实力，乘他闭关修炼之机发动突袭，剿杀巫族。他出关后护着族人离开，历尽千辛万苦，在南沙立足之后，转头将那些南沼蛊术士尽皆咒杀，以上千人的诡异死亡为代价成就了他的赫赫威名。

今日前来，他原本也做好了两手准备：先是让盖玉树直接诛杀顾侯城；如果杀不了，就拿到顾侯城的血液，再回去用咒术隔空杀之，但温不劫一直防着他，没让他沾到更多顾侯城的血，他便放弃了这个打算。

温不劫在瞬间便想明白了一切，于是淡淡一笑："国师大人解了心结，自是可喜可贺。如今恩怨两清，自无复仇之说。若是国师大人想来大宁拜访，温某依然奉陪到底。"

青虚子哈哈一笑，全身灵力鼓荡，将自身结界从温不劫的结界里分离出来，如流星般划过天际，消失在远方。

顾俟城心里一松，再也支撑不住，摇晃着倒下，温不劫立刻上前将他抱住，操纵结界，迅速回到摘星台。

天际那团蒸腾飘荡的紫云急速地向河洛移来，随即凝成一道有形有质的紫色光华，没入摘星台中。苍穹一碧如洗，连一丝淡淡的白云也没有，就像一块纯粹的碧玉，笼罩着喜气洋洋的河洛。

城中的动荡已经消弭。袁天师施展移形换影之术，飞快地赶到六个武将发狂杀人的现场，用定身术将其定住，交代金吾卫官兵将其带至摘星台，然后再用清心术为其破解惑心咒。

温不劫回到摘星台，先将韦长生送去他师父袁天师的三十一层，让他到密室里好好修炼，详细交代了如何排除体内的邪煞魔气，又给韦长生留下几张清心符，叮嘱他务必不要留下隐患。因为韦长生全力襄助顾俟城，即便是小辈，他也同样感激，此时赞赏地拍了拍韦长生的肩："长生啊，你基础扎实，心性上佳，不愧是你师父的好徒弟。继续努力，将来青出于蓝而胜于蓝，太史局的未来就要看你们这些年轻人了。"

韦长生有些腼腆地点头："是。弟子一定努力，不辜负温师伯的教诲。"

温不劫又重重地拍了拍他的肩，这才离开修炼密室，回到三十二层。

顾俟城昏迷不醒，脸色惨白，眉宇间都是疲惫，身后的紫袍已经被鲜红中夹杂着灰黑的血液浸透。在他身边，盖玉树依然在昏睡，脸上同样没有一丝血色，呼吸微弱，显然元气大伤。

温不劫在修炼密室中布下驱邪除煞的阵法，将顾俟城抱过去，放到中心的阵眼处，扒开他的衣襟，在他的胸膛上用朱砂画下繁复的平安符和清心符，然后才走出来，激活阵法。

顾俟城的身体开始颤抖，喉咙里不时发出断断续续的呻吟声。即使在昏迷中，他似乎也能感受到刮骨吸髓般的剧烈疼痛，但身体沉重僵滞，无法移动，只能忍受。

温不劫看了一会儿，心疼得眼眶都红了，轻叹一声，关上房门，回去检查盖玉树的情况。

直到晚上，整个河洛城被欢乐的气氛所笼罩。街上熙熙攘攘，大家的脸上都带着微笑。

皇城里不断有烟花升起，在夜空中绽放，天空中的半轮明月光华四射。大家把酒临风，对月而歌，只觉快活似神仙。

子夜时分，顾俟城缓步走出修炼密室，外表看上去并无变化，神态从容，虽脸色苍白，身姿却挺拔如松，显然已经康复了。

温不劫坐在签押房中，身旁的红泥小火炉上放着一个砂罐，见他进来便笑道："你师娘给你用红枣、枸杞炖了鸡汤，补血养气，正合你用。你自己动手，多喝两碗。"

"是。"顾俟城紧绷的心弦放松下来，上前打开砂罐的盖子，拿起桌上的碗和汤勺盛了满满一碗汤，恭敬地放到温不劫面前，"师父请用。"

温不劫看着他又盛了一碗汤，捧在手里，坐到自己面前，这才语重心长地道："今日被青虚子下了惑心咒的六位武将分别在外郭城、皇城、宫城中大肆杀戮，死者共有一十七个人，伤者数以百计，恐慌情绪一度在城中蔓延，宫中盛典都险些被影响。这一切都源于何事，别人不清楚，你我却都明白。"

顾俟城埋头喝汤，没有吭声，心里对师父充满歉意。

温不劫长叹一声，苦口婆心地说："俟城啊，你少年时代便聪慧无比，修习术法一日千里，又疾恶如仇，对恶人下手绝不留情，这些都是你的长处，只是过犹不及。你对普通百姓、达官贵人都冷心冷情，围捕案犯时从不在意他们的安危，我一直对你很是担心。所谓'大道五十，天衍四九，人遁其一'，连天道都会给人留下一线生机，你做事就不要太绝了。"

顾俟城饿坏了，身体里里外外都感觉冷冰冰的，很不舒服，喝下一碗热腾腾的鸡汤后，顿时感觉五脏六腑都有了热气，心里也暖洋洋的，于是抬头示意温不劫面前的那碗鸡汤："师父先把汤喝了吧，等会儿就凉了。我饿得很，您担心我，肯定也没吃什么。咱们先把师娘炖的这罐鸡汤喝了，您再接着数落我。"

温不劫被他这一番话堵得心塞，瞪了他一眼，到底把碗端起来，大口大口地喝起汤来。

顾俟城苍白的唇微微一勾，露出一丝微笑。

外面，虽然已是深夜，河洛城却依然热闹非凡，伴随着沉闷的轰鸣声，绚丽的烟花一直在夜空中不断地闪现璀璨的光华。

盛典的第二天是祭天仪式。

从凌晨开始，河洛城的上空便雨云低垂，笼罩着幽暗的都城。待黎明到来时，微雨初落，一抹金辉从天而降，如弯弯曲曲的长河穿过这座恢宏的千年古都。

雨水落在宽阔平直的街道上，慢慢地打湿了平整的青石板，人们穿着盛装穿行在雨中，倍感惬意，一张张洁净的脸上神态悠然安详。

河洛城万人空巷，人们聚集在皇城门前的广场与摘星台周围。城内的屋顶上几乎都有人，他们或站或坐，都仰头看着摘星台的顶端。

今天的祭天仪式不比每年例行的年祭和春祭，将由天下第一道观玄都观的观主玄微子亲自主持。他会站到摘星台顶的祭坛上，祈求上天永远护佑河洛，护佑大宁，护佑天下。

巳时，皇宫门口号角奏响，鼓乐长鸣。

很快，一支支手举各色旗幡的队伍便络绎不绝地走出来，那些描画着各种上古珍禽异兽的旗帜被雨水淋得更加鲜艳，在风中灵动地招展。

接着走出的是捧着各种祭器的钦天监术士。他们身着白色长袍，神情庄严。即使是在阴云的笼罩下，那些祭器也散发着晶莹的光芒，仿佛它们已经透过厚厚的云层，捕捉到了阳光。

随后，按照皇家礼仪，依次走出卫队、大臣、勋贵、外邦使节、大宁皇室成员。他们都带着尊贵的气派，烘托着神圣的气氛。

最后出现的是大宁皇帝与皇后。大批御前侍卫和皇宫内卫严密地守护在御驾周围。

这时，雨停了，天空奇迹般地云开日出。顷刻之间，皇帝的身影和雄伟的皇宫在远处幽暗天空的映衬下显得格外灿烂夺目。

广场上万众欢腾，人人翘首踮脚，目不转睛地看着这幅景象，纷纷啧啧称奇，高声赞叹，果然是天佑河洛。

冗长的队伍让聚集的百姓们看得心旷神怡，这个仪式将进行一个时辰，随后皇室仪仗队将各就各位，摘星台上的祭天仪式将于午时开始。

玄微子站在高达三十三丈的摘星台顶，似乎有淡淡的云气在他身边飘拂。他身上的灰色道袍一尘不染，衣摆在风中飘舞，仙风道骨，仿佛欲乘风飞去，让人一望便肃然起敬。

空中很冷，他却仿若未觉，挺立在高高的祭台上，俯瞰着下面的万里河山。

从这里看，整个河洛一览无余。巨大的皇城也不过是工匠做出的小小模型，广阔的原野、奔腾的大河就像是一幅静止的画面。俗世的喧嚣永远传不到这里，就连在高空中肆虐的风声也非常遥远。

这里有绝世的安宁与静谧。

站在祭台下的人都感到轻松惬意，仿佛在这里就可以远离凡俗，羽化登仙。

顾俟城站在后面。依他的官职，是没有资格站在三十三层的，但他从昨日到今天早晨一直在三十二层养伤，因此可以跟随温不劫登上顶层。袁天师看到后，立刻将在三十一层密室中修炼的韦长生叫出来，也带到三十三层。于是，顾俟城和韦长生两个人并肩站在最后一排，尽量减弱自己的存在感。

顾俟城的情况并不是很好。除了失血过多外，盖玉树刺入他身体的魔刀带着阴邪的煞气，魔刀又被青虚子以巫咒淬炼过，使他受到了极大的损伤。之后，他又在千钧一发之际被迫以精血加持清心术，破掉了青虚子施加在盖玉树身上的"惑心咒"，却使自己伤上加伤。回到摘星台后，虽然温不劫用法阵将他体内的阴煞邪气祛除干净，但是他依然元气大伤，短时间内根本无法恢复。

此时，他脸色苍白，连双唇都失去了血色，一直锋芒毕露的眼睛也变得黯淡无神。

韦长生在天光下看着他，眼中有一丝担忧："顾师弟，你怎么样？支撑得住吗？"

顾俟城点点头："当然支撑得住。能在今天站到摘星台顶，实在太难得了，我怎么也要坚持到底。"

韦长生的眼里都是赞同："对。我也以为还要过上十年、二十年，才能站到顶层。"

顾俟城站在人群后面，抬头望向天际阴暗的乌云和塔顶的法阵护罩，双眸微眯。

站在神圣的祭台下，天空距他如此之近，仿佛触手可及，下面就是大宁百姓向往的都城，天下最美丽的地方。

在这里，恒久不变的明亮阳光会长年泼洒在大地上，成片的植物在风中摇曳，农田有规则地绵延在无尽的原野上，连绵起伏的山岭苍翠欲滴，动物在大地上奔驰，碧绿的大河波光粼粼，水面上船帆点点。

高大的城墙环绕着城市，连绵不断的建筑鳞次栉比。在宽阔的大道上、繁华的集市上，人们摩肩接踵，酒楼、书肆、作坊、瓦舍勾栏分布在大街小巷。商铺里陈列着琳琅满目的工艺品，有普通的陶器，也有动人的珠宝。人流像潮水一样穿过街道，汇聚在广场上，期盼地看着宏伟的摘星台。

渐渐地，阴云缓缓地散开，淡金色的阳光温柔地洒下来，让整座城市更加美丽。顾俟城沐浴在阳光下，心里却清冷无波。

即使是走在河洛熙熙攘攘的集市中，他心中的感觉也像站在这摘星台顶一样。生活就像一条河流，从他身边悠然地流过，却从来没有触及过他。

他吐纳着高空中清凉纯净的空气，感受着天地之间流动的气息，体力不但没有下降，反而渐渐地充足。

韦长生同样看着天地之间的壮丽景色，忍不住轻声地赞叹："多么美丽的世界！"

顾俟城神情淡然，一声不吭。

随着清脆悠扬的钟磬之声，摘星台顶紫光突现，空中忽然浮现出白云千朵，渐渐地向摘星台上空聚拢。过了一会儿，一道金色的光环从摘星台上飞起，迅速地涨大，猛地贴上翻卷的云团。

众人无不屏息抬头，看向那道光环中央。

不久后，光环中的云团上渐渐地出现清晰的画面。

华丽的城市……金碧辉煌的皇宫……碧蓝的水光……暗绿的河流……破碎的大地……荒漠……鬼魅……洪水……烈火……地震……杀戮……婴儿从妇人手上跌落……老人满面鲜血地倒下……有人在哭……有人在惨呼……到处是眼泪……鲜血……悲伤……一片火海……黑暗……彩霞满天……残阳如血……战士的长戈……飞翔……黑暗……阳光……满天红莲……这些画面断断续续，不断跳跃，之间没有任何联系，但每一个画面都足以震撼人心。

这是神明的启示。

人们的心灵仿佛被攫住，口不能言，身不能动，只能专注地看着那些不断变换的画面。每个人仿佛都在那不断变换的画面中看到了不同的东西，有人喜悦，有人惊骇，但更多的人感到困惑，因为他们并不明白这些画面的意思。

足足过了一个时辰，云团上出现了满天红莲火焰的画面，随后金环褪色，渐渐淡去，天空中聚集的白云重又散开，淡金色的阳光再次泼洒下来。

钟磬之声再次响起，总共三十六声，悠扬地在上空回荡，宣告着"天启"已经完成。

与以往一样，没有人对上天的启示做出解释，全靠自己去领会。

随着钟磬声的停止，摘星台中传来念诵经文的声音，一句一句，似乎在传达着天地的奥义，涤荡着俗世的心灵。

河洛城内外所有的庙宇与道观中也同时传出诵经声。

祭天仪式到此结束。

四方来宾都未看到献祭，如此盛大的祭祀典礼却不需贡献牺牲，令他们感慨万千又疑惑无比。

他们不知道，这场与命运交会的大典，献祭的是主祭人的心境与实力。

玄微子走下祭台。刚才他一直飘浮在祭台上，用灵力驱动并护持着圆形法器，等到这个法器变得暗淡失色，消失在祭台后的雕花墙壁中时，才疲惫地收回灵力，离开这里。

皇帝连忙迎上去，亲切地与玄微子交谈，其他王爷、国公与一、二品大员也围上去，笑着与玄微子、温不劫、袁天师等人寒暄。

顾俟城与韦长生对视一眼，打算悄悄地离开这里。他们刚刚走到通天柱前，便听到玄微子温和的声音清晰地响起："陛下放心，魑魅魍魉总是有的，但国运昌隆，江山永固。"

这时，韦长生已经用手诀打开了通天柱的门，两个人走进去，还没转身，又有两个人冲了进来。顾俟城和韦长生都认出来了，这一男一女便是玄都观的阮星辰与虞灵犀。

小门被关闭，圆盘迅速下降。韦长生对两个人抱拳一礼，回到三十一层的密室继续闭关。顾俟城和阮星辰、虞灵犀下到第一层，一起出了摘星台。

顾俟城带着他们穿过幻境，有些好奇地问："二位不需要等观主吗？"

虞灵犀活泼地说："他们要说很久的话，客套来客套去的，无趣得很。我和师哥先走，爹不会说什么的。"

"正是。"阮星辰微笑，"他们话太多，小师妹要被闷坏了。再说，师妹还要准备明天的术士大比，就不在这里耽搁时间了。"

虞灵犀看着顾俟城："顾三哥，我们要回谢大哥那里，你要不要跟我们一起去？"

顾俟城想了想："行，我也去看看大哥。"

他们走出很远才找到停放马车的地方。谢府的马车一直等在这里，见到他们三个人，守在马车旁的马夫和长随笑着迎上来，服侍他们登上马车，掉头驾车往皇城大门驶去。

顾俟城窝在车厢角落里，懒洋洋地闭目养神，虞灵犀却不肯安静下来，好奇地问他："顾三哥，你知道明天的术士大比会以什么方式进行吗？"

顾俟城很少关心此事，只依稀听到一点儿议论，便道："可能是守擂吧。第一天决出一百个擂主；第二天获得前一百名次的术士抽签对战，决出前十名；第三天，十个术士车轮战，决出第一到第十的名次。"

"哦。"虞灵犀想了想，"有什么限制条款吗？"

"不得用禁招，不得伤人性命，对手认输后不得再攻击，其他的就没什么了。"顾侯城看了她一眼，"只要实力强，只管一路打上去。"

"嗯嗯嗯，我懂了。"虞灵犀连连点头，脸上满是愉悦。

马车驶出皇城，沿着朱雀大街往前走。今天街上有太多人，马夫不敢纵马疾驰，只能慢慢地前行。顾侯城看着窗外闪过的商铺，昏昏欲睡。

忽然，一家饭馆的招牌从他眼前闪过，让他心里一凛，不由得提起了精神，起身说道："阮兄，虞姑娘，你们先去大哥家。我突然想起得去衙门看看，得提防宵小之辈作祟，扰了明日的术士大比。"

这是正经事，阮星辰和虞灵犀自然不会阻拦，于是同时点头："好。"

顾侯城没有叫马夫停车，而是直接走出车厢，飞身跃下，走向路边的饭馆香满楼。

伙计对他很热情："客官，您请！楼上雅间还是楼下大堂？"

"雅间。"顾侯城扔给他一块碎银，"来几个招牌菜、一罐老鸭汤、五个胡饼，剩下的赏你了。"

"好嘞！客官楼上请！"伙计更加热情，点头哈腰地将他带到楼上临街的雅间里，麻利地摆好碗筷。

伙计下去给掌柜报了顾侯城要的菜，然后提起一壶新煮的茶汤飞奔上楼，进屋后给顾侯城倒了一碗热茶，拿过肩上搭着的抹布，一边擦桌子一边低声说："今晚有一批货要出城，好像很重要，乌月照会亲自出马。"

"嗯。"顾俟城低头喝茶，"什么货？"

"像是小孩和女人。"伙计的声音很低，"乌月照似乎一直在暗中做人口买卖。这件事隐藏得很深，我们的人也才查到，河洛好几个拍花子的团伙都在鬼市扎根，他们拐走的女人和孩子基本上会卖给乌月照，再经由他的手卖到外面去。"

顾俟城皱了皱眉："每年盛典和年节期间都会有不少女人、孩子失踪，都是被乌月照卖出去了？"

"大部分是。另外一些是后宅阴私手段造成的，与乌月照无关。"伙计终于擦完桌子，给他又倒了一碗茶汤，才下去端菜。

顾俟城看向窗外的街道。大街上人来人往，有许多衣裳鲜亮的女子和活泼地跑来跑去的孩童。他眯了眯眼，想起盛典期间与正月里都是金吾不禁，许多年轻女子和小孩子会出来游玩嬉戏，而这两个时期又是少女与孩童失踪的高峰期。历年失踪的人口都是生不见人，死不见尸，线索皆无，再也找不回来，看不出是术士犯案，自然与北司无关，却让卫怀定伤透了脑筋。

他琢磨着晚上的行动要不要找卫怀定一起，正好乘机抓住乌月照，关进北司，逼问出当年的幕后主使。

乌月照当上鬼市土皇帝多年，无论是在官府还是在黑道都有大量的人脉。他还乐善好施，在民间有着极好的名声，若是没有确凿的证据，北司根本无法抓捕他。顾俟城为了报仇可以不顾一切，但他现在并不仅仅为了杀人，还要找出当年的真相，因此必须抓住乌月照审讯，但是在无凭无据的情况下抓捕乌月照只会引来官府中人的问责以及百姓的反感，以致北司最后不得不放人。

经过南衙被袭、老五被杀的恶性事件后，顾俟城已经隐约地明白，当年父亲被杀，凶手并不只是明面上的五个人，幕后元凶才是他真正的仇人，所以乌月照要杀，幕后主使更该杀。

他正在思忖着，那个伙计端着托盘进来，将菜碗、汤罐和装着胡饼的盘子一一放在桌上，一边动作一边低声说："他们今晚的行动路线在这里，但不一定真实。"

顾俟城从盘子下面拿出一张折好的纸，随手塞进怀里。

伙计大声道："客官请慢用。"他走出去，将门关好。

顾俟城先喝了一碗老鸭汤，然后拿起胡饼大口吃起来。过了一会儿，他才拿出怀里的纸，打开细看上面的图。等到吃饱喝足后，他才将地图收好，直接回到北司，召集心腹，部署晚上的行动。

第六章

夜色闌珊

河洛西南角的大通坊中，靠近洛水边有一座很大的庄园，大门口挂着"乌宅"的牌匾。

这座庄园里有十几个建造得精致优雅的院子，此外还有假山流水、小桥飞瀑，花园四时鲜花不断，有亭台楼阁点缀其间。若是居高临下俯视，便可见整座庄园暗含三才两仪之数，并不是那种不设防的富翁宅院。

这里就是鬼市主人乌月照的家。作为众所周知的大善人，他每一季都会在府中召开筹集善款的安济宴，春日曲水流觞、夏日看百花齐放、秋日赏菊赏桂花、冬日赏雪赏梅花，都很风雅。年复一年，吸引了许多达官贵人与富商巨贾。

在安济宴上筹集到的善款，明面上都被乌月照拿去购买粮食、柴炭，用来救济穷人，支撑他名下的养病院，让里面收容的孤儿和孤老有饭吃、有衣穿，乌月照可谓是"活菩萨"。

他还在养病院门口的善人碑上刻下了捐款人的名字，请当朝大儒写了一篇花团锦簇的赞美文章，同样被刻在碑上，于是皆大欢喜。

养病院里的孤儿时有病亡，那些名义上已经死去的孤儿最后去了哪里，没人会在意。至于那些孤寡老人不时会被带到秘密场所，成为术法试验的工具，凄惨地死去，就更无人知晓了。

这天傍晚，乌宅内灯火通明，大门外不时有车轿到来，高官显贵、富商巨贾携眷而至，衣香鬓影，高冠华服，云集一处，让围观的百姓大饱眼福。

　　乌月照身穿绛色绣团花棉袍，朴实无华，儒雅和善，一直站在大门外迎客，胖乎乎的脸上都是福气，笑容满面，和蔼可亲，遇到谁都能寒暄几句。

　　他的娘子带着儿子在后院接待女眷和小孩，也是笑意盈盈，和善敦厚，且出手大方，给那些孩子的见面礼都很贵重，让来宾们倍感满意。

　　等到宾客们全部到达，进入大门后，乌府的大管家才出来，对围在外面的百姓们大声宣布："我家老爷从南方采购的粮食与柴炭已经运到，明日便分发给穷困百姓，尤其是被雪压塌屋子的人家，会另有救济。"

　　聚集的百姓立刻欢呼鼓掌，大声称颂乌月照的善心善举。

　　大管家谦和地笑着，转身走进大门后，沉声对门房说："把门关上，别让那些泥腿子碰到大门，沾染上晦气。"

　　两个门房连声称是，急忙将沉重的大门关上。大管家满脸带笑地去招待各家的随从，务必让他们都感到宾至如归。

　　乌宅前院和后院的待客大厅总共开了一百桌宴席，随着悠扬动听的音乐声，小厮们提着食盒飞快地穿梭往返，丫鬟们将美味佳肴放到桌上，站在客人身边布菜。

　　一切都井然有序。

　　乌月照与客人们推杯换盏，谈笑风生。文官们吟诗抒情，武将们豪迈饮酒，富商巨贾结交权贵，女眷们谈论胭脂水粉和家长里短，临时搭建的勾栏中还有一队舞姬身姿曼妙，翩翩起舞，欢快的笑声此起彼伏，不绝于耳。

　　与此同时，鬼市附近一处不起眼的荒冢隐约有动静，细看却又毫无异常。其实，这是一处术法构成的幻景结界。几个神秘的黑袍术士在幻境屏障之内行走，后面跟着一队机关傀儡，这些傀儡形貌各异，气息诡异，各自拉着一辆运货的大篷车，蜿蜒向前。

　　一行人谨慎地按照地图标示的路线走到幻境屏障前。黑袍术士打出复杂的手诀，中间的傀儡师控制傀儡排队走出屏障，踏上河洛城外的乱坟岗。整支队伍足足有一百辆篷车，静悄悄地有序前行，渐渐地全部离开了术法幻境。

　　几个黑袍术士暗地里松了一口气，领头在前面疾行。车队从乱坟岗上下来，走上官道，速度逐渐加快。

　　片刻之后，幻境屏障微微波动，一个面色冷漠的少女踉跄而出，身上满是伤痕。她躲在荒坟之中，看着两个尾随她的黑衣人东张西望，终于走远，这才悄然往相反的方向疾行。

　　就在车队中的黑袍术士和傀儡师更加放松的时候，官道两旁忽然亮起火光。还没等他们回过神来，顾侯城便低喝一声："上！"

　　十几个北司术士腾空而起，各种攻击术法纷纷打向那几个黑袍术士。顾侯城目标明确，直取傀儡师，上百个拉车的傀儡没有傀儡师的驱使，都停下来，呆呆地站在原地。顾侯城死死地缠住傀儡师，让他腾不出手去驱动傀儡。

大批金吾卫官兵冲上官道，快速地将车子拉走，离开战斗现场。卫怀定骑在马上，手执长枪，将那些傀儡一个接一个地挑翻，避免它们突然发难，伤到车里的货物或人。

顾俟城重伤初愈，元气未复，现在又是寒冷的冬夜，他受过阴煞邪气侵蚀的身体十分不适。他以前血气旺盛，三九隆冬也只在中衣外面套件夹衣，从来不觉得冷，可今天的他从头到脚都是冰凉的，连施展术法的手诀都有些不稳，好在傀儡师虽精研傀儡一道，但在术法方面相当生疏，他才勉强与傀儡师斗了个旗鼓相当。

顾俟城原本最喜欢使用火球术、火龙术等火系术法，但现在全身发凉，便改而使用冰系术法。在冰天雪地的加持下，他不断变换手诀，时而放冰锥，时而发雪球，连续不断地砸向那个傀儡师，偶尔还用冰墙阻挡他企图逃跑的步伐。

其他的黑袍术士都是初级水平，只有领头的那个是中级术士。此时北司精锐人多势众，围着他们打，让他们根本没有还手的余地，只能努力地抵挡，却不断地被各种术法击中，发出阵阵惨叫声。

这场伏击战很快就结束了。几个黑袍术士和傀儡师都被禁法链锁住，再也不能施展术法。顾俟城让北司下属看好他们，然后施展影遁术赶到那些运货车旁边。

卫怀定勒马站在火把下，看着那些被揭开篷布的车。每辆车都铺了一层油布，上面躺着大大小小的人。在明灭不定的火光下，卫怀定看到这些人的年龄从三四岁到十七八岁不等，十岁以下的大多是男孩子，十岁以上的全是少女。他们睡得很沉，脸上有淡淡的笑容，浑然没有被之前的颠簸和外面激烈打斗的动静影响，看上去相当诡异。

卫怀定看到顾俟城过来，便跳下马，指了指车板上的那些孩子："看他们的情形，你有何感想？"

顾俟城一望便知："他们服下了用无忧草炼制的迷幻药。这种药，若服用一次倒无大碍，不过是在美好的幻梦中长时间沉睡，醒来后休养几日便能恢复；若多次服用便会成瘾，从此受制于人，生不如死。"

"是啊。"卫怀定冷笑，"乌大善人，好一个救苦救难的菩萨！百姓称他为善人，敬他若菩萨，他却将他们的儿女掳来，卖到那些不见天日的地方。"

顾俟城表现得比他更加疾恶如仇，当即冷声道："我这就带人去抓他。"

"且慢。"卫怀定伸手拉住他，"少安毋躁。你可别忘了，北司只抓犯案术士，普通人归南衙管。且不说咱们手上并无证据将此事与他联系起来，光是他明面上并不是术士，你就不能抓他。"

"我管他那么多。"顾俟城热血上头，不管不顾，"他罪孽深重，手上血债累累，不能让他逃了。我先抓住他，押到北司严刑拷问，不信问不出口供。"

卫怀定叹气："哪有那么简单？乌月照是许多达官显贵的座上宾，在民间又有极好的风评，那些说书人还总是鼓吹他是什么侠之大者，你若贸然抓他，再严刑逼供，只怕会引来轩然大波，后果堪虞。"

顾俟城挣脱他的手，怒道："那你说怎么办？就眼睁睁地看着他在我们眼前晃，暗地里继续干那些不法勾当，祸害无辜吗？"

"当然不是。"卫怀定挠了挠头。他是勇将，不是智将，就算挠破头也想不出什么好主意。琢磨了半天，他才说："北司不好出面，金吾卫却可以。我带人去捉拿乌月照，就说有大案牵连到他，必须带他到衙门接受聆讯。你觉得是否可行？"

顾俟城想了想："我看行。"他也是个粗人，做事喜欢单刀直入，撸袖子就干，只要能抓住乌月照，用什么计策都没关系，他只看结果。

卫怀定看向那些车子："那这些人怎么办？"

"不能把他们交给别人。我们要确定每个人的身份，好钉死乌月照。"顾俟城的唇边流露出几分冷意，"这个事最好交给刑部来办，他们有经验。你去找大哥接手，他在刑部有人。"

"行。"卫怀定点头，"那你琢磨琢磨，怎么证实乌月照的术士身份，不然我不好把他交到北司。"

顾俟城沉吟片刻后，目光变得阴冷："乌月照娶妻八年，方才生下一子。据说他最喜欢那个刚满五岁的小儿子。若是他儿子突然遭难，你说他会不会用出术法，救他儿子？"

"很有可能。"卫怀定脸色端肃，有些担忧地看向他，"三弟，你别想差了，干出袭击无辜孩童的事。你恨乌月照，因为他是一个垃圾，是一个烂到骨子里的肮脏东西，这没错，但你不能为了抓他就变成跟他一样的人。你明白吗？"

顾俟城默默地点了点头，半晌才说："我明白。你放心，我不会去袭击他的妻儿。"

"那就好。"卫怀定略微放心，回头招呼下属，"你们把马套到车子上，先把他们拉到附近我的庄子里。郎校尉，你去南衙谢大人家，将此事告知他本人，就说我和顾大人希望刑部接手，查明这些被拐卖的女人和小孩的来历。我和顾大人认为，此案……嗯……"他在考虑要怎么措辞才能既让谢图南明白，又不会走漏风声。

顾俟城从怀中拿出一个锦囊递给郎校尉："你去以后，不必多说，把这个给谢大人即可。记住，必须交到他本人手里。"

郎校尉本来绷紧心弦，想要把卫怀定的话一字不错地记住，此时见顾俟城拿出锦囊，交代的事情又很简单，立刻松了一口气，行礼道："是，卑职明白。"说完，他便翻身上马，疾驰而去。

卫怀定有些好奇："三弟，你让他带什么给大哥？与咱们这个案子有关吗？"

顾俟城又从怀里拿出一个相同的锦囊："也给你一个。这是个好东西，是我从师父那里搜刮来的。"

卫怀定接过锦囊，从里面掏出一块晶莹剔透的玉简，还有一根同材质的玉笔。玉简和玉笔上都有繁复的术法符文，隐隐闪现流光，玄奥莫测。

顾俟城对他说："二哥，你滴一滴血在玉简上。"

卫怀定用刀尖戳破指尖，将一滴鲜血滴在玉简上。晶莹剔透的白玉瞬间变成暗沉但隐含光泽的墨玉，与白色玉笔形成鲜明对比。

顾俟城接着从怀里摸出一块相同的黑色玉简，拿起玉笔在上面写字："二哥，以后如果我们不在一处，可以用这个交流。大哥那边也是一样。"

卫怀定手上的玉简便显示出一个个白色的字，张牙舞爪，如斧凿刀劈，力道十足，非常清晰。顾俟城写完后，玉简上显示的字渐渐消失。卫怀定颇感有趣，也尝试着拿起玉笔，在玉简上写字："三弟，此物甚奇，正合我弟兄使用。"

两个人在玉简上聊天，顺便讨论怎么拿下乌月照。顾俟城暴烈的情绪渐渐缓和，转头吩咐北司心腹："绍辉，你们先把他们押回北司，立即审讯，让他们把指使他们干这事的幕后之人供出来。如果他们拒不交代，就大刑伺候，让他们好好尝尝你们的手段。"

秦绍辉立刻道："老大放心吧，咱们回去就审。用不着天亮，保证让他们把心肝脾肺肾都吐出来。"说着，他便招呼同僚，一起将几个黑袍术士和傀儡师押解回去。

顾俟城将呆立着的上百个机关傀儡用术法收纳袋收起来，然后轻巧地跳上车，坐在车辕上，与上马在一旁骑行的卫怀定继续用玉简聊天。

半个时辰后，他们到达卫怀定在城外的庄子，河洛城中谢宅里的谢图南也收到了郎校尉送去的锦囊。

他谢过郎校尉，随口问了问今晚他们有何行动。郎校尉知道他与老大卫怀定是结拜兄弟，亲如一家，于是便将事情的经过原原本本地告诉了他。谢图南听到有术士和傀儡师将数百个被拐儿童和女人运出河洛城，不由得大吃一惊，随即义愤填膺，表示南衙也要加入，务必将此事一查到底。

等到郎校尉离开后，他立刻打开锦囊，拿出玉简和玉笔，还有一张顾俟城亲笔写下的字条。他按照字条上的指示滴血认主，将这个专门用于交流的法器与自己绑定。玉简与玉笔是一套，看上去仿佛是分开的，实际上是一起认主，不会遗失。

他试探着在玉简上写道："二弟，三弟。"

三息后，他的玉简上就浮现出两行字。

"大哥，你的伤怎么样了？"这行字字体如长枪挥舞，如巨龙行天，豪情满怀，正是卫怀定所写。

"大哥，你的身体养得如何？"另一行字字体如万马奔腾，如火焰燃烧，急躁暴烈，显然是顾俟城所书。

他看过后，微笑着等字消失，在玉简上写道："我很好。你们现在在何处？"字如其人，正直刚烈，浩气长存。

卫怀定回复："在我的庄子上。这里有数百个年轻女子与小孩，我们要验证每个人的身份、来历，查明他们是怎么被拐的，好钉死幕后元凶乌月照。此事我和三弟都干不了，没经验，人手也不够，只能交给刑部。大哥觉得呢？"

谢图南想了一会儿："刑部同样有乌月照的人，不过我可以找现任刑部总捕头张毅来办。他是我一手带出来的，一向善恶分明，而且常年在外奔波办案，应该与乌月照没什么关系。"

卫怀定没有意见："可以。此事就交给大哥了，大哥看着办吧。"

"好。"谢图南这时才想起来，"你们要去抓乌月照？没有实证的话，不好抓吧？即便抓了也关不住，乌月照朋党满河洛，上头肯定有人为他说话。"

顾俟城的字体越发狂乱："我有师父顶着，不怕。"

谢图南很为温不劫感到忧心："老三哪，你不能这么坑你师父。他一个太史令，能顶住满朝文武的压力吗？"

顾俟城怒火中烧："大哥，你别把乌月照想得太厉害。就凭他，哪有资格结交满朝文武？不过是几个勋贵、权臣再加上有几个臭钱的商贾，我师父顶得住。"

谢图南觉得他就像是被家里娇养长大的熊孩子，实力强大，性情桀骜，我行我素，横行无忌，不通人情世故，闯祸能力一流，忍不住叹了口气，在玉简上奋笔疾书："你实在要抓就抓吧，但有两点必须记住：第一，乌月照可抓不可杀；第二，抓了人后交给我南衙。"

顾俟城马上回复："我可以不杀乌月照，但不能交给南衙。大哥，我不是信不过你，而是南衙现在还没有整修好，要是再有人前来劫狱，你们南衙根本挡不住。北司南衙属于协作关系，犯人算是你们南衙的，鉴于现在的特殊情况，南衙借我们北司大狱临时关押案犯，有先例。咱们就这样办，不过是几份公文的事，大哥以为如何？"

谢图南心里一动："好吧。如果有先例，那就照此办理。"

这一天，万国术士大比开幕。

比赛场地在皇城含光门西侧的大社里。正面看台为神楼，皇帝和皇后带着后宫妃嫔、皇子公主、郡王公侯、朝堂重臣都坐在这里。左右看台也都是达官贵人、富豪巨贾。只有后面的看台可容普通百姓购票进入。

下面的赛场十分广阔，布有百座擂台，同时开打。看台上叫好声和嘘声交替响起，喧哗声不断，响彻云霄。

顾俟城、谢图南和卫怀定都指定了一个副手，率领麾下精锐在赛场布防。不过，万国术士大比历来是以太史局为主导，北司、南衙、金吾卫都只是协助，帮着站岗，清查参赛术士，并无太大风险，只是工作比较琐碎。

顾俟城清晨起身，看着寇德容带着一批精锐术士离开北司，前往大社赛场，才去外郭城谢府与谢图南会合，然后一起去找卫怀定。

他们昨天一直忙到后半夜才回到河洛，只睡了一个多时辰便起身。滴水成冰的冷意让人很快就清醒过来，卫怀定还在洗漱，便被左邻右舍的大爷大妈们使唤起来。在河洛平民区，百姓无小事，这是卫怀定的日常，他从来都不嫌烦。

虽然他现在是金吾卫武侯，却并没有得到御赐宅院。河洛居大不易，他们卫家从他曾祖父开始，经营三代，都没能在河洛买一座像样的宅院。直到他父亲成亲时，他祖父才用了大半家底，买下了西南角永平坊的一座小院，一家子才算在河洛站稳脚跟。

早些年，他曾祖父、祖父、父亲均在金吾卫当过差，都是从底层一步步升职，才坐到了想要的位置。他曾祖父因公殉职，他祖父为国捐躯，他父亲同样为救平民而死，到他这里，三代人脉与功勋累积起来，终于将他送上金吾卫大统领的宝座，成为名闻河洛的武侯。

虽然他威名赫赫，立下功勋无数，却仍然买不起一座像样的宅子，至今依然住在平民聚居的永平坊，虽然祖宅很小，但现在只剩下他一个主人再加三四个老家人，并不觉得拥挤。他没有妻儿老小，平日里在外奔忙，回来后有暖炕睡，有热汤喝，有干净衣裳换，便觉得很满足了。

永平坊离乌月照所在的大通坊比较近，因此昨天他们三个人约好在卫怀定的家里会合，再展开行动。

卫怀定穿好官服，老家人用铜盆端来热水，服侍他洗漱。他洗脸洗到一半时，便听到隔壁大婶叫他："卫大郎，我家的阿虎又上树了，麻烦你帮我上去抓它下来。"

"哎，来了。"卫怀定洗完脸后，将巾帕扔到盆里，在老家人忍俊不禁的注视下走出房门，跳上叶子已经干枯落尽的大树，将喵喵叫的虎斑猫抱起来，跳到隔壁，递给穿着带补丁的棉衣的大婶。

他正要离开时，屋里的棉布帘子被掀开，一个小姑娘跑出来，将手里的煎饼塞到他手里，然后羞涩地跑回屋。他愣了愣，大婶抱着猫，慈祥地笑道："拿着吃吧，别跟婶子客气。"

他点点头，一边咬煎饼一边走出院门，抬头一看，不远处正有一群熊孩子准备抽井绳玩。他飞奔过去，熊孩子们叫着"快跑"，马上作鸟兽散。他顺手一抓，拉住一个跑得慢的小孩，将小孩拎到家长面前。

熊孩子的父亲暴怒，抄起烧火棍就要揍，卫怀定只得拦着，把孩子和父亲一起训了一顿。他跨过门槛，打算回家，熊孩子又追出来，把母亲刚做好的麻饼掰了一半给他，奶声奶气地说："谢谢卫叔。"

卫怀定揉了揉他的头，温和地说："不用谢。以后不可再去井边，也要劝你的小伙伴不要在那里玩。雪天路滑，井栏上都是冰，更滑，稍不注意就会掉进井里，非常危险。明白了吗？"

"嗯，明白了。"小家伙用力地点头。

卫怀定这才往家里走，一转眼便看见在路边站着的谢图南与顾俟城。他们都穿着便装，脸色苍白，看上去弱不禁风，与普通平民相似，这条街上的人都没注意他们。两个人眼中含笑地看着卫怀定，不知在这里站了多久。卫怀定连忙上前，招呼他们进屋。

房间里有炭炉在烧水，比外面暖和多了，卫怀定让他们坐到窗边的暖炕上，对进来的老家人说："陈叔，你让周婶子做三碗炸酱面来，碗里卧两个蛋，再来几块胡饼。"

"好。"陈叔笑着点头，连忙去厨房传话兼帮忙。

卫怀定将手里的饼放到桌上，拿过来三个粗陶碗，拿起炉子上的铜壶，往碗里倒满开水，一一放到他们面前，然后坐到炕沿上，对他们说："昨晚乌月照搞那个安济宴，闹到半夜，今天会起得比较晚。咱们不急，先用朝食。"

"自然不急。"谢图南从容不迫地道，"乌月照家大业大，哪会因为一点儿小事就逃离河洛？他有恃无恐，根本不惧官府。我们三方加起来想抓他都要绞尽脑汁，毫无把握。就算他知道我们会动手，也不会在意，更不会逃跑，何况他现在还不知道我们会无凭无据地去直接缉拿他。"

顾俟城端起碗喝了一口热水，淡淡地说："前任南衙典狱长汤大人死得蹊跷，我怀疑与乌月照有关。当时我依稀听说，汤大人怀疑乌月照走私武器，一直在暗中查证，结果没多久，他就死在青楼姐儿的香闺里，说是争风吃醋，为西域胡人所杀。我是半点儿都不信，但上头很快结案，此事又与我无关，我就没管。"

谢图南也端起碗喝了两口水，点头道："此事我也略有耳闻，只是上任后诸事繁杂，让我应接不暇，还没理到这桩案子。"

"乌月照多年来犯案累累，只是隐藏得深，又有达官贵人明里暗里出手维护，才逍遥法外。"顾俟城放下碗，看着谢图南，"只要抓住乌月照，认真审，仔细审，定能抓住他的破绽，查出他干的那些坏事。"

谢图南赞同地道："对，我也是这么想的。"

卫怀定一拍桌子："抓，非抓不可！就凭他拐卖那么多人口，就够得上死罪了。"

"除了他，还有他的那些爪牙也不能放过。"顾俟城目光冷厉，"我已经派人去抓郭十五了，他表面上是一个偷鸡摸狗的毛贼，实际上却是乌月照的人，暗中帮乌月照干了不少事。从他入手，说不定也能打开突破口。"

"不错。"卫怀定笑了笑，"我也安排好了人，等我们抓了乌月照，他们就去鬼市按三弟给的名单抓人。"

顾俟城的脸上终于有了舒心的笑容："如此，甚好。"

屋子里的气氛有些凝重，谢图南倚靠着炕上的隐囊，打量着狭小而简陋的房间，笑道："我本来以为我就活得够糙了，没想到，你这个堂堂武侯，二品上将军，居然也过得这般粗糙。"

卫怀定不以为然："我这好歹也是祖宅呢，虽比不上谢府，却比许多人要强。"

顾俟城点头："嗯，比我强。我可买不起宅子，只在常平坊租了一个小院，还是师父帮的忙。不然的话，我大概只能天天住在北司衙门了。"

谢图南朗笑出声："我们也算不得寒酸，有许多一、二品大员，奋斗半辈子，也不够钱在河洛买宅子，一直是赁个院子住着，直到告老还乡。"

三个光棍都没有家小，自然觉得有张床能睡觉就足够，因而只是说笑，并不觉得自己过得寒酸。

陈叔带着两个中年仆役过来，将三海碗炸酱面、三海碗面汤和一大盘胡饼放到桌上。三个人便埋头大吃大喝，都感觉十分满足。等到吃饱喝足后，他们将行动计划再过了一遍，确认无误。

卫怀定出门时，昨夜点好的官兵已经等在门外，他翻身上马，提着银枪，带着他们前往大通坊的乌宅。

等他离开后，顾俟城与谢图南才出来。顾俟城将会暗中赶到乌宅附近，一定要亲自看到乌月照被擒才能放心。谢图南带着南衙精锐和北司的人手前往鬼市，协助金吾卫抓人，要将乌月照的得力干将一网打尽。

洛水悠悠地流过，岸边到处都是雪白晶莹的冰。卫怀定进入大通坊，沿着平整的街道向前，直奔乌宅。

乌月照刚刚洗漱完，连朝食都还没用，就听到大管家来报："老爷，武侯卫大人带着人前来堵门，语气不善，说要立刻见您。"

乌月照坐在八仙桌前，镇定自若地拿起筷子吃着碗里的扁食。

大管家躬身站在他身旁，心情也很快平静下来。

坐在旁边的乌娘子年轻貌美，穿金戴银，脸上颇有些倨傲。她先将装着胡饼的盘子往乌月照面前推了推，然后才白了管家一眼："金吾卫的粗汉罢了，有什么了不起的？一大早就来找麻烦，真是莫名其妙。咱们每年给金吾卫的孝敬可不少，不过是他自己不要罢了，难道他还敢挡弟兄们的财路？老爷，是不是昨夜的安济宴咱们没请他，让他觉得丢了脸面，今天就找场子来了？若是如此，给他送份重重的礼，再给他带来的人每人一个上等封，也就罢了。老爷，您说呢？"

她的话好像很有道理，可乌月照毕竟老奸巨猾，多年混迹黑白两道锻炼出的直觉告诉他，不可小觑突然上门的卫怀定。当年乌月照在鬼市刚刚立足，做起小生意，上门打秋风的人不知凡几，他都没放在心上，无非是送钱罢了，能用银钱解决的问题都不是什么大事。

金吾卫掌宫中及京城宿卫，日夜巡查警戒。皇帝出行时，他们先驱后殿，止宿时司警戒之责。武侯卫怀定统领金吾卫，从皇帝到平民的安全都由他负责，因此，与鬼市平日里打交道最多的便是金吾卫。

乌月照很注意与金吾卫搞好关系，平时只要金吾卫上门，无论是哪家店铺，都是半卖半送，吃吃喝喝更是不要钱，逢年过节送礼、发红包，都是家常便饭。只是卫怀定从不吃拿卡要，更不索贿受贿，可谓一身正气，两袖清风，让乌月照找不着缝隙收买拉拢，只能与他井水不犯河水。如此油盐不进的人，一大早突然上门，当然绝不可能是来要好处的。

"他突然前来，究竟是为什么呢？"乌月照表面上从容不迫，实际上心事重重。毕竟他做过太多见不得光的勾当，对卫怀定的来意捉摸不透。

他食不知味地吃了两口扁食，抬头对大管家说："你马上派人去鬼市叫人过来，武士和术士都要。另外，再派人出去煽动百姓，就说金吾卫无缘无故要来抓我这个大善人，今天本来要给贫困百姓发救济粮和柴炭的，多半也发不成了。"

大管家一听就懂了："是，老爷，我马上就派人去办。"

"嗯。"乌月照很快就冷静下来，"你去请卫大人进来，不可怠慢。"

"是。"大管家匆匆离去，先派人分别前往鬼市和外面百姓聚居的地方，然后才赶到大门口，恭敬地迎接卫怀定进府。

卫怀定下了马后，大摇大摆地走进大门，留了一队人在外面监控，带着一队人进去抓捕。大管家装作年老体衰，步履蹒跚，走得很慢，卫怀定跟了一会儿，感觉很不耐烦，于是加快脚步，越过大管家，径直走向正院。

乌宅不愧是传说中的"赛江南"，建得极为精致，漫步其中，处处皆是诗情画意，移步换景，优雅含蓄，闲庭花落，叠石疏泉，梅花林中，清新淡雅，亭台楼阁，精美幽静。

衣饰华丽的美貌婢女袅袅婷婷地走在回廊中，时隐时现，旖旋婉转，引人无限遐思。

卫怀定目不斜视，大步流星地笔直向前。他身后的官兵却没有他那样的定力，虽然紧紧地跟在他的身后，却一直左顾右盼，瞧见美女后更是挤眉弄眼，心里生出一些念想，却碍于卫怀定治军甚严，都只能严守规矩，不敢乱说乱动。

大管家紧赶慢赶，表面上气喘吁吁，连话都说不完整，实际上将这些情形都看在眼里，记在心上。

卫怀定走进正院，在正门外等到大管家，然后在他的带领下走进会客厅，大马金刀地坐在椅子上。有娇滴滴的小丫鬟送上茶汤，同时暗送秋波，卫怀定压根儿没看懂，也没碰茶盏，只抬头打量屋子里的摆设和墙上的字画。

虽然他家里没有这些奢侈物件，办案时却见得多了，这里的东西不是古董就是真迹，件件价值不菲，可见乌月照这些年来没少往自己怀里搂钱。再想想昨夜被解救的数百名妙龄少女与稚龄幼童，他便忍不住握拳，脸色越发难看。

乌月照要拖时间，又不敢激怒卫怀定这个不解风情、不讲人情的糙汉子，很快就走过来，拱手行礼，一团和气地哈哈大笑道："卫大人大驾光临，乌某有失远迎，还请恕罪！"

卫怀定立刻站起来："乌员外不必客气。"

乌月照数年前就花钱捐了个员外郎的虚职，说起来是正六品，也是个官身，只是不必上衙，更没有政事可理，不过是一个虚衔，在外行走也体面。

卫怀定虽是来抓人的，大面上却守着规矩，不会失礼，以免被人攻讦："乌员外，有桩大案牵扯到你，卫某此来是请你到衙门去听候聆讯。兹事体大，不能耽搁，咱们这就走吧。"

乌月照面不改色，笑着坐到主位上，客气地做了个"请"的手势："卫大人辛苦了，先坐下，饮盏茶汤，略事休息。"

卫怀定不动如山："乌员外，茶汤什么的都免了。破案如救火，刻不容缓，请乌员外即刻跟卫某走一趟。"

乌月照微笑道："卫大人打算带乌某去哪个衙门？"

卫怀定毫不犹豫地说："当然是南衙。"

乌月照点头："倒也合理。"

卫怀定咄咄逼人："乌员外，请吧。"

乌月照轻叹一声，道："卫大人，我乌某人没得罪过金吾卫吧？"

卫怀定看着他，目光冷厉如刀："乌员外这是何意？卫某此来可不是公报私仇。"

乌月照连忙对他拱手作揖："卫大人恕罪，乌某并无此意，只是有些纳闷儿。乌某一向乐善好施，奉公守法，到底是什么大案牵扯到乌某，竟让卫大人亲自前来缉拿？"

"等乌员外到了衙门，自然就知道了。"卫怀定守口如瓶，"卫某对乌员外以礼相待，好言相请，还望乌员外莫让卫某为难。若是动起粗来，大家都不愉快。"

乌月照又叹了一口气，看见大管家在门外隐晦地做了一个

"事成"的手势，心里一喜，于是不再拖延，而是笑着站起身来："既然如此，乌某当然要给卫大人一个面子，这就跟卫大人去衙门看看。卫大人，请！"他微微躬身，彬彬有礼地做了个手势，言谈举止无懈可击。

卫怀定见他不再要诈，心下大定，态度上也缓和了一些，退后一步，淡淡地道："乌员外，请！"

第七章

说抓就抓

乌宅的大门被打开，门外一向清静的街道上挤满了百姓。他们交头接耳，议论纷纷，脸上都是愤愤不平之色。

看到乌月照出来，他们马上往前拥去，大声叫喊。

"乌大善人，您可不能走啊！"

"乌老爷，我家可等着您给的粮食救命呢！"

"月菩萨，我爷爷已经被冻病了，就等着您发的柴炭暖暖身子。"

他们七嘴八舌地叫喊着，一拥而上，挤到乌月照身边，将他团团围住，对卫怀定怒目而视："狗官，为什么抓乌大善人？你想害死我们吗？"

"老百姓不是人吗？你们不管我们死活也就罢了，还把救济我们的月菩萨抓走。你们不是人啊！"

"打死狗官！"

"打死他们！"

随着这些喊声，百姓的情绪越发高涨。突然，从人群中扔出不少烂菜叶、臭鸡蛋、冰团子、鹅卵石，全部砸向卫怀定和他周围的金吾卫官兵。

乌月照脸上的笑容越发慈悲，眼里隐藏着志得意满，嘴里却不时劝说群情激愤的百姓："大家不要怪卫大人，他们也是公务在身……"

下面有大管家安排的人大声地煽动道："乌老爷休要替他们遮掩，分明是他们心里有鬼，想要敲诈勒索！乌老爷万万不可跟他们走，当心有诈！"

乌月照凛然地说道："吾心光明，相信正义，自是无所畏惧！"

有人大声喝彩："乌老爷心胸坦荡，真是侠义为怀！"

另外有人继续煽动道："乌老爷，我们都等着您运来的粮食柴炭过冬，您千万不能走啊！"

"卫大人，您不能抓乌老爷，他是好人，是大善人。我给您跪下了！"

这个人一跪，周围百姓呼啦啦地一起跪下，对着卫怀定不断地磕头，七嘴八舌地恳求他放人。

卫怀定有些头痛，看着乌月照及其周围伪装成百姓的鬼市护卫，心里的怒意渐渐地高涨。

场面异常混乱，源源不断的百姓和故意起哄的刁民纷纷朝这边聚集。卫怀定心知不能再拖下去，迟则生变，试图强行突破百姓的包围，上前抓捕乌月照。但是那些"百姓"都奋不顾身地扑上去阻挡，各种冒着臭气的杂物、秽物又向他们投掷过来。

卫怀定等人只能闪避格挡，不能还击，形象颇为狼狈，却又无可奈何。

突然，从乌宅大门里面传出两声大喝。

"北司办案，闲人回避！"

"南衙办案，闲人回避！"

顾佚城蹿出来，带着几个北司捕头，上去就抓乌月照身边的几个人。

"唐学义、陈小峰、白小狐、汪振海，你们身为术士，涉嫌参与拐卖人口、贩卖私盐、走私精铜等非法活动，跟我们去北司走一趟。"

在他们身后，谢图南大步走出，带着几个南衙捕头，也冲上去抓捕乌月照周围的人。

"张富贵、钱发财、李二狗、吴大头、余三，你们涉嫌参与拐卖人口、贩卖私盐、走私精铜等非法活动，跟我们去南衙走一趟。"

顾侯城才不会管这些糊涂的升斗小民是否会被误伤，上来便是风卷术，将那些跪在地上和扑上来的身份各不相同的百姓都卷到一边。他们被术法抛出去，东倒西歪地扑在地上，顿时发出阵阵的痛呼声。

场面顿时大乱。

卫怀定见他们出现，也随机应变，大声道："乌月照，你涉嫌拐卖人口、贩卖私盐、走私精铜、偷税漏税，跟我们走一趟吧。你是否清白，请到衙门里再行申辩，不要在此煽动百姓，罪上加罪。"

他声如洪钟，在场的所有人都听得清清楚楚，真正的普通百姓都感到震惊，被大管家找来的人有些不知所措，不知该如何应对这等局面。

乌月照脸色微变："卫大人，你当众诬蔑乌某，坏乌某名声，是何居心？"

顾俟城带着心腹手下冲过去，以术法逼迫那几个术士用术法对抗。在战斗中，顾俟城的术法常常"放偏"，不断地往乌月照那里招呼，想要逼他用术法招架或反击。

乌月照装得惊慌失措，东躲西藏，却总会被火焰燎到，胡子被烧卷，皮袍被燎出一个个黑洞。他的大管家一边哭号着"老爷老爷"，一边扑上去用身体抵挡术法，也被烧得哭天抢地，惨号阵阵。

顾俟城并未收手，术法更是一招比一招狠。这个大管家也不是什么好东西，乌月照在河洛扎根之后干过的坏事，他都是帮凶。此人年近半百，却最喜糟蹋女孩子，不知有多少女孩子毁在他的手中。除此之外，他还帮助乌月照铲除异己、消灭威胁，不知弄死过多少人，前南衙典狱长的离奇死亡也与他有关。这样的人，死有余辜。

顾俟城频频施术，时而火龙翻卷，时而火球翻飞，时而龙卷风起，时而冰锥满天。乌月照和大管家身上渐渐鲜血淋漓，顾俟城却目光更加冷酷，脸色苍白得不似活人，仿佛是从地狱来到人间的恶鬼。

在不懂术法的普通百姓眼里，顾俟城就是典型的酷吏，以欺负、伤害他人为乐，实在可恨。但是他们又早就听闻这个河洛"北魔"杀人不眨眼，是一个名号可止小儿夜啼的恶魔，所以即便激愤，也不敢上前阻拦。

乌月照看似狼狈，实则稳如泰山，任凭顾俟城如何出招，情形如何凶险，他都决不还手。顾俟城怒火冲天，拔出腰间软剑，剑招大开大合，剑气纵横，不断从乌月照的致命之处周围挥过，稍偏一点儿便会让他血溅当场。乌月照依然镇定自若，脚步虚浮，跌跌撞撞地在混战的人群中躲避。

顾俟城见他如此惺惺作态，分明是在戏弄自己，顿时怒从心头起，恶向胆边生，剑招由虚变实，竟然弃了他刚才宣称要抓捕的那几个术士，追着乌月照砍杀，打算索性乘此良机将乌月照重创，便是有上官问责，也是"误伤"，算不得什么。

顾俟城杀意一起，乌月照便立即察觉，警惕起来。顾俟城的术法与剑招都化虚为实，来势凶猛，再也不容他戏耍一般狼狈逃窜。顾俟城目光如刀似剑，冷冷地逼视着他，倒要看他如何应对。

电光石火间，乌月照往地上一扑，佯装被顾俟城的剑风扫到，倒在地上翻滚，很快就滚进围观的人群中，迅速腾挪，时时刻刻都在用百姓的身体挡住自己。

顾俟城热血沸腾，根本想不起要顾及百姓安危，就像以前一样开始发疯，不管不顾地冲进人群中，挥剑刺向乌月照。那些百姓被他的力量冲撞得飞了出去，带倒了一片人，有的头破血流，有的筋折骨断，又是哭喊又是哀号，场面更加混乱。

卫怀定见势不妙，连忙提枪上前将他拦住，又大声命令金吾卫官兵："速速疏散闲杂人等，将受伤的百姓送去医馆，账都记在我的名下。"

顾俟城杀红了眼，见有人阻拦，想也不想便施展风卷术，用风卷住卫怀定的长枪向外一甩，右手的长剑依然锲而不舍地刺向乌月照。

谢图南也看出顾俟城的状态不对，于是抛下那几个要抓的案犯，冲过来挥重剑架住他的剑。顾俟城只得弃了乌月照，转而与两位兄长大战。

谢图南和卫怀定都不能对他下重手，在他的强大攻势下节节败退。两个人对视一眼，同时舌绽春雷，大喝一声："顾俟城！"

顾俟城被熟悉的声音震撼，动作停顿了一下，终于清醒过来。看到对手是两位结义兄长，他不由得一愣，随即飞快地打量四周，这才回忆起刚才的情形，叫了一声："大哥，二哥，抱歉。"说完他立刻转身去寻找乌月照的踪影。

谢图南抢上前去，手中重剑指向乌月照的咽喉，厉声道："乌员外，你涉嫌多起案件，谢某要拿你归案，若是你负隅顽抗或畏罪潜逃，杀无赦。"

乌月照审时度势，立刻决定跟谢图南回南衙。他状似坦荡磊落地站起来，拍了拍衣袍上的尘土，对谢图南拱手一揖："谢大人，乌某半生良善，行事清白，并不知有什么案子会与乌某有关。但乌某愿意配合谢大人去衙门辩白，洗脱冤情。"

"那就好。"谢图南看向旁边站着的大管家："把你家的马车拉出来，让乌员外乘坐。"

大管家看了一眼乌月照，见他微微点头，便躬身应是，急匆匆地转身进府，很快就和马夫一起赶着精致宽大的马车出来。

乌月照上了马车，谢图南也跟上去坐在车厢里，名为陪伴，实为押送。

北司和南衙的捕头在金吾卫官兵的协助下将鬼市护卫全部拿下，五花大绑地押回大狱。

大管家回到乌宅，将大门关闭。在外面围观的数百人也四散离开，这件事很快就传开了。

卫怀定牵着马走在顾俟城身边，低声道："三弟，你刚才那种情况，似乎有心魔作祟。你可要多加小心，切不可被心魔控制，酿成大祸。"

顾俟城沉默片刻，微微点头。他确实有心魔，那是幼年时目睹父亲身亡所致，杀父之仇一日没报，他的心魔就一日不消。他也知道自己这样的心境不好，师父也常常提醒自己，但他克制不了。为今之计，只有杀了乌月照，他才有可能解开心结，恢复正常。以往种种，他无法宣之于口，对于卫怀定的关心，也只有沉默以对。

卫怀定拍拍他的肩，帮助他将案犯送到北司大狱。谢图南已经与顾俟城正式办理了暂借北司牢房关押南衙要犯的公文，因此谢图南抓捕的人也被一起押往北司，包括一直被关在车厢里的乌月照。

到了北司后，马车停下，谢图南先下车，然后乌月照掀开车帘走出。他抬眼一看，便见到"北司"两个大字，不禁一愣，皱着眉看向谢图南："谢大人这是何意？乌某并非术士，为什么谢大人会将乌某送来北司？"

谢图南负手而立，坦然回答："南衙遇祝融之祸，尚未整修好，因此暂借北司大狱关押案犯。乌员外不必担忧，北司的部分监牢已暂时划归我南衙所有，因此，你现在虽在北司，进的却仍是我南衙的牢房。乌员外，请吧。"他气势如虹，稳如泰山，潇洒地做了个"请"的手势。

乌月照自然知道火烧南衙之事，其中还有他的"功劳"，只是没想到谢图南有此变通手法，竟然暂借北司牢房。他对北司相当忌惮，也一直努力与其交好，只是顾侯城软硬不吃，让他只能敬而远之。如今他千算万算，以为能暂居南衙，不日即出，因而心中甚安，却没想到自己依然被送到了北司。既然到了此处，自然无法逃脱，他只能缓步走进北司。

严咏志早就等在门边，待他走进来，便说了声"乌员外，例行公事"，随即将禁法链套上他的脖子，再熟练地拉下来，扣在他的双腕上，用术法禁制锁住。

乌月照终于装不下去了，怒道："不是说依然关在南衙牢房吗？南衙用什么禁法链？"

严咏志露出一丝笑容："乌员外真是见多识广，居然认得我北司的禁法链。"

乌月照一怔，自知说多错多，情急之下露了破绽，于是闭口不言。

谢图南慢慢地走进来，温声道："我南衙已有新规，案犯入狱后也要戴禁法链，以保证安全。左右乌员外不是术士，有没有禁法链都无大碍。"

看着谢图南正直阳刚的脸，乌月照沉默了，没再说一个字，默默地跟着严咏志走进大狱深处，被单独关押在一间异常结实的牢房里。

就在乌月照银铐入狱的时候，摘星台三十二层来了一位贵客——当朝皇后的嫡亲兄长周国公文继祖，在朝中任正二品中书令，既是外戚，又是重臣，权倾一方。

见到他，温不劫有些诧异。非术士很难进入摘星台，除非有人接应。他是袁天师的二弟子申长青带上来的，应是奉了袁天师之命。对于袁天师的事情，温不劫很少过问，此时见到文继祖，略感疑惑："文大人大驾光临，温某有失远迎，不知文大人有何贵干？"

文继祖已是知天命之年，却依然温文尔雅，风度翩翩。他峨冠博带，宽袍大袖，颇有魏晋名士之风，见到温不劫，笑着拱手一揖："多日未见，温大人风采依旧。"

温不劫随口吩咐申长青："叫人来煮茶汤，好好款待文大人。"
申长青答应一声，行礼后退下。

温不劫看向文继祖："文大人请坐。"

"温大人请。"文继祖客气地笑着，坐到他桌前的椅子上。

他随口说起了今天开幕的万国术士大比，温不劫也就耐心地陪他寒暄，直到专门侍候温不劫笔墨茶水的小厮上来，为他们煮好茶汤后退下，文继祖才转入正题。

"今天卫怀定跑到河洛有名的大善人乌月照府上去抓人，言之凿凿，说乌月照涉嫌许多大案，却无凭无据。他带走乌月照时，被深受乌善人恩情的百姓拦住，北司顾俟城和南衙谢图南竟不顾百姓安危，上前动武。"他的声音不疾不徐，从容不迫，"其中，顾俟城顾大人官威极盛，在打斗中伤及多名百姓，影响极坏。文某听说，顾俟城素有'北魔'之名，百姓谈之色变，其名可止小儿夜啼，如此坏的官声，怎么还能身居高位？温大人，顾俟城是您的弟子，文某希望您能坚守正义，遵从大宁律法，将顾俟城撤职查办，并释放乌月照和那些试图保护他的百姓，以正视听。"

温不劫端起茶碗呷了一口茶汤，心念一转。

今天顾俟城打算抓捕乌月照，行动之前传信给他，事先报备过。太史局不涉俗务，在黑白两道都混得风生水起的乌月照在温不劫看来不过是一个地痞，纵是顾俟城真把乌月照斩了，自己也能兜得住，因此任他放手去做。

之前他看过顾俟城直接报给他的案情，乌月照为了赚钱什么都敢干，一次就拐卖数百个少女与幼童，大肆贩卖私盐，私开银矿，走私精铜、精铁与武器，明目张胆地贿赂官员，诛除异己，前南衙典狱长的离奇死亡也与他有关。这种人死有余辜，顾俟城联合卫怀定、谢图南前去抓捕乌月照归案，温不劫没觉得有什么不对。

只是，他当时没深想，乌月照敢铤而走险，干出那么多罪不可赦的事情，背后肯定有了不得的人给他撑腰，牵连甚广。现在国舅竟然亲自登门想要保下乌月照，难道此人做出的事情牵连到当朝太子了？温不劫不禁开始怀疑乌月照的真实身份，但此时事起仓促，他只得先虚与委蛇。

"顾俟城是我徒弟，我很了解他。他一心为国，忠诚老实，直爽率真，疾恶如仇，既然捉拿乌月照，必是事出有因，若在缉拿过程中伤及他人，应该也是无奈之举。温某会彻查此事，若乌月照果然无辜，一定立刻放人。至于顾俟城，北司直属于太史令，温某认为他很称职。若是文大人觉得他有些行为欠妥，温某会提醒、训诫他，定让他有则改之，无则加勉。"温不劫不动声色地说，"温某感谢文大人的监督，以后也要请文大人多多指教。"

文继祖看着温不劫，一时无语。谁说温不劫直爽刚烈，不善曲折迂回？这番话皮里阳秋，里里外外都在说他"多管闲事""闲吃萝卜淡操心"，偏偏他还不能明着反驳，简直岂有此理！

他霍然起身，拂袖而去。温不劫客气地送他下到一层，吩咐看门的术士带他出幻境。温不劫看着文继祖在绿树掩映中的身影，目光变得深沉，若有所思。

谢图南重伤未愈，顾俟城元气未复，经过乌宅的一番交锋，再将乌月照带到北司关押，两个人都感觉很疲惫，在寒冷的天气中越发显得面青唇白，状态不佳。

卫怀定见他们都面白如纸，便强制让他们回去休息。顾俟城确实觉得精力不济，现在不适宜对付老奸巨猾的乌月照，于是决定睡一觉再说。谢图南知道他家里没人侍候，便拉着他回谢府，好歹有热汤热饭热炕头，不至于冷冷清清，连口热水都喝不上。顾俟城也没拒绝他的好意，就跟着他走了。

两个人吃了一顿可口的饭食，然后各自回房睡了一下午，精神便恢复了大半。顾俟城与谢图南一起用完夕食后，回到北司。

秦绍辉迎上来禀报："老大，我们已经抓到郭十五了。这小子太狡猾，几次三番地从我们眼前溜走，差点儿就让他逃脱了。"

顾俟城面色稍霁："做得好。把他提到刑房，我亲自审。"

"是。"秦绍辉立刻去牢房提出郭十五，亲自押送他到刑房，扒了他的棉袍，将他绑到刑架上。

郭十五大约三十岁，矮小瘦削，两只眼睛骨碌碌直转，一脸猥琐相。看到顾俟城进来，还没等他开口讯问，郭十五便叫起了撞天屈："哎哟，顾大人，小人冤枉啊！小人最近没犯什么事儿啊，连个荷包都没拿过，一直规规矩矩的，不敢碍了诸位官差大爷的眼，怎么还被抓到北司来了呢？小人也不是术士啊，怎么够得着北司的门槛儿呢？这不是抬举小人吗？"

顾俟城欠着身子，抬腿坐到桌子上，似笑非笑地说："郭十五，甭谦虚，你可是乌员外乌大善人跟前的红人儿啊，怎么够不着咱北司的门槛儿？"

郭十五急得满脸涨红："哎哟，顾大人哟，您可别往小人脸上贴金了。咱是哪个牌面上的人物，能被乌老爷看在眼里？就是讨饭，也不敢上乌老爷的门前哪。"

"你家乌老爷不是大善人吗？你怎么就不敢上他门前讨饭？"顾俟城戏谑地问，"你家乌老爷赏的饭，你不是吃得很香吗？你家乌老爷的碗，你可端得稳着呢。"

"那没有，真没有。"郭十五竭力地表示出诚恳，"顾大人，小人不过是一个小毛贼，哪里敢沾他们有钱老爷的边？小人是听过乌老爷的大名，他舍粥、舍饭、舍柴炭的时候，小人也混在那群穷鬼中去领过，可这也算不上端了乌老爷的碗吧？吃过乌老爷赏的饭的人可海了去了，小人这也不是独一份，怎么就单单抓了我呢？"

"是啊，为什么就单单抓了你呢？我北司又不是吃饱了撑的。"顾俟城把双手抄在胸前，"郭十五，你也别跟我在这儿绕弯子，我既然抓了你，自然有实证，你最好老实交代，也免了皮肉受苦。乌月照给了你多少好处，值得你这么为他卖命？"

郭十五唉声叹气："顾大人，小人自知贱命一条，微不足道，但小人平日不过是偷鸡摸狗，赚几个小钱罢了，哪儿够得上死罪？您可不能草菅人命，屈打成招哇！"

"嘴还挺硬。"顾俟城向旁边站着的行刑手抬了抬下巴："先给他点儿颜色瞧瞧。咱们温火慢炖，总能做出一盘好菜。"

"是。"行刑手抓过一把竹签，解开郭十五的两只手。

另有两个膀大腰圆的汉子过来，将瘦小的郭十五牢牢地按在刑凳上。行刑手将一根竹签的尖端对准他右手食指的指甲缝，往里一拍，郭十五便痛得惨叫起来，身子剧烈地挣扎着："啊——啊——啊——"

"中气还挺足。"顾俟城嘟囔着，掏了掏耳朵，出门到大狱深处去看望乌月照。

这人自从被关进来，一直镇定自若，盘膝坐在墙边的石床上闭目不语。狱卒送来饭食，他也照吃不误，仿佛胸有成竹，丝毫不惧。

顾俟城站在牢房外，默默地看着他。过了好一会儿，乌月照睁开眼睛，无言地与他对视。两个人都很安静，身上却流动着莫名的气势，分庭抗礼。

半晌后，乌月照忽然平静地问："顾大人，乌某哪里得罪了您？让您这般痛恨！"

顾俟城负在背后的双手紧握成拳，表面上却很冷淡："乌老爷何出此言？这北司大狱关押的犯人甚众，难道个个都是得罪了顾某？不过是触犯律例，国法难容而已。顾某在其位，谋其政，自然不会放过任何一个恶人。乌老爷若不是作恶多端，便是请顾某上门，顾某也不会去，便是你自己来北司做客，顾某也不会瞧上一眼。多行不义必自毙啊，乌老爷！"

乌月照的瞳孔微微一缩，随即恢复原状。他淡淡一笑："顾大人对乌某满怀仇恨，令乌某百思不得其解。乌某一生行善积德，何曾作过什么恶？顾大人欲加之罪，何患无辞！"

"天网恢恢，疏而不漏。"顾俟城慢悠悠地道，"善恶到头终有报，天道好轮回。不信抬头看，苍天饶过谁？！"

乌月照被噎得好半天没能说出一句话来。他深深地呼吸，好不容易才平静下来，词不达意地说："乌某是粗人，却也知道'天地不仁，以万物为刍狗；圣人不仁，以百姓为刍狗'。"

"哦，乌老爷此话何意？"顾俟城颇有兴趣地问，"莫非乌老爷胸怀大志，欲与天公试比高？"

"不敢不敢。"乌月照连忙否认，"顾大人莫要曲解乌某之意。乌某不过是说……乌某虽不才，也是一条性命，还请顾大人慎重。"

"你的命……自然是一条命，那些被你拐卖的孩子、被你糟蹋的姑娘、被你手下害死的无辜百姓的命……就不是命了？"顾俟城咬死了拐卖案，丝毫不提自己的杀父之仇，也不提前南衙典狱长之死。

乌月照无奈地叹气："顾大人，那些案子真的与我无关，我怎么可能干出那么丧心病狂的事？如果顾大人查到鬼市有人涉案，只管抓人，便是将那些恶人杀光，乌某也不会说半个'不'字，反而要感谢顾大人替乌某清理门户。唉，顾大人，鬼市多年来鱼龙混杂，良莠不齐，乌某懈怠，御下不严，也是有的。如果乌某手下真有人参与了这些案子，乌某愿意向受害者及其家人致歉赔偿，至于别的，乌某委实不知，顾大人就不要为难乌某了。"

顾俟城看着他圆圆的一张胖脸，突然笑了笑："把自己吃胖也算是一种易容术吧，且不易被拆穿，委实聪明。"说完他便转身，迈着方步走了，看上去像是握有实证，不怕犯人狡辩。

乌月照看着他高挑挺拔的背影，眼神幽深莫测，双唇紧抿，仿佛噙着一片刀锋，随时会吐出去取人性命。

顾俟城回到刑房时，郭十五的十指都被钉进了竹签。他痛得昏厥过去，又被冰水泼醒，此时全身上下都湿淋淋的，瘫在刑凳上不断地呻吟着。

顾俟城漫不经心地问："打算招了吗？"

郭十五想到乌月照那双眼睛，不由得打了个寒战，连忙说："顾大人，小人真的冤枉啊！小人与乌老爷素不相识，真的什么也不知道。"

顾俟城坐到桌后，倒了一碗开水慢慢地啜饮。行刑手粗鲁地拔出竹签，痛得郭十五连声惨叫，顾俟城恍若未闻，看了一眼桌上未落一字的审讯记录，继续喝水。

行刑手将郭十五吊上刑架，取下一根长鞭，蘸上盐水，往他身上抽去。呼啸的长鞭上满是倒刺，每一次抽打都会撕下一片皮肉，盐水进入伤口，痛上加痛。郭十五长声惨号，下意识地拼命扭动，企图摆脱刑罚，却逃无可逃。

等到他再度昏迷时，行刑手放下长鞭，将一桶冰水泼过去。郭十五迷迷糊糊地醒过来，立刻感觉到火烧火燎般的疼痛，喃喃地道："饶命……饶命，大人饶命啊！"

顾俟城慢条斯理地说："你还是招了吧，为乌月照办事的人又不止你一个，你若不招，自有别人招。你若是死了，自有别人顶上来为乌月照卖命。有谁会给你收尸？有谁还会记得你这个人呢？是你的寡母还是你的弱妹幼弟？等你死了，你弟弟只怕立刻就会被乌月照的人卖到那不见天日的地方去，而你妹妹多半会被送去给人做妾，替乌月照拉拢人脉，至于你母亲，有可能抑郁而死，也有可能被逼改嫁他人。如此一来，那你们郭家可就绝后了。"

郭十五越听越害怕，忍不住大叫："住口！住口！你胡说！他们不会这样对我的！我……我……"他想说他劳苦功高，想说乌月照答应过会照顾他的家人，可仔细想想，以乌月照的行事作风、狠辣无情的手段，更有可能做出顾俟城说的那些事。

顾俟城抬头看他："你唯一的出路就是招供，把乌月照钉死。只要他死了，你们全家就都有活路了。"

"我……我……"郭十五很犹豫，"乌老爷认识很多大官，你办不了他的。"

"哼。"顾俟城冷笑道，"他乌月照算什么东西？只要罪证确凿，你看我办不办得了他？"

"我……我……"郭十五费劲地咽了口唾沫，终于下定决心，"我招。我可以指证乌……月照，但你们必须保护好我的家人。"

顾俟城点头："这没问题。到时候我给你们换个身份，送你们去乌月照的势力够不着的地方，你和你的家人都可以平安地生活。"

"好。"郭十五放了心,"我招,我全都招。"

顾俟城便道:"放他下来。"

行刑手解下郭十五,将他拖到桌前,放到椅子上,还给他倒了一碗热水,喂他服下一粒止疼的药丸。文书坐到顾俟城旁边,提笔濡墨,准备记录。

郭十五喝完水,服下药丸后,疼痛感渐渐地减轻,精神状态好了很多,便如竹筒倒豆子一般,供出多年以来帮助乌月照做过的事。他偷窃的技艺很好,多年来听命于乌月照,偷过官府的公文、南衙的案卷、工部与户部的库房钥匙、富商的银票、巨贾的宝藏,等等。这一次,乌月照想要他潜入宜春楼偷一封信。

他越说越流畅:"十月二十六日那天,乌月照约原来的南衙典狱长在宜春楼见面,请了几个姐儿陪酒。我当时也在那里,打算偷走南衙典狱长身上带着的钥匙。本来好好的,乌月照与那位大人喝酒听曲,说说笑笑,后来不知怎么的,两个人就吵了起来,乌月照怒火中烧,伸手就掐住那位大人的脖子,竟将他掐死了。他打晕了被吓得尖叫的几个姐儿,叫守在门外的人进了房间,用绳子将那位大人挂到房梁上,伪装成自杀,临走的时候把在场的几个姐儿也处理了。当时场面很乱,我被吓得不行,也悄悄地溜走了,后来乌月照问起这件事,我以路上耽搁了为由,搪塞了过去,乌月照放下戒心,没要我的命。然而就在前几天,他忽然想起那日在忙乱之中有一封写有他自己名号的书信落在了现场,派我去南衙查看,但是我在南衙的物证中并未发现此信,后来又去了宜春楼查探，依旧一无所获。"

他气喘吁吁地说完后，眼巴巴地看着顾俟城："顾大人，我都招了，您看……？"

顾俟城看着文书笔走龙蛇，飞快地记录好供词，转头对他说："很好。你先在这里住段时间，我会派人把你的家人接到一个隐秘的地方保护起来，你给我一个信物，免得他们不信。如果有需要，你必须到堂上指证乌月照杀害前南衙典狱长一事。你给我放聪明点儿，别想着到时候翻供，这对你和你的家人没有半点儿好处。"

"是……是，我明白。"眼看家人落入顾俟城之手，郭十五便更加不敢有什么小心思，"顾大人，您放心，我一定按您的吩咐去做。"

看着文书让郭十五在口供上画押，逐页按上手印，顾俟城才对文书说："你去拿药，给他治治伤。"

文书答应一声，将口供放到桌上，出去拿外伤药。

顾俟城又对行刑手说："一会儿送他回牢房，单独关押，别让人动了手脚。"

"是。"行刑手连忙答应。

顾俟城看向郭十五："你安心在这儿住着，想吃什么喝什么要什么都跟他们说，只要不过分，都能满足。"

"是是，多谢顾大人。"郭十五低声下气，点头哈腰。

顾俟城从他的外袍里拿出他说的信物——一块粗糙混浊的玉石，走出去找到寇德容："郭十五招了，我需要他上堂指证乌月照。你去他家里，把他的母亲和弟弟妹妹都接走，安排到城外卫大人的庄子上，派人看好了，别让他们跑了，更不能让人伤了他们的性命。"

"明白。"寇德容接过玉石，叫上两个人便离开北司，往外郭城去了。

顾俟城回到刑房，将郭十五的口供收到北司的密档室中。这里有温不劫设下的术法禁制，若实力不及温不劫，根本无法进入，除非有顾俟城手中的密钥。

做完了这些后，顾俟城放了心，这才离开北司，去了温府。

温不劫是正二品的高官，温氏更是世家大族，因此温府坐落在城内，占地甚广，内部的宅院、山林、湖泊、花园、亭台楼阁都有讲究，风水甚好。温不劫膝下没有子嗣，但高堂老母尚在，所以没有分家。与他同母所出的二弟温不显和庶母所出的三弟温不韦都住在温府，二人都娶妻生子，儿孙满堂。温府一向热闹，所以温不劫的夫人也不感到寂寞。

温不显在术法上没什么天赋，却擅长卜卦与星相，现任司天台监正，从五品，掌推历法，定四时，观测天象变化，占定吉凶。司天台隶属于太史局，温不显是温不劫的有力支持者。

温不韦从小好武，一直对术法没兴趣，其父无奈，只得任由他学武，还想办法让他拜了朝中名将为师。他武学资质很好，又能吃苦，练成一身好武艺，现任亲勋翊卫羽林中郎将，正四品，掌皇宫内卫侍从，深受皇帝信任。

温不劫为家中嫡长子，在温老大人去世后，便与夫人搬到正院居住。顾俟城来惯了，不需要通报便进了大门，轻车熟路地走到书房。

他知道师父的习惯，入夜时分，定是在书房看书，或者是在倒腾符纸和法器。

守在门外的长随看到他，无声地笑着行了一礼，然后打开房门，轻声道："老爷，顾大人来了。"

温不劫抬头一看，见顾俟城精神抖擞地进来，便笑着点了点头："来了，坐吧。"

在一旁侍候的小厮连忙煮了茶汤送上来，然后退出去，把房门带上。

顾俟城坐下，喝了一口热气腾腾的茶汤后，有些兴奋地说："乌月照的手下郭十五全招了。之前的诸多事情且不论，乌月照杀了前南衙典狱长却是铁一般的事实。当时在场的还有几个陪酒和抚琴的小娘子，都被他带走，从此失踪。郭十五答应在堂上指证乌月照，他杀官的罪名是坐实了。"

温不劫也松了一口气："那就好。有这一个罪名，便足以判他斩立决。别的案子能不能拿到实证倒也没什么关系了。"他虽然能替顾俟城扛着压力，但也不想卷入朝中的夺嫡风波，如果乌月照过去的所作所为是在为太子敛财并拉拢人脉，他也不希望顾俟城将此事揭露出来。若是以杀官的罪名将其绳之以法，想必各方势力都乐见其成。他一向直爽，最讨厌官场上曲里拐弯的事情，能干净利落地了结此事，那就最好了。

　　顾俟城明白他的想法，却并不甘心就这么杀了乌月照，依然想要追查当年幽都五煞暗杀父亲的真实原因。他们究竟受何人指使？幕后元凶到底是谁？他看着师父脸上流露出欣慰的神情，完全没有提起此事，只将明面上的案情发展汇报了一遍，让师父心中有数。

第八章

线索又断

子夜时分，顾俟城又回到北司。

下午睡了半天，晚上又撬开了郭十五的嘴，他心情舒畅，一直不觉得疲累。从温府回来，他翻出几个冰冷的麻饼，放到炉子上烤着，然后叫来值夜的吕华清，让吕华清把乌月照提到刑房。

等到吕华清把乌月照带到刑房，他才提着小火炉过去，将火炉放在刑房中间，蹲在那儿烤饼、煮茶汤。有些寒冷的房间渐渐地变得温暖，茶汤散发出的阵阵薄荷香气提神醒脑。吕华清见多了顾俟城的这个做派，微微一笑便离开了刑房，出去的时候特意在门边查看了防窃听的术法禁制，见已经被开启，才放心地走了。

乌月照戴着禁法链，安静地坐着，看着慢悠悠地将茶壶和烤饼放到桌子上的顾俟城。过了一会儿，顾俟城将炉子提到墙边放下，一边喝茶汤一边吃饼，还客气地问他："要不要来点儿？"

乌月照从睡梦中被叫醒，被带到这里来，心里早就万分警惕，这时微微摇头："乌某注重养生，夜里不用茶汤，不吃东西。"

"哦，想要长命百岁啊，理解。"顾俟城笑了笑，继续大吃大喝。

乌月照淡淡地问道："顾大人将乌某带到这里来，就是为了让乌某看着顾大人喝茶吃饼？"

"那倒不是。"顾俟城从怀里拿出一个小布包，放到桌上，一层一层地揭开布包，露出里面包着的十八根乌黑长针，"乌老爷见多识广，一定认得这个吧？"

那十八根长针上镌刻着细微的符文，散发着浓浓的阴寒煞气，让乌月照观之色变："乌某自然不认识，但观之不似正道之物，像是什么邪物。"

顾侯城轻声一笑："这十八根长针是一套，名叫阴煞截脉针。我若是用这套针截断你的任督二脉，你就四肢全废，只能在床上瘫一辈子。"

乌月照当然知道这套针，以前狐老二身上就有一套，专门整治那些让他看不顺眼的人。乌月照知道中了此针后的惨状，心志再坚，依然有些畏惧，心念一转，变色道："顾大人到底想要干什么？"

顾侯城微笑着说："就是想要乌老爷也尝尝别人受过的苦。"顾侯城起身从墙上摘下长鞭，狠狠地抽在乌月照身上，再顺势一拖，乌月照的背上顿时涌出鲜血，濡湿了他的衣袍。

乌月照闷哼一声，大声道："顾大人，你是想要用酷刑办冤案吗？"

"当然不是。"顾侯城将鞭子扔开，坐到桌后继续吃喝，"我只想看看，乌老爷是不是铜皮铁骨，会不会疼？"

乌月照有种不祥的预感："顾大人这是何意？"

顾侯城指了指布包中的针："这套阴煞截脉针，我会配以分筋错骨手，必定会侍候好乌老爷。"

乌月照心下大骇："你……你怎可如此酷虐？"

顾侯城淡淡地道："乌老爷，你若识相，就老老实实地把我想知道的事情都说出来，我自然不会把这些……用到你身上。如果你冥顽不灵，那就休怪我无情。"

乌月照瞪着他："你到底想要知道什么？"

顾侯城凝神盯着他的眼睛，冷冷地问："十五年前，你们幽都五煞雨夜突袭，杀了幽都城主顾秋水，是谁让你们去的？"

乌月照神色大变："你……你怎么知道？"

顾侯城面沉如水："少废话！快说，是谁指使你去杀他的？"

乌月照犹豫了一下，随即矢口否认："我不知道你在说什么。"

"乌月照！"顾侯城重重地拍了一下桌子，"看来你是不见棺材不掉泪！好，我就成全你！"他猛地起身，左手与右手分别从桌上的布包里拿起三根乌黑长针，施展分筋错骨手，同时插向乌月照身前的六处非常重要的大穴。

乌月照被吓得肝胆俱裂，他知道这要插下去，他不但立时瘫痪，还会承受无穷的苦楚，于是立刻大声道："且慢！顾大人，我有话说！"

顾侯城停止动作："好，你说。"

乌月照看着他，缓缓地说："顾大人，乌某曾经到过幽都，远远地看见过上任城主顾秋水大人和现任城主顾长天大人。'落霞与孤鹜齐飞，秋水共长天一色'，大家一听名字便知他们是亲兄弟。我还听说，顾长天城主的公子名叫顾临渊，顾秋水城主的公子名叫顾羡鱼，取'临渊羡鱼，不如退而结网'之意，只要外人一听他们的名字，同样知道两个人是兄弟。"说到这里，他有意停了停。

顾俟城的双手纹丝不动，非常沉稳："你再废话，以后就不必开口了。"

乌月照加重语气，一字一顿地说："顾大人，你就是地下幽都的少城主顾羡鱼！"

顾俟城心志坚定，充耳不闻，哂笑一声："乌月照，我还没给你栽赃，你倒是先来陷害我了。好！了不起！不愧是鬼市之主。"

乌月照肯定地说："顾大人的模样与地下幽都的顾秋水城主像了八分，还有两分与城主夫人相像。您若不是顾羡鱼，我把项上人头送给您。"

顾俟城看着乌月照，眼神变幻莫测。乌月照硬挺着与他对视，表现得有恃无恐。过了好半晌，顾俟城凑近乌月照耳边，低低地说："乌老大，你现在有妻有子，当真不怕？既然知道我是谁，你便要明白，杀父之仇，不共戴天。你若将幕后之人说出，我就放过你的妻儿老小，给你留个全尸，还帮你儿子保住家业；如果你坚决不说，要一个人扛下这血海深仇，我必屠了你满门，让你断子绝孙。"他的声音很轻，却充满阴森的杀意。

乌月照大惊失色，知道顾俟城所言非虚。如今他被困在这北司，纵有百般手段，也是无力逃脱，只得愣在这里，束手无策。

顾俟城趁热打铁："出你之口，入我之耳。你只管告诉我，那幕后之人必定不会知道是你供出他的。我必保你妻儿安全，让他们带着家产全身而退。"

乌月照颇为心动。既然知道顾俟城的真实身份，便已绝了侥幸之念，如今当真无生路可走，他自然最想要保住儿子和家业，让儿子好好地活下去，传宗接代，香火不绝。

他想了好一会儿后，才低声问："我怎么知道你会保住我儿子？须知斩草不除根，春风吹又生。焉知我儿将来不会找你报仇？你能放心地让他走？"

"我相信你的娘子和儿子都不知道你曾经做过的事，他们也与我父亲的死毫无关系，我当然不会杀他们。"顾傒城斩钉截铁地说，"你放心，我恨你们，就不会让自己成为你们这样的人。至于你儿子将来会不会为你复仇，我并不在意。他想要来，我就等着。"

乌月照略感放心，终于做出决定，深吸一口气，轻声说："其实，当年我们幽都五煞接的杀人单，都是认钱不认人，我并不知道是什么人委托我们去杀令尊的，只因他开出的条件够好，我才接了单。"

顾傒城问他："什么条件？"

"一千两黄金，事后安排我们五个人离开幽都，到地面生活。"

顾傒城咬着牙，努力让自己保持冷静："你继续说……"

"我们从幽都逃到地面上，在河洛立足未稳，那个让我们刺杀令尊的人又派人来找我，让我继续为他办事。在他的大力帮助下，我很快就在鬼市站稳脚跟，大力发展势力，迅速控制了鬼市，不过，我仍然不知道他是谁，只是偶然有一次，来人在盛夏无意中挽起衣袖，我当时看到他的手臂上有一个奇特的刺青，像是一把勺子，又像北斗七星。他很快就放下袖子，还特意观察了我的表情，我装作什么也没看见，此事便犹如春水了无痕。直到现在他也不知道我看见了刺青，我也不知道那刺青到底是什么。"

顾俟城等了一会儿，走回桌后坐下，将手里的长针放回布包，淡淡地问："就这些？"

"就这些。"乌月照濒临绝境，仍挣扎求生，"顾大人，乌某与四位兄弟接单杀令尊，当时您和令堂也在场，我们并没杀你们，这也算是一份人情吧？乌某可以帮您将幕后的人引出来，您再出手制住他。乌某以此将功赎罪，您看如何？"

顾俟城沉吟片刻后，点了点头："好。你先回去仔细想想，拟订好行动计划再告诉我。此人阴狠奸猾，若不能一举成功，必定会打草惊蛇，咱们务必谨慎从事。"

"我明白。"乌月照看到一线生机，顿时精神大振，"顾大人放心，我会仔细斟酌的。"

"好。"顾俟城将他押回牢房，佯装审讯未果，神情冷厉，厉声道，"乌月照，你别不识抬举，若是顽抗到底，只有死路一条！别以为我不敢用大刑，好好地在牢里体会你的幸福生活吧，很快你就没有这么舒服的日子过了。"

乌月照也跟着假意轻哼一声，回到石床上盘膝坐下，闭上眼睛，摆出和之前一样的不合作的态度。

顾俟城怒视他片刻后，冷笑一声，转头就走。

回到刑房，吕华清正在这里收拾碗盘，见他回来，随口问道：

"乌月照没招吗？"

"没有。"顾俟城有些沮丧，"我师父那边打了招呼，上头有人保他，所以暂时不能用刑。我且忍他两天，若是他不识时务，拒不招供，那就非得上手段了。"

"嗯，像乌月照那样的老江湖，不上刑是榨不出东西来的。"吕华清笑了笑，"老大，你去休息吧！明天还有的忙。"

"嗯，你们还要去万国术士大比现场守卫，也辛苦了。你也去好好歇息。"顾俟城随手拿起地上的长鞭，从腰间荷包里拿出一张汗巾，将鞭身上的血渍细细地擦拭干净，然后把鞭子挂在墙上。他回到自己的卧房，将之前用手指钩下的乌月照的头发与染血的汗巾一起塞到荷包里后，躺在床上沉沉地睡去。

此时已到后半夜，虽然金吾不禁，但河洛百姓已经狂欢了两夜，兴奋的情绪渐渐地消退，夜里又很寒冷，滴水成冰，人们大都不再出门，在外面游玩的人也在子时前就回去睡觉了。

无论是皇城还是外城，现在都在夜色中安静地沉睡，街上除了巡逻的金吾卫官兵外，很少再有闲杂人等。坊门都没有关闭，却也是虚掩着，东西集市的瓦舍勾栏和平康坊的青楼妓馆教坊娼肆也都熄了灯。

在呼啸的寒风中，平康坊里的宜春楼忽然燃起大火，风助火势，这幢雕梁画栋的三层妓楼在顷刻间便变成一片火海。妓女与嫖客惊叫着，匆忙抓过披风、大氅、棉被、皮衣裹着身子，仓皇地往外逃。

着火的大梁砸下，楼梯在火焰中被折断，三层楼房缓缓地在火海中坍塌。许多人在火中惊叫惨号，慌不择路，如没头苍蝇一般四处乱撞，最后被滚滚袭来的火焰一点儿一点儿地吞噬。

周围的青楼妓馆有人被惊醒，连忙大叫着"走水啦""来人啊""救火啊"，自己却被吓得瑟瑟发抖，腿脚发软。坊间的水龙队和金吾卫巡逻队都迅速赶来，一边灭火一边救人。

直到早晨，大火终于被扑灭，宜春楼被烧成一片废墟，死伤者无数，被烧焦的木柱窗格与尸骸混在一起，现场惨不忍睹。被烧伤和冻伤的人都被送到周围的医馆，情况都不太乐观，能救过来的伤者不多，大部分人挺不过来，只能痛苦地死去。

卫怀定昨晚不值夜，今天在家里休息，正睡得香，突然被人叫起来报告了宜春楼走水一事。现在宜春楼全楼被烧毁，也不知是意外失火还是有人纵火。此事本是五城兵马司的管辖范围，但他名声在外，人们总是本能地想要找他来解决问题，尤其是平民百姓，只要看到他在，便能安心。卫怀定无奈，只得穿好衣袍，在寒风中上马，疾驰而去。

赶到平康坊，卫怀定在众多火把的映照下找到了衣衫不整的里长，向他询问情况。里长心里害怕，身子冷得直哆嗦，颤抖着将事情的经过说了一遍："小人是听水龙队里的小子来敲门，才知道宜春楼走水了，等小人赶过来时，宜春楼已经塌了。小人帮着金吾卫的官爷们，将伤者送到附近的医馆里。小人来得晚，并不知晓宜春楼为何会走水。"

这时，里长的儿子赶来，服侍他穿上棉裤和夹袄，披上棉袍，系上腰带，他的儿媳妇提了一壶姜汤，张罗着让在场的官兵与百姓都喝一碗。

里长感觉暖和多了，说话这才流畅起来："宜春楼不像我们烧不起炭，都是盘的炕。他们的床榻都是用好木头精细做来，屋子里烧炭，几乎每间屋子如此，若是稍有不慎，便有可能走水。天干物燥，只要烧起来，那就很难救了。"

卫怀定听完，点了点头："天气太冷，你别被冻坏了，赶紧回家去暖暖身子。"

里长千恩万谢："多谢卫大人，那小人就失陪了。"他实在是有点儿撑不住了，转身让大儿子背着进了屋。

卫怀定连忙又找了水龙队队长和金吾卫官兵询问情况。

大家光忙着救火救人，对于事情的来龙去脉都不清楚，只有水龙队队长说了一些有价值的线索："按说，屋顶上都有积雪不化，院子里也有冰雪，火起时将冰雪融化成水，完全能够扑灭由炭盆引起的大火，即使不能扑灭，火势也不会蔓延得那么快。可现在火一起便迅速蔓延，很快便将整座楼烧塌，造成那么多人伤亡，这就很蹊跷了。我怀疑是有人纵火，且用了火油助燃。"

旁边的人听了都大怒。

"简直丧心病狂！"

"其心可诛！"

"定要将凶手缉拿归案！"

"这么多条人命啊，纵火的人简直死有余辜！"

卫怀定抬头看了看天色："现在天太黑，看不出什么，只能等天亮了。金吾卫封锁现场，协助救人吧。"他叹了口气，想着现场肯定已经被救人和救火的人踩得一塌糊涂，也无所谓保护不保护了。

他在这边忙碌，顾俟城也不轻松。天光尚未大亮，他就被严咏志叫起来："老大，郭十五被人杀死在牢房里，乌月照跑了。"

"什么？！"顾俟城跳下床榻，一边穿衣一边问，"怎么回事？"

"刚刚才发现的。"严咏志一脸严肃，"我和吕华清交接后，去大狱里巡视，发现郭十五被吊死在牢房的围栏上，像是自杀，关押乌月照的牢房已经空了，不知道他是怎么越狱的。吕华清在值房里守着，并没有听到什么动静。"

顾俟城穿好衣袍鞋袜，将长发随意地绾了一个发髻，插上桃木簪，然后抹了一把脸，跟着严咏志往大狱奔去。

郭十五的尸体已经被解下，平放在地上。北司的仵作被叫过来，正在为尸体解衣，查看他的体表，很快就得出结论："不是自杀，是他杀。死者当时应该在睡觉，凶手进入牢房，打算将绳子套在他的脖子上，造成他自缢而亡的假象。但死者身法轻灵，动作迅速，应该是及时脱离了绳圈，没被套住。凶手实力很强，应该是挥掌砍在了死者的脖子上，造成死者窒息，然后用绳子套住他的脖颈，吊在木栏上。"

顾俟城听后点点头。他当然不信郭十五会自杀，明明自己已经给了郭十五希望，还派人带走了他的家人并把他们保护起来，而且这个横着的木栏才齐腰高，自杀者如果觉得太难受，用脚一蹬就能站起来，吊在这里根本死不了，所以一定是有人蓄意谋杀。

他将这间牢房里里外外地细查了一遍，并没发现什么蛛丝马迹，就连牢房的门都是用北司的钥匙所开的，很显然对方不仅是个高手，还暗地里联合了他们北司的内应。

他现在只能根据郭十五的脚印和尸体上的痕迹来判断当时的情形，仵作说的基本没错。

他看过郭十五的尸体后，又去了关押乌月照的牢房。这里很干净，仿佛从来没有关押过人，乌月照连同锁住他的禁法链都不翼而飞。

顾俟城查看了好几遍，也没能得到任何有价值的线索。他眉头深锁，脸色阴沉。

过了好一会儿，他从怀里的锦囊中拿出通信玉简，看着上面出现的卫怀定的字，不由得心头剧震。

"平康坊宜春楼凌晨大火，被烧成废墟。"

他立刻回复："我马上就过去。"

顾俟城看过宜春楼冒着黑烟的残垣断壁后，向卫怀定询问了当时的情况。

顾俟城在了解情况之后，发现宜春楼一案不仅死伤众多，还证据全无，这让他不免联想到了郭十五被人暗杀一事，他渐渐地意识到这乌月照的背后之人势力极其强大，且行事肆无忌惮，甚至比他还要疯狂。

为今之计，抓到乌月照才是重中之重。

他把卫怀定拉到一边，低声说了北司大狱中发生的事情。卫怀定大吃一惊："你们北司也有内鬼？"

"是啊，我真没想到。"顾俟城黑着脸，"在北司经营数年，我还以为凭我的手段，北司已是铁板一块，谁知……还是我太自负了。"

卫怀定拍了拍他的肩："这都是平常的事。我的金吾卫里面更是复杂，谁的人都有，我上哪儿说理去？好了，不说这个了，你现在打算怎么做？"

"去抓乌月照。"顾俟城有些烦恼，"我现在已经不知道该信谁了。"

卫怀定果断地说："叫上大哥，我们三兄弟去抓他。"

顾俟城一怔，随即眼睛发亮："好。"

他掏出传信玉简，给谢图南写信。很快，谢图南便回复，骑着马从谢府赶过来，与他们会合。

顾俟城拿出一块小小的罗盘，将荷包里的染血汗巾和乌月照的头发拿出来，放置在罗盘上。他昨夜当真没料到乌月照能从北司的大狱里逃出去，但此人是他的杀父仇人，就算他笃定此人难逃法网，却还是留了一手，没想到，还当真派上了用场。

他一手握紧罗盘，一手打出法印，将罗盘激活。很快，罗盘上的指针便飞快地旋转，随后渐渐地慢下来，指向一个方向。

顾俟城松了口气："他还在城里，没有离开河洛。走，咱们去找他。"

卫怀定让旁边的一个金吾卫军官将马让给顾俟城，三兄弟飞身上马，向西南方向疾驰。

顾俟城本以为乌月照逃出北司后会第一时间带着妻儿远走高飞，没想到他居然还敢留在鬼市。

这份家业就那么重要？让他不顾妻儿安危，宁死也要留在河洛？

乌月照家财万贯，除了正妻外，府里还有许多小妾通房，鬼市里还养着外室，却都没有生养，只有正妻前几年生下一子，是他的命根子。现在正妻又怀了身子，按理说乌月照会先把妻儿安顿好，或许他早就留有后手，前脚入了北司，后脚就有人保护他的妻儿，甚至已经将他们转移走了。

顾俟城思前想后，心事重重，速度却丝毫未减。谢图南与卫怀定在他两侧稳稳地跟着，都在纵马飞驰。

虽说大宁律例有规定，不得闹市纵马，但官吏办差例外。

三个人飞驰过大街小巷，很快进入大通坊，沿着洛水朝着乌宅奔去。顾俟城有些诧异，乌月照居然不在鬼市，胆子还真大，鬼市鱼龙混杂，如果乌月照躲在里面，层层布防，光凭他们三个人，即便突破进去，也不容易抓到他，可他现在居然在乌宅，那里虽然修建得美轮美奂，到底不是堡垒，处处都是漏洞，很容易闯进去。乌月照他到底图什么呢？

顾俟城一边思索着一边看着罗盘一边骑着骏马向前飞奔。他实力高强，一马当先，沿着结冰的洛河，朝着乌宅冲去。

这时，有七辆牛车和两辆马车在街上缓缓地行驶，看到他们迎面而来，车夫赶紧将车子驾到路边，让他们先过去。顾俟城目光一扫，看到车厢上有弘福寺和会昌寺的标记，周围跟着的都是光头僧人，便不甚在意，纵马飞驰而过。谢图南与卫怀定同样认出了两寺的标记，同样没有放在心上，风驰电掣般策马飞奔，与车队擦肩而过。

第一辆马车里坐着一位风神秀异的年轻僧人，他便是大名鼎鼎的高僧辩机。他少怀高蹈之节，容貌俊秀英飒，气宇不凡，十二岁时削发出家，隶名在河洛城西南隅永阳坊的大总持寺，为著名法师道岳的弟子。后来道岳法师出任普光寺寺主，辩机就去了河洛城西北金城坊的会昌寺。

他一直潜心钻研佛学理论，风韵高朗，文采斐然，为佛界推崇，被信徒景仰。当前往西天取经的三藏法师回国后，在河洛城西北隅的弘福寺首开译场之时，辩机便以谙解大乘、小乘经论被推举入三藏译场，成为九名缀文大德之一。他现在才二十多岁，便以高才博识、译业丰富而名噪一时，在会昌寺与弘福寺都有很高的威望，与朝中许多信佛崇佛的大臣宗室、后宫妃嫔、皇子公主都有交情，是一位了不起的人物。

在他后面的另一辆马车中，坐着乌月照的娘子和儿子。乌娘子布衣荆钗，再也不复往日的神采飞扬，脸上满是泪痕。她怀里抱着的小儿正在睡觉，同样穿着布衣，用被子裹着，以前那些金镶玉的项圈、金手镯、金脚镯全都没了。车厢里还有两个大丫鬟和她儿子的奶娘，此时都在瑟瑟发抖，再也没有往日的倨傲，一个个心惊胆战。

车厢里塞了几个小箱子，里面都是贵重物品和银票，足够他们丰衣足食地过一辈子。乌娘子与孩子身上戴着防御法器，能够抵挡大部分中低阶术士和武士的攻击，显然乌月照在仓促之间已经考虑得很周到了。

后面几辆牛车里装着大量财物和一些珍贵典籍，都是乌月照给弘福寺的供奉，条件便是请高僧辩机和三藏法师保证他妻儿的安全。

以前辩机在大总持寺的时候，离大通坊和鬼市都很近，乌月照再三告诫，地痞流氓、江洋大盗才没去骚扰寺中僧侣。乌娘子还经常去寺里虔诚礼佛，每年都捐出巨额香油钱，还给满寺僧侣捐僧衣、米粮、油盐，又时常于荒年和冬季在寺中给贫民施舍粥饭、柴炭、冬衣。道岳法师与辩机一直很领他们夫妻的情。

后来辩机住到会昌寺，乌娘子也常常去那里做法事，捐香油钱，点长明灯，捐僧衣、米粮、油盐。等到辩机到了弘福寺，乌娘子同样跟过去，继续虔诚地供奉。

如今乌月照有难，只托付家中妇孺，乌娘子以前也从未有过恶行，辩机与三藏法师商议后，便同意接受乌月照的供奉，并答应庇护乌娘子和乌家小儿。

弘福寺坐落在河洛西北隅的修德坊，是太宗皇帝为纪念生母穆太后而建。它紧挨皇宫，东侧是芳林门，西侧是光化门，出城便是皇家禁苑，既清静又安全。乌娘子带着儿子住在寺里，可安稳度日，是最好的去处。

淡淡的阳光下，车队在武僧们的保护下，朝着北方前行，渐渐地离开危险区域。

老谋深算的乌月照既不相信生性残忍的幕后之人的承诺，也不相信疯狂复仇的顾俟城的保证，逃出北司大狱后他并没有按照幕后之人的交代去办事，而是赶回家先安排家眷。紧要关头，后宅里那些莺莺燕燕就都没用了，他把早就预备好的金银细软交给身怀六甲的乌娘子，把她和唯一的儿子托付给人品可靠的高僧辩机。时间紧迫，夫妻俩洒泪而别，都知道这一去便再无相见之日。

乌月照本就是亡命之徒，虽在河洛过了十余年好日子，在生死关头却能当机立断。乌娘子从不参与他的事情，也一心向佛，积极行善，希望能为他减少些罪孽。虽然从不敢深想，但她心里也隐约明白，他早晚会有穷途末路的一天，她不怕死，却要保全儿子，还要生下肚子里的孩子，因此不能任性妄为。到了必须分别的日子，她并没有哭闹，更没有拖延，带着儿子便跟着辩机离开。没有他们母子拖累，乌月照说不定还有一线生机，能伺机逃出河洛，远走高飞。

送走妻儿后，乌月照离开乌宅，直奔鬼市，顾俟城见到罗盘的指针有了变化，立即跟着追去。乌月照察觉到身后的骑手似乎来者不善，于是施展飞纵术，在屋顶上、树梢上、旗杆上飞掠而过，很快便隐入暗道，直达鬼市腹地。

乌宅的大管家按照他的吩咐，一早便派人出去到处散布消息，让贫民全部到鬼市的明月楼来领取粮食和柴炭。顾俟城按照罗盘的指示赶到明月楼时，这里已经排起了长队，人声鼎沸，数百名男女老少穿着破棉袄，兴奋地将蜿蜒的小巷堵得严严实实。

顾俟城心急如焚，跳下马便纵身上房，踩着积雪的屋顶，从人群的头顶飞过，直扑明月楼三层雅间。谢图南与卫怀定在身法上不是很擅长，只能下马后挤进人群。

那些排队的贫民看着他们身上的紫色官服，都不敢抱怨，更不敢阻拦，都赶紧让路，看着他们冲进明月楼。

乌月照此时正在明月楼第三层尽头的专属雅间里。这里是他最后的据点，不仅布满法阵，还有法器、丹丸、符箓，可以与敌人周旋到底。

他现在根本不存侥幸心理，只想拖延时间，把事情闹得越大越好。与自己有关的人和势力越把目光集中在他这里，他的娘子和儿子就会离危险越远。凌晨宜春楼被烧，给他争取了一定的时间，可惜烧得太早了，不过这本就不是他派人动的手，自己控制不了局面，也就罢了。现在他只能靠自己这些年经营的力量了。

乌月照明白自己必死无疑，反而一腔孤勇，决心拼死一搏，无论是流芳百世还是遗臭万年，到底也是在这个地方留下了自己存在过的印记。回想这四十余年的人生，他觉得遗憾不多，唯一的憾事大概就是不能看到儿子长大成人，成家立业，娶妻生子。

他默默地想着，拿起桌上的西域葡萄酒，倒进晶莹剔透的白玉杯中，然后一饮而尽。他品着鲜红酒液的甜酸味，最后却觉得口中只剩下苦涩。

这些年来，兄弟们一个一个地都死了，他外表光鲜，实则受制于人，如果不想当牛做马，就得被人灭口。如今，顾俟城要报仇雪恨，步步进逼，终于让他无路可走。他想着顾俟城在北司牢狱中说的那番话，不禁暗暗地在嘴里咀嚼："善恶到头终有报，天道好轮回。不信抬头看，苍天饶过谁？！是啊，苍天饶过谁？！"

他正在胡思乱想之时，顾俟城已经冲上三楼。以往空荡荡的走廊如今被人挤得满满当当，死士们布下了几层防线，悍不畏死地拥上来围攻他。顾俟城抽出盘在腰间的软剑，义无反顾地杀进包围圈。

那些死士完全是同归于尽的打法，几个专练体术的强壮大汉扑向顾俟城的剑锋，伸出精壮的胳膊，死死地抱住他。不远处的术士立即施展攻击术法，轰在他们和顾俟城身上。顾俟城的防御法器不断地闪现光芒，为他挡下一拨又一拨的进攻。一个死士倒下，另一个死士扑上来，无论他怎么用剑刺，怎么用术法攻击，那些死士都不松手，即使停止了呼吸，双臂依然死死地箍着他让他动弹不得。

他是术士，虽然在师父的监督下也习过武艺，却远不如这些专门淬体炼体的死士。他能稳住身形，不被那些死士摔倒在地，已经颇为不易。渐渐地，他的防御法器耗尽灵力，失去了作用，火球、冰锥、风龙、毒雾不断地轰击在他身上，让他伤痕累累。不断有死士倒在他脚边，他的情况渐渐危殆。

这时，谢图南和卫怀定从二楼的贫民和武士的纠缠中挣脱，终于登上三楼。看到顾侯城的情况，他们都大吃一惊，立即冲上前去，将抱住顾侯城的死士杀死，随即踩着尸堆向前猛冲，试图杀死走廊尽头正在施展术法的术士。

那些术士见势不妙，集中火力向三个人轰击了一轮，便各自逃窜。

三个人没去追击，同时一鼓作气地冲到走廊尽头。顾侯城掏出怀里的罗盘看了一眼，确认乌月照就在里面，于是对谢图南和卫怀定点了点头。卫怀定猛地抬腿踹向房门，只听轰的一声巨响，木门轰然倒下。

电光石火间，有轻微的嘣嘣声响起，顾侯城等三个人闻之色变，立即闪避。谢图南贴在门边的墙壁上，顾侯城站在角落里，卫怀定首当其冲，只能贴地翻滚开去。一排弩箭疾射而出，咚咚咚地钉在墙上，其中一支箭射穿卫怀定的小腿，顿时血流如注，随着弩箭上的毒进入血液，卫怀定的伤口迅速发黑。

顾侯城之前也中了不少毒系术法，此时脸青唇白，暗觉不妙，连忙从怀里摸出一个药瓶，从里面倒出一粒解毒丹放进自己口中，同时将瓶子扔给斜对面的谢图南，示意他给卫怀定服药。

谢图南已经俯身将卫怀定拖到身边，放到弩箭射击的死角，然后把瓷瓶里的药丸倒出来一粒，塞到卫怀定的嘴里。

很快，顾俟城与卫怀定两个人的脸色都好看了许多，发青的肤色也迅速恢复。

顾俟城深吸一口气，沉声道："乌月照，你跑不掉的，不如弃械投降，还能保住性命。"

乌月照喝下一杯酒，哈哈大笑："顾俟城，你别拿那些虚话来哄骗乌某。你哪里会让我活下来？能给我个全尸，便是你天大的恩情了。左右都是死，我当然要拼一下。"

顾俟城正要再说些什么，楼梯口忽然拥出大批贫民，都是在下面领取粮食与柴炭的穷苦百姓。他们听到下面的管事说官府又来人要抓乌大善人，他们很可能又领不到救命粮了，群情激愤，在有心人的煽动下都冲上楼来，要保护"活菩萨"乌老爷。

谢图南连忙上前两步，重剑一横，试图挡住那些暴乱的百姓。卫怀定也从地上爬起来，将枪头扎进墙壁里，手握枪杆，与谢图南并肩作战。

冲上来的百姓乱成一团，要是再这么下去乌月照铁定会再次逃脱，所以顾俟城决定速战速决，左手捏出手诀，指向胸口，运起温不劫亲传的独门增益术法"灵犀一点"神功。一股紫光冲天而起，很快将他和不远处的谢图南、卫怀定都笼罩住。

三个人的实力瞬间被提升到原来的两倍多，他们顿时精神大振。谢图南与卫怀定挡住气势汹汹的贫民，顾俟城提气纵身，飞掠进屋。

乌月照见只有他一个人冲进来，暗道正中下怀，立刻激活了手边的术法阵盘，整个房间都被结界笼罩。两个高阶兽形傀儡从突然打开的密室门里冲出，咆哮着向顾俟城扑去，一为虎形，势大力沉；一为豹形，速度如闪电。两只傀儡兽栩栩如生，战力却比真实的猛兽还要凶猛。这是乌月照当年从幽都带出来的保命底牌，也是幕后之人一直想要而他坚决不给的宝物。

顾俟城一见便认出两只傀儡兽都是从幽都傀儡战营里出来的精品，民间很难拿到。他一手执长剑，一手施术法，与两个傀儡激斗。

乌月照始终没有起身，一直坐在桌案后面，十指如飞，在术法盘上操纵傀儡，偶尔还将绑在双手腕上的弩弓对准顾俟城发射弩箭，不遗余力地想要取他的性命。

顾俟城万万没想到，乌月照并不是普通的术士，而是一个极其高明的傀儡师。他不像初阶傀儡师那样用特别处理过的丝线控制傀儡，而是用操控盘中的阵法对应傀儡中的机关窍要。这样操纵傀儡的傀儡师在对战中手速要极快，而且不能有一丝错误，这需要长期的练习与实战才能熟练掌握。

顾俟城猝不及防，很快便陷入苦战中，且一直处于下风。傀儡表面为精铁掺杂玄铁所铸，坚不可摧，爪牙只要碰到顾俟城，就能给他的身体留下大大小小的伤口。

顾俟城失去父亲和少城主之位时才八岁，对于傀儡营中的各种傀儡只是了解一些皮毛。他还是少城主的时候，傀儡营统领楚天阔对他很好，常常带他进军营，让傀儡陪他玩耍。在这个过程中，他听过零星的知识，当时也没在意，现在一时也想不起来，只知道傀儡营的高阶傀儡内有机关，以玉符石作为动力，一旦玉符石中的符力被耗尽，傀儡就动弹不了了。他现在别无他法，只能不断地施展术法与傀儡兽缠斗，等到它们体内的玉符石耗尽了符力，才有可能脱险。

乌月照在两只高阶傀儡兽体内放置的是大块上等和田玉，能全力战斗一个时辰，即使要分出符力抵抗术法攻击或者喷火，也能至少战斗半个时辰。他运指如飞，熟练地操纵两只傀儡兽分进合击，从各个方位飞扑、撕咬、爪击、冲撞、尾鞭抽打、喷吐火焰。

顾俟城用的软剑并不适合这种战斗，只得在有限的空间里闪转腾挪，伺机用长剑和术法击杀乌月照，但每次好不容易瞅准时机杀向乌月照，都被他操纵傀儡兽飞扑过来挡住。一人两兽翻翻滚滚，在房间里斗得轰轰烈烈。

谢图南和卫怀定堵住百姓后，不断呵斥，又下狠手伤了几个故意煽动的人，这才遏制住百姓不顾一切的冲势，让他们愤怒的情绪渐渐地缓和下来。

谢图南腾出手，想冲进房间增援，却被结界所阻，难以突破进去。他也看不见里面的情形，心知定是有术法结界，心里不禁有些着急。

房间里，顾俟城在激战了两刻钟后，终于找到机会，翻身骑在傀儡虎的背上，无论傀儡虎如何纵跳飞扑，他都纹丝不动。乌月照连忙指挥傀儡虎就地打滚，顾俟城便轻飘飘地跃起，等到傀儡虎站起来，他又骑在它的背上，在傀儡虎慌乱之时与傀儡豹战斗，同时抽冷子攻击乌月照。

这时，他已经被两只傀儡兽几番冲撞、撕咬和抽打得内伤严重，外伤加剧，腾不出手来拿出疗伤药丸，只能硬挺着。

乌月照见他身上血迹斑斑，口中还时常呕血，不禁越来越兴奋，心里也生起一丝希望：如果他能杀死顾俟城，说不定还有机会逃出生天。其实，他并不畏惧顾俟城，虽然这小子复仇时特别疯狂，但毕竟是单枪匹马，再加上又要隐藏前幽都少城主的身份，不敢肆无忌惮地出手。

乌月照真正害怕的人是一直在控制他的幕后之人，以致他带着两只高阶傀儡兽都不敢逃出河洛，就是因为那人手眼通天，他根本逃不出去。这些年来，他曾经尝试过在私下做些小动作，但之后都被幕后之人派人警告过，因此，他从没在外面留过后手，而是借由乌娘子的手维系与几位高僧的联系，作为万不得已的后路。现在，如果他杀了顾俟城，就可以向幕后之人证明自己的价值，就可以继续当鬼市的土皇帝，继续做大善人，在河洛过得更安稳，生活得更好。

他热血沸腾，精神高度亢奋，久攻之下不但没有疲倦，反而越战越勇。顾俟城虽然避免了傀儡虎的攻击，却依然要与傀儡豹对攻。傀儡虎以力量见长，傀儡豹则以速度见长，它在乌月照的操控下常常腾空俯冲，对准顾俟城喷吐火焰，或者用钢鞭一样的尾巴拦腰抽过来，或者朝他飞扑，企图将他撞下虎背。傀儡虎往往会配合它，站在原地不动，或调整角度，让顾俟城暴露在傀儡豹的攻击下。

顾俟城殊死搏斗了半个多时辰，终于撑下来，耗尽了两只傀儡兽体内的符力，让它们变成了僵立的铁疙瘩。他剧烈地喘息着，未有片刻迟疑，立马从傀儡虎背上腾空而起，挺剑直刺乌月照。

乌月照立即起身，抄起桌上的酒瓶朝顾俟城砸去，随即穿窗而出，跃向小街对面的屋顶。

顾俟城挥剑劈碎酒瓶，紧接着跃出窗外，长剑直指他的后心，跟着他飞向对面的屋顶。

乌月照这些年养尊处优，几乎没再与人动过手，现在根本不是顾俟城的对手。但他这些年来想方设法地花重金收集了不少法器，此时他左手拿着迷魂铃，右手握着火龙舞，不断地向顾俟城发起攻击。他双腕上的弩弓已经射尽箭矢，但手臂上还绑了一支暴雨梨花针筒，此时有上百根钢针夹杂在火焰中激射而出。

顾俟城飞身躲避，身影在屋脊上翩若惊鸿，婉若游龙，手中长剑在阳光下熠熠生辉。

下面的人一片哗然，那些领取粮食的贫民都仰头看去，只觉得目眩神迷。

谢图南与卫怀定听到外面的喧嚣声和百姓的议论声，明白了情况，立刻摆脱那些贫民，冲进隔壁的雅间，从窗口跃向对面的屋顶，与顾俟城一起围攻乌月照。他们两个人虽然不是术士，但是身经百战，曾多次抓捕过术士，配合着顾俟城，打得乌月照节节败退。

正当他们打算一鼓作气，生擒乌月照时，突然有十几颗黑乎乎的天雷子远远飞来，如天女散花般四散砸落，紧接着响起轰隆一声巨响，街上的百姓被炸飞的木石砸得惨叫连连，死伤惨重。明月楼摇晃起来，随即蹿出火苗，火焰沿着窗棂燃烧起来。

顾俟城他们所在的屋顶的瓦片全部被炸飞或炸碎，谢图南与卫怀定被爆炸的冲击波推下屋顶，砸在几个百姓身上。乌月照一个踉跄，直接从屋顶的窟窿向下方掉落，顾俟城也被爆炸产生的巨大力道推下去，手中长剑如虹光划过半空，直接贯穿了乌月照的胸膛。

乌月照砸碎了房间里的桌子，摔在地上，手本能地抓住顾俟城的衣襟，带着他俯下身来。乌月照惨笑着不断地咳血，在他耳边断断续续地说："北斗……天枢……幽都……傀儡……玄都观……浑天仪……祈……祈福……杀……杀……"接着，乌月照的身体软了下去，停止了呼吸。

顾俟城看着他灰败的脸，心里忽然有些茫然，仿佛压在心头十余年的大仇终于得报，可似乎还早得很，前路漫漫，不知何处是尽头。

谢图南与卫怀定从街上冲进被炸得七零八落的房间里，护在他身旁。谢图南抬手放在他肩上，沉声道："三弟，案犯已伏诛。你先去疗伤，这里交给我。"卫怀定手快，已经拿出一颗止血药丸，塞进他嘴里。

顾傁城这才回过神来，抬头正要说话，转眼间却瞥见几个黑衣蒙面人出现在周围，朝着他们杀过来。他赶紧起身，挥剑迎上，谢图南与卫怀定这才看见敌人，立刻同时挥兵器冲过去。

三个人并肩与七个黑衣蒙面人激战。顾傁城很快就发现这七个人都使长剑，结成了山南重阳观特有的七星剑阵，首尾相顾，转折如意，让他们三个人束手束脚，被钳制得很厉害。

他们从房间里打到街上，施展轻身功夫，踩着那些伤重倒地的百姓身上或尸首上激烈地交战。

街边破旧的木板房在长剑与长枪的锋芒中不断地倒塌，正在燃烧的明月楼也轰然倒塌，激起漫天尘埃。楼里的百姓惊慌中都被堵在楼梯上，这时也一起惨号着葬身火海。

谢图南与卫怀定心急如焚，怒骂这七个人："畜生！恶魔！"

顾傁城之前与两只傀儡兽激战大半个时辰，又中了乌月照的弩箭和暴雨梨花针，若不是之前服用过解毒丸药，现在早已毒发身亡。此时他内伤外伤都很严重，失血过多，难以再战，于是当机立断，从怀里拿出北司召集信号向天上掷去。只听一声尖啸声震十里，天空中随即炸开一朵烟花。

卫怀定见状，也从怀里摸出一支穿云箭，同样掷上天空，短短的箭矢发出奇特的呼啸声，响遏行云。

谢图南对南衙的一帮乌合之众并不抱希望，因而没有随身携带信号弹。不过他是他们三个人之中受伤最轻的，此时已成为战斗主力，手中重剑横扫千军，短时间内与这七个人斗了个旗鼓相当。

很快，附近的金吾卫官兵跑步赶来，北司的术士也出现在远处的屋顶上，朝着这里疾奔。

顾俟城与卫怀定配合着谢图南与这七个人缠斗，想将他们堵在这里。七个黑衣人见无法速战速决，立即抽身后退，踩着一地的尸体分头疾奔，瞬间便隐没在曲里拐弯的各条小巷里，消失得无影无踪。

顾俟城再也支撑不住，喷出一大口血，软软地倒下。谢图南与卫怀定大惊失色，顾不上抓捕黑衣人，冲上去查看他的情况。顾俟城脉象散乱，呼吸急促，脸白如纸，显然被伤得不轻，二人不敢拖延，连忙将身上带着的救命丸药塞进他嘴里，同时命人找来马车，将他迅速送往皇城摘星台，请温不劫施救。

顾俟城伤势很重，即使有温不劫调出摘星台珍藏的灵药，也得休养两三个月，否则有可能经脉受损，根基尽毁，沦为废人。

鉴于北司职责的重要性，不可群龙无首，太史局内部几番博弈，袁天师终于胜出，举荐他的大徒弟韦长生暂代北司典狱长。

韦长生走马上任，接手的第一桩案子便是鬼市七个黑衣蒙面人的杀人大案。当时他们投掷天雷子，直接导致街道两旁的房屋崩塌，造成无辜百姓五十余人惨死，重伤致残者三十余人，其余伤者不计其数，手段极其残忍。这七个人虽然没用术法，却组成了重阳观的七星剑阵，很可能属于道门中人，因此由南衙与北司共同缉凶。

顾侯城被温不劫带回温府，在温夫人的悉心照料下养伤，对案情暂时无暇过问。起初几天，他大部分时间在昏睡，醒来时多是喝药与进食，也无法向嘘寒问暖的师娘询问，于是只能安心休息。直到温不劫休沐，他清醒的时间也增加了许多，才有机会向师父打听情况。

他将乌月照离奇越狱的情况以及在鬼市抓捕乌月照的情形都向温不劫详细禀报后，问道："师父，您知道乌月照说的'北斗天枢'是什么意思吗？"

温不劫神情有些复杂，半晌才说："那是我们太史局的秘密监察机构，非常隐秘，连我都不太清楚。"

顾侯城很诧异："您都不清楚？怎么会？太史局的事情还有您这个太史令都不知道的吗？"

"有啊。"温不劫笑了，"这种事多着呢。历年来，北斗都由副令掌管，监察太史局内部术士，制衡太史令。我们掌管天下术士，如果没有人制衡，很容易让一些人生出不该有的野心，后果不堪设想。"

顾侯城点头："原来是这样。我就说嘛，我也是太史局的老人了，怎么从没听说过北斗？"

温不劫笑呵呵地说："那说明你没犯事，所以才没见过北斗。这是好事啊！"

"是啊，是好事。"顾俟城看着大大咧咧的师父，忍不住追问了一句，"北斗真的只是监察太史局内部吗？他们就不干点儿别的？"

温不劫指了指他："你啊，就喜欢刨根问底。"

顾俟城笑道："我好奇嘛！师父，您就告诉我吧。"他视温不劫为父亲，也就不在温不劫面前玩心眼，有啥说啥。

温不劫很高兴，自然是知无不言："北斗除了监察我们内部，对外也会执行一些秘密任务。有些事情，你们这些明面上的人不适宜去做，就需要北斗出手了。"

顾俟城有些困惑，什么事情是他不适宜去做的？"譬如……？"

"譬如，你知道地下幽都吗？"温不劫温和地笑着看他。

顾俟城心中剧震："有所耳闻。我听说地下幽都与河洛早已断绝联系，也有流言说幽都已经沦陷于地下深处。"

"并没有。"温不劫轻声说，"皇上、太史局还有一些人从未忘记过地下幽都。而北斗正是太史局的一把尖刀，早在数十年前就隐秘地进入了幽都。在那个可怕的黑暗的世界里，无数人想要到地面上生活，而河洛，不允许。"

顾俟城的脸上仿佛失去了所有的血色："为什么？我不明白，这有什么可争的？我们连外邦人都能接纳，幽都人为何不能到地面上生活？"

温不劫沉思良久后，方才悠悠地说："大概是，沐浴在阳光里的人都不喜欢黑暗吧。"

顾俟城仍然不明白，温不劫却不肯再提起此事，只吩咐他好好养伤，少管闲事，免得伤神，顾俟城也就不再追问。自从父亲死后，他对幽都早就没了什么感情，一直想着报完父仇，就把母亲接出来，从此在大宁生活，因此幽都怎么样，他并不在意。至于北斗、天枢，他会继续暗中探查，看他们与自己父亲之死有无关联，到时候再做决定。

时光就如流水一般缓缓过去，万国术士大比圆满落幕，玄都观女术士虞灵犀勇夺第一，名扬天下。不久后，长达半个月的盛典结束，外邦使团陆续踏上归途。

几场风雪之后，就迎来了新年。

卫怀定与谢图南在新年之前例行扫荡河洛，抓了一批扒窃的小贼、拍花子的人贩、图谋不轨的夷狄胡人，让河洛百姓可以放心地置办年货，高高兴兴地过年。等到衙门封笔，两个人才抽出空来，一起到温府探望顾俟城。

顾俟城这回元气大伤，虽然养了一个多月，依然形容消瘦，脸色苍白。他安心地待在屋里研究术法，很少出门，看到两位兄长到来很开心。

卫怀定小腿受伤，也在家歇了几天，现在已经基本痊愈。谢图南的南衙如今已是焕然一新，他将手下的一帮乌合之众狠狠地操练了一番，终于让他们稍稍有个样子了。眼看快要过年，两个人不约而同地想到了正在养伤的三弟。

谢图南问顾侯城："你打算在温府过年？"

顾侯城笑着点头："我以前只要不当差，都会在温府过年。怎么？你们有什么想法？"

卫怀定拿起桌上的炒花生，一边剥壳一边说："今年是我们三兄弟结拜后的第一个新年，或许可以一起过年。"

顾侯城想了想："好啊，我跟两位哥哥一起过年。"

谢图南很开心："那你们都去我那里吧。我那儿地方要大一些，侍候的人也多一些。"

"我没问题。"顾侯城答应得很爽快，"大哥可得备一桌好菜，最好再准备几坛子好酒。"

"酒就罢了，你的伤还没好，不宜饮酒。"谢图南喝了一口茶汤，"好菜肯定是有的，鸡鸭鱼肉管够。"

卫怀定将剥出来的花生扔进嘴里，笑眯眯地说："三弟不能饮酒，我与大哥可以。要不我带两坛酒过去吧？那还是御赐的贡酒，我一直没舍得喝。"

谢图南双眼放光："行啊，那我就等着二弟的好酒了。"

顾侯城有些不开心："两位兄长不厚道了啊！咱们义结金兰，难道不该有福共享，有难同当？我既不能饮酒，你们自然也不该饮。二哥把那好酒留着，等我能饮了，再拿出来咱们共饮。"

谢图南与卫怀定哈哈大笑，脸上满是促狭。

顾俣城也笑起来："那就说定了。"

腊月二十五，顾俣城便禀明师父师娘，搬去谢府住着。

温家有三房人陪着老夫人过年，很是热闹。顾俣城虽然与温不劫情同父子，但到底不是真父子，温不显与温不韦对他都比较冷淡，话不投机半句多。温二夫人和温三夫人出自世家大族，心里也看不起顾俣城这个出身寒门的术士，虽然表面上彬彬有礼，实际上对他颇有隔阂。顾俣城与他们格格不入，每次在温府过年，心里都有些不痛快，只是看在师父师娘的面子上，佯装不知罢了。

今年他有了两位意气相投的结义兄长，又都是光棍一条，自然乐得与他们一起过年。

年前是河洛最热闹的时候，前来参加万界术士大会的外邦术士有很多没有离开，跟随外邦使团前来的商队也留在这里，只带信回去，让家族里的商队继续将本国特产带到河洛，趁着过年大赚一笔。

临近年关，那些小偷小摸、打家劫舍、拐卖人口的不法之徒也跟着活跃起来，都想在过年前大大地捞一把。

谢图南和卫怀定都非常忙碌，带着南衙捕快和金吾卫官兵在外维持秩序，抓捕各种罪犯，平息零零碎碎的纠纷。韦长生带着北司术士同样忙得脚不沾地，四处抓捕犯案的术士。

顾俣城很是逍遥，住在谢府的客院，在养伤之际一边研究术法一边推敲案情，偶尔还会出去与幽都密谍见面，汇总各方情报，推测浑天仪的所在方位。

若是有人来拜访谢图南，他也会作为主人出面接待。谢图南以前就任刑部总捕头时四处办案，与不少官员有交情，甚至对一些人还有过救命之恩，所以到了年底，那些回河洛述职的地方官员都会携带礼物来谢府拜访，可谢图南一天到晚不着家，他们很难见到，只能将礼物留下。

直到大年三十，皇帝封笔，各衙门封印，谢图南和卫怀定布置好巡逻事宜，这才回到谢府过年。

谢图南文武双全，亲自写了对联与福字，让家里的仆役贴在各个门上。卫怀定把自己家里的老家人都带过来帮忙，还跑出去买了不少年货和烟花爆竹。顾俟城在厨房里帮着劈柴、杀鱼、剁肉馅、砍骨头，忙得热火朝天。

谢府的厨师和卫宅的厨娘一起动手烧菜，厨房里用了十个炉子炖肉、烧汤、煮菜，阵阵香气飘散出来，让顾俟城垂涎欲滴。

卫怀定回来后，把他拉出厨房，一起到大门口燃放烟花爆竹，就像孩子一样开怀大笑。

谢宅的左邻右舍大都是低级官员、小吏、商人或平民，因此没有那么多规矩。这时街上有许多孩子在追逐打闹，清脆的笑声不绝于耳，家家户户炊烟袅袅，满目皆是人间烟火，让顾俟城一向冷冰冰的心感觉很温暖。

傍晚，卫怀定回了一趟卫宅，祭拜祖先；谢图南也开了祠堂，为祖先们点香、上供；顾俟城也回到常乐坊租赁的宅院内。

空荡荡的小宅子平时根本无人居住，顾侯城很少回来，只在每年清明、除夕、父亲生辰、父亲忌日这四个重要的日子回来祭拜。十年前，他就买了一房下人看守宅子，平时清扫一下宅院，保持里面的整洁，让他回来时不至于无处下脚。这房下人已经习惯了他的神出鬼没，只在第一年时有些惊诧，后来就见惯不惊了。

他进入宅子后，轻车熟路地走进自己的卧房，关好门窗，进入角落里的一个隐匿法阵。

这里有一块牌位，上面用金漆写着"先父顾秋水之灵位"，供桌上放着香烛供果，还有五块写着仇人名字的木牌。

顾侯城点上香烛，跪拜下去，郑重禀告父亲，当年杀害他的五个仇人都已经被儿子亲手杀掉："父亲可以安息了，儿子会尽快回幽都接母亲，从此承欢膝下，让母亲平安快乐，长命百岁。"他再次磕头，然后拿过那五个木牌放在火盆里焚烧，又扔进去不少纸线，冷冷地看着在盆里面燃烧的火焰。

等到香烛、纸钱与木牌全部被烧完后，他才出来，将法阵检查一遍，重新加固一番，这才离开，回到谢府。

年夜饭很丰盛，三个主人一桌，谢府和卫宅的老家人坐了三桌。卫怀定从家里取出两坛皇上赏赐的贡酒带到谢宅，有人喝的是从酒铺里买的烧刀子和米酒，大家各取所需，一醉方休。

三个人都按规矩在这天换上了新衣衫，坐在温暖的屋子里，喝酒吃菜，说说笑笑，很是开心。说着说着，他们的话题便转到了二月二那天在玄都观举办的祈福大典上。

二月二，龙抬头，玄都观每年都会举办祈福大典，祈求老天保佑这一年风调雨顺、国富民强。届时，玄都观会广邀皇族宗室、勋贵大臣、名儒世家、富商巨贾及其眷属作为宾客，而北司、南衙、金吾卫必须在玄都山全面布防，从山脚到山顶不能有一点漏洞。

顾俟城笑道："到时候鱼龙混杂，权贵众多，你们办起差来很难。"

卫怀定看他一眼："你就不办差啦？"

"我的差事不是交给韦长生了吗？"顾俟城毫不在意地喝了一口香醇的酒液，"我到时候跟着我师父进玄都观做客，逍遥自在。"

谢图南轻哼一声："我邀请你兼任我南衙客卿，先来帮我做事吧。"

顾俟城一怔："还能有这样的事？"

"你孤陋寡闻。"谢图南笑了笑，"南衙不像你们北司，有太史局做后盾。我们隶属刑部，刑部与南衙的职司并不重叠，却在抓捕案犯时偶有冲突，因此，刑部不会派人支援南衙，只会把抓住的案犯交到南衙大狱关押。南衙便像地方上的官府衙门，典狱长可以自行招募师爷、门客、保镖等人，薪俸由南衙支付，不计入户部所发的官俸之中。"

"这样啊。"顾俟城挠了挠头，"也不是不可以。"

卫怀定看向谢图南："术士可是很贵的，尤其像三弟这样的高阶术士。大哥穷得很，付得起三弟的薪俸吗？"

谢图南哑然失笑："我先打欠条吧。"

顾俟城也笑了："薪俸什么的就不要了，反正我在太史局也有俸禄，平时又不花什么钱。"

谢图南眼睛一亮："对了，三弟以后就住在我这里吧，把你那个小宅子退了，免得白交租金，浪费银钱。我这儿人口简单，除了我没别的主子，你来了以后便是咱家的三老爷，也有人侍候茶汤面饭、洗洗涮涮的，很方便。二弟也可以长住这里，把你那个宅子租出去，也是一个进项。咱们一心公事，不贪墨，不收受贿赂，一年到头也攒不了几个钱。你们住在我这里，还能多攒些体己钱，以后也好娶媳妇。"

卫怀定忍俊不禁："大哥都没媳妇，我们不急。"

顾俟城也笑着点头："对，我们不急。长幼有序，必须大哥先娶。"

两个人一阵起哄，开始细数河洛城中大名鼎鼎的小娘子，为谢图南选择合适的媳妇。谢图南无奈，只得摇头，哄着他们喝酒。

他们将两坛酒喝完，饭菜汤饼吃掉大半，这才结束团年宴。三个人回到正房，谢图南与卫怀定拿出棋盘棋子，玩起了双陆，顾俟城则一边嗑瓜子一边观战，时常两边支着儿，不断捣乱。

子时，外面不断响起爆竹声，噼里啪啦的声响在河洛城中回荡，硝烟弥漫在夜空里。各个寺院与道观都开始敲钟，悠扬、雄浑、清脆、深沉，此起彼伏，传递着浓厚的祝福。摘星台亮起术法烟火，从上到下不断地喷射出绚丽的烟花，照亮夜空。

许多人凑到窗前看向外面，有些不怕冷的年轻人和孩子更是冲出门去，看向瑰丽的天空。惊喜的叫声、欢呼声不绝于耳，让听到的人都会跟着欢喜起来。

直到丑时，摘星台的术法烟火才结束，河洛各处响起的爆竹声渐渐停息，守岁到此结束，许多人家的灯火相继熄灭。谢图南、卫怀定和顾俟城也高高兴兴地各自回房休息。

从正月初一到正月十五，河洛城的年味都很浓。人们到亲朋好友家拜年，或者逛街，吃喝玩乐。平康坊的青楼妓馆天天客满，集市里的瓦舍勾栏也场场爆满，酒楼饭馆也生意极好。

谢图南与卫怀定每天都会出去巡视一番，只是没像年前那样从早忙到晚。

顾俟城一直待在谢府，很少出门，直到正月初七"人日"，收到一封信后，才换了衣袍，匆匆出门。

河洛城西南的城门安化门东侧的安乐坊，一处雅致的宅院中，一位风度翩翩的俊朗青年正在全神贯注地画皮影。他身着皮裘却不显臃肿，高挑挺拔，玉树临风，气质温和如春回大地，目光柔软似秋水微波，让人望之亲切，不由自主地想要接近。

顾俟城下马入宅，在宅中奴仆的带领下走进正院，看到执笔的青年，笑道："堂兄。"

"阿鱼。"青年喜出望外，扔下笔便起身上前，与他紧紧相拥。此人正是顾俟城的堂哥，当今幽都城主顾长天之子顾临渊。他母亲生他时难产，血崩而亡，导致他天生心脉受损，自幼身体羸弱，无法修行术法。小时候，只有顾俟城会陪他玩耍，带给他许多快乐。两个人一起长大，比亲兄弟还要亲。

顾俟城拍拍他的背，欣慰地说："堂兄的身子骨瞧上去不错。"

顾临渊笑眯眯地拉着顾俟城坐下："这几年调理得还好，多亏你托人带回来的方子。"

"有用就最好了。"顾俟城看看桌上的东西，"堂兄这是在做皮影？"

"是啊。"顾临渊兴致勃勃地道，"我最近迷上了皮影戏，找了个老师傅，跟他学了几手。等下咱们先用膳，然后你看我给你演一出。"

"好啊！"顾俟城很高兴，"这下我可要一饱眼福。"

顾临渊一边摆弄桌上的硬纸一边与顾俟城聊天，说了说这几年幽都的情形，然后问顾俟城在河洛的生活。顾俟城既不提幽都密谍，也不说为父报仇，只是与他闲聊，从万国来朝的盛典说到术士大比，再提到过年时的热闹情景，最后说到与谢图南和卫怀定义结金兰。

顾临渊听得津津有味："那太好了。阿鱼在河洛过得这么好，为兄就放心了。至于你的大哥、二哥，我就不见了，实在是我的身份，与他们见了，对你不好。"

"我明白。"顾俟城知道他每次来河洛都是秘密，连路引都是伪造的，自然不能随意外出，更不敢胡乱见人，于是拍了拍顾临渊的肩，"堂兄，委屈你了。"

顾临渊微笑："并没有。阿鱼这般辛苦，我要轻松得多。"

很快就到午时，四个貌美的婢女服侍他们入席。顾临渊风流潇洒地轻笑："阿鱼，这四个小娘子，你看有没有喜欢的？如果有，只管带走。"

顾俟城连忙摇头："不必了。堂兄，你知道的，我那里不方便。"

顾临渊哈哈一笑："那好，我就不勉强你了。只是，你也这么大了，房里也要有人侍候。"

"暂时不用。"顾俟城转移话题，"堂兄可有成亲？给我生侄儿侄女了吗？"

顾临渊得意扬扬："我还没成亲，不过已经订婚了。这些年来，我身边也收了几个可心的人儿，给我生了两子一女。阿鱼，这方面你就大大不如我了。"

"是，小弟甘拜下风。"顾俟城开玩笑地朝他拱了拱手，"你多生几个，好传续我顾家香火。"

"你呀。"顾临渊点了点头，然后拿起筷子，优雅地进食。

与他比起来，顾俟城的吃相略显粗鲁。桌上的菜肴很精致，驼蹄羹、金齑玉脍、鹅鸭炙、生羊脍、乌鸡汤、樱桃毕罗、透花糍、槐叶冷淘、清风饭、春饼、汤饼，等等，香气扑鼻。顾俟城吃得很香，如风卷残云一般，满桌菜肴和主食被他吃掉了一大半。顾临渊受到感染，也多吃了半碗饭，让服侍的婢女面露喜色。

吃饱喝足后，顾临渊与顾俟城一起在院子里转悠，欣赏几株含苞待放的玉兰树。

顾临渊轻叹："偷得浮生半日闲哪。"

顾俟城离开幽都的时候才十三岁，城主顾长天一直在闭关修炼，幽都事务便落在刚满十六岁的顾临渊肩上。老臣们并不服他，各成派系，互相倾轧，让他举步维艰。他又天生体弱，实在是不堪重负，只是顾俟城一心复仇，也没办法辅佐他，甚至早早地便离开幽都，前往河洛。如今，十年过去，他已经历练出来，成为温和而坚定的管理者，掌控着大半个幽都，让顾俟城感觉很放心。

两个人转了几圈，婢仆们便将演皮影戏的物件都准备好了。顾俟城是唯一的观众，坐在正中间的椅子上，笑容满面地等着欣赏，手边的几案上放着茶汤，还有饴糖、干果等吃食。

一个面如满月的美艳女子拿着一管玉箫，在舞台一侧轻轻地吹奏；另一个身段窈窕的清丽女子与顾临渊坐在一起，一人操纵着一个皮影，交替着抑扬顿挫、情感丰富地念白。

"野花迎风飘摆，好像是在倾诉衷肠；绿草萋萋抖动，如无尽的缠绵依恋；初绿的柳枝轻拂悠悠碧水，搅乱了苦心柔情荡漾。"

"离家去国整整三年，现在终于衣锦还乡，又遇上这故人般熟识的春天……看这满目春光，看这比春光还要柔媚千倍的姑娘……想起河洛三年的凄风苦雨，恰如在地狱深渊里爬行。看野花缠绕，看野蝶双双追逐，为了凌虚中那点点转瞬依恋，春光一过，它似就陷入那命定中永远的黑暗。"

"快快住嘴吧，你这大胆的罪人，你虽貌似天神，心却比铁石还要坚硬，双目比天地还要幽深。看鲜花缠绵，我比它们还要柔弱；看野蝶迎风飞舞，我比它们还要纷忙迷乱。看在上天的分上，快快走远吧，别再把我这个可怜的女子纠缠……"

"看鲜花缠绵，我比它们还要缠绵；看野蝶迎风飞舞，我的心也同样为你纷忙迷乱。任什么衣锦还乡，任什么神明责难，它们加起来也抵不上你的娇躯轻轻一颤。随我远行吧，离开这满目伤心的地方，它让你我双双经受磨难……"

一台《踏摇娘》演得跌宕起伏，旖旎婉转。顾临渊的声音如磁石般低沉悦耳，貌美女子的声音如黄莺般婉转动听，作为背景的箫声悠扬缥缈，引人入胜。

顾俟城从他们的念白声和始终未有停顿的箫声中听出缕缕情丝，恍然大悟，那两个貌美女子一定是顾临渊的小妾。此后，他再未看过那些女子，只盯着幕布上晃动的彩色皮影。

第九章

玄都观

顾临渊在河洛待了五天便回了幽都。临行前，顾俟城托他带了不少东西回去给自己的母亲九章。

当年他父亲被杀，他母亲也遭到重创，根基尽毁，元气大伤，这些年来一直体弱乏力，只能在家中静养，不问世事。顾俟城当年离开幽都时，顾临渊向他保证，一定会照顾好大伯母，他才放心。如今，他母亲依然沉疴难愈，但到底没有病入膏肓。顾俟城这些年来在追凶之余，也不断收集偏方、宝药送回幽都，一是为母亲调理伤势，二是为顾临渊调养身体，倒也有些成效。

他送走顾临渊后，便是上元节灯市。

每年从正月十二到正月十八，河洛城花灯竞放，灯火辉煌，朱雀大街上更是火树银花，璀璨夺目，看灯的人熙熙攘攘，小商小贩在街道两旁排得密密麻麻。这个时候最容易出事，南衙、北司、金吾卫全体出动，尽全力维护河洛治安。

顾俟城作为南衙的客卿，也到街上巡视。他并没有挤在人群中，而是在街道两旁的屋顶上巡视，拿着术法星罗盘，使用大谛听术，感知并分辨整个灯市的动静。

术法星罗盘可用玉石驱动，也能用星月之光驱动。今夜是满月，一轮明月洒下万道清辉，让他的星罗盘中术法之力涌动，给予他很大帮助。

他过滤着万千动静，让尘世中各种各样的声音涌入他的脑海里，为他勾勒出市井百态和诸多情绪，而他则能从人们的诸多情绪中分析出各种各样的谋划和正在实施的犯罪，无论是扒窃还是拍花子，无论是意图纵火还是蓄意谋杀都能被他一一感知。

他坐在朱雀大街中段的福满楼房顶上，一手覆盖星罗盘，一手在传信玉筒上写字，告诉卫怀定和谢图南，哪里有婆子抱走了别人的孩子，哪里有中年男子提着火油想要纵火，哪里有恶毒少年试图谋杀嫡出兄长，哪里有采花贼在给小娘子下迷药，哪里有毛贼正在连续扒窃别人的荷包，哪里有江洋大盗在伺机入宅抢掠……他运笔如飞，将那些案犯及其同谋的相貌特征和犯案地点都描述得很清楚。

卫怀定在顾俟城的北侧，谢图南在顾俟城的南侧，分别负责上下两个区域。接到顾俟城的传信后，两个人会根据案犯的凶险程度指派可靠的手下带人去抓捕。若是案犯罪大恶极或者实力强大，两个人便亲自出马。

除此之外，顾俟城也会用传信纸鹤将即将犯案或正在犯案的术士的情况告诉正带人在灯市巡查的韦长生，至于他会不会管，要怎么管，顾俟城就不过问了。不过，韦长生对顾俟城传来的信息都很重视，始终冷静地派人前去探查或抓捕，有时遇到大术士案犯，他就会亲自前去缉拿。

足足七天，从傍晚到凌晨，南衙、北司、金吾卫一直高度戒备，抓获案犯无数，救下的人数以百计。绝大部分案犯是普通人，因此南衙和金吾卫再次名声大振，尤其南衙，简直是一次腾飞，谢图南的"南侠"之名迅速传扬，几乎与金吾卫的武侯卫怀定齐名。"北魔"这次却沉寂下来，很少有人再提起。

顾俟城并不在意这些，因为很快便是玄都观的祈福大典。他从温不劫那里得知，他此前心心念念的浑天仪将会在祈福大典中出现。

灯会结束后不久，谢图南、卫怀定和韦长生就率领得力助手，前往河洛城南郊的玄都山，上下踏勘，布置关防。顾俟城隶属太史局，又是南衙的特邀客卿，也跟随他们上山。

谢图南、卫怀定、顾俟城是结义兄弟，自然亲密无间，韦长生一向谦和，待人诚恳，与他们相处得不错。一行人有说有笑，骑马出了河洛，直奔玄都山。

河洛城周围群山环绕，其中以玄都山最为秀丽，灵性也最强。山脚下筑有石梯，直通巅峰，山梁上到处都是奇花异草，争奇斗艳，轻纱般的流云缭绕在深谷、山腰，终年不散。站在山顶上，可以看到气象万千的茫茫云海，清晨霞光万道，白天金光闪耀，黄昏残阳如血，夜晚星河浩瀚，每时每刻都恢宏壮丽，震撼人心。

从山脚下的迎客亭开始登山，途中要经过天门关、缤纷长廊、登天梯、天师洞、五花海、青蛟背、朝阳洞、一线天、祖师殿、升仙坊、迎仙桥、悬空走廊、天池，最后到达巅峰处的云顶，"天下第一术法大观"玄都观就坐落在这里。

玄都观的祈福大典每十年举办一次，顾俟城刚刚拜温不劫为师时，曾随师父到玄都观参加过上一届祈福大典，但那一次并没有出现浑天仪。这一次是因为正逢"七星连珠"，太阳、太阴、太白、岁星、辰星、荧惑、镇星七曜将会在二月初二下午酉时初刻连成一线。这是百年难得一见的祥瑞，因此玄都观破天荒地决定请出至宝浑天仪，回应天象，祈求天下太平，苍生安逸。

顾俟城他们到达云顶时，阮星辰正在指挥观中弟子布置祈福道场。这次祈福，最重要的物品便是至宝浑天仪，观主玄微子亲自在四周布下大阵，大弟子季同也布置了重重机关，将浑天仪严密地保护起来。

这架浑天仪非常壮观，高达十二丈，长宽各六丈，以周天星辰图为基，用紫金、玄铁、青铜、刚玉、星辰砂、月华石、灵兽血、灵花灵草灵果等珍贵材料铸造，以精密的机关术驱动，以满天星辰的光辉和日光、月华做导引。这是先秦名匠公冶子耗尽毕生心血，精心打造而成的灵宝，世上独一无二。

浑天仪的四根支柱上分别是青龙、朱雀、白虎、玄武的形象，东西南北四方各七宿，即二十八正曜。从角宿开始，自西向东排列。

东方青龙七宿：角木蛟、亢金龙、氐土貉、房日兔、心月狐、尾火虎、箕水豹。

南方朱雀七宿：井木犴、鬼金羊、柳土獐、星日马、张月鹿、翼火蛇、轸水蚓。

西方白虎七宿：奎木狼、娄金狗、胃土雉、昴日鸡、毕月乌、觜火猴、参水猿。

北方玄武七宿：斗木獬、牛金牛、女土蝠、虚日鼠、危月燕、室火猪、壁水貐。

在数百颗星辰围成的空心球体的拦腰位置有黄道十二次，自西向东分别为星纪、玄枵、娵訾、降娄、大梁、实沈、鹑首、鹑火、鹑尾、寿星、大火、析木。

此外尚有四御，即北极紫微大帝，总御万星；南极长生大帝，主掌人间福寿；勾陈上宫天皇大帝，统御万雷；承天效法后土皇地祇，执掌阴阳生育，万物之美，大地山河之秀。另有三官大帝，即上元天官紫微大帝、中元地官清虚大帝、下元水官洞阴大帝。

最后是五颗意义不同的星辰，东方岁星、南方荧惑、西方太白、北方辰星、中央镇星。

浑天仪上的二十八正曜、黄道十二次和四御、三官、五星都对应着天上的星辰，所有圆环与支架上均有星象刻度，术士可以凭此观测对应星辰的运行轨迹，从而推算出吉凶变化，预测未来。

平日里，浑天仪放置在玄都观中心位置的观星台中，从不示人，这次情况特殊，才会被搬到祈福道场，允许众人围观。

顾俟城一进道场就看到了这座壮观的浑天仪。他瞳孔一缩，随即控制住自己的情绪，装作好奇地走近观察。谢图南、卫怀定、韦长生和他们带来的人同样忍不住走上前，打量着这座神奇的至宝。

浑天仪正在自主运转，仿佛其中蕴含着一个小宇宙，仿佛乾坤尽在其中。所有人目不转睛，深深地觉得这座至宝玄奥莫测，深邃难言，看得久了，仿佛整个人都处在星辰的包围中，不觉时光流逝，不知今夕何夕。

阮星辰本来在道场的另一边指挥，听到他们到达，便立即赶过来，笑着行了一个揖礼："卫大人、顾大人、韦大人、谢大人，大驾光临，有失远迎。"

卫怀定对他拱手还礼："阮仙师不必客气。我们前来是为了关防之事。阮仙师可否把祈福大典的仪程告知我们？"

"这是当然。"阮星辰做了个"请"的手势，"各位大人随我来。"

顾俟城等人又看了一眼浑天仪，这才跟着他走出道场。阮星辰全权负责祈福大典的诸项事宜，一边走一边向他们介绍。

其间，不时有道观弟子驾驭着木牛流马，驮着各种物资上来，运往库房。常常有弟子、工匠、杂役、管事前来向阮星辰禀报相关事宜，他很沉稳地随口处置，显然是胸有成竹。对于北司、南衙、金吾卫的关防，他也能提出一些颇有价值的建议。

玄都观的祈福大典每十年一次，已持续上千年，仪典与关防等事务大同小异。这次因为玄都观请出了浑天仪，所以关防会格外严格，相对往年投入了更多的官兵和捕快以及更厉害的术士和法器。

顾俟城他们上上下下地走了一趟，基本就把相关事宜商议出了一个框架。

此时已是红日西沉，阮星辰热情地邀请他们留在观里用夕食，晚上留宿观内，明日再继续商讨。顾俟城等人都没意见，便跟着他去了膳房。

观中都用素食，连荤油都不用，顾俟城等人客随主便，吃着青菜、豆腐、萝卜、白菜和烧饼，同样津津有味。玄都观自酿的梨花酒味道醇美，他们都喝了几杯，微醺之后回到阮星辰为他们安排的客院，各自回房歇息。

顾俟城心里想着浑天仪，翻来覆去睡不着，便起身穿好衣袍，开门出去。

山巅似乎离天穹很近，满天繁星闪烁着银辉，一条银河当空淌过。顾俟城仰头看着，心里忽然想起前朝一位大诗人写下的名句："前不见古人，后不见来者。念天地之悠悠，独怆然而涕下。"不知怎么的，他的眼泪猝不及防地落了下来。

他不明所以，连忙抬手擦去泪水，心里十分茫然，再次抬头看向夜空中闪烁的繁星，脸上流露出懵懂与迷惘。

忽然，他的耳边响起一个温和亲切的声音："阿城，过来饮茶。"

顾俟城一听便知这是玄都观的观主玄微子的声音。温不劫与他是好友，顾俟城也见过他好几次，还收过他的见面礼。玄微子从与顾俟城初次见面到现在，一直对顾俟城充满善意，这让他心里感到温暖，也对这位当世术法第一人十分敬重。

他曾经跟着师父去过观主住的小院，于是轻车熟路地走过去。从客院到观主的院子，要经过一个小广场或者走抄手游廊，他不喜欢暴露在空旷之处，便沿着挂了灯笼的抄手游廊走过去，进入一个精致的小院里。

小院里面左侧有一个小池塘，水面上铺满绿色的荷叶，其间还有刚刚长出来的小小花苞，锦鲤在水中游动，偶尔跃出水面，发出咕咚的声音。右侧有一座假山，上面搭建了一个凉亭，檐角上挂着铜铃，在夜风中发出悠扬的轻吟声。池塘与假山中间有一条鹅卵石铺成的小路，如太极图的中线，蜿蜒着伸向前面的木屋。

顾俟城无声地踩着鹅卵石，走进木门。

房间里铺着花梨木地板，油润锃亮，雪白的墙上挂着一张七尺条幅，用飘逸俊秀的字体写着："千仞峰头一谪仙，何时种玉已成田。开经犹在松阴里，读到南华第几篇。"落款是濯之。

一个清俊男子身着浅灰色道袍，悠闲地席地而坐，手里拿着一本《庄子》，面前的小方桌上放着一套茶具。他须发都有些花白，脸上却无一丝皱纹，精神矍铄，容光焕发，正是天下首屈一指的术法大宗师玄微子。他与温不劫是莫逆之交，虽然不是同门，却犹如兄弟一般。

玄微子看到顾俟城推门进来，笑着指了指桌子对面："阿城，过来坐。"

"玄师伯，近来可好？"顾俟城恭敬地对他行了一个揖礼，将鞋子脱了，放到门边，然后走过去，坐到他对面。

"甚好。"玄微子仔细地打量着顾俟城，随即笑着点头，"贤侄的心境大有进步，可喜可贺。"

"心境？"顾俟城微微一怔，随即恍然大悟，"师伯的意思是，刚才小侄的心境有所突破？"

"正是。"玄微子赞许地将了将胡须，"可见阿城的悟性极好，只是以往一叶障目，不见泰山。年轻人嘛，就应该看人间烟火，观日月星辰，游山川大河，悟人生至理。"

"小侄受教。"顾俟城微笑着伸手为他斟了一盏清茶，"我师父也说过，让我读万卷书，行万里路，交八方友，不能闭门造车，坐井观天。"

"你师父说得对。"玄微子拿起茶盏，微微呷了一口，"我看你以前钻进了牛角尖，心里颇有些担忧，既怕你连累你师父，更怕你自毁前程。你师父也恐你入了魔障，不仅有碍修为，更可能误了一生，他一直为此焦虑，暗地里想尽办法。今日观你目朗神清，心性平和，又在星空下有所突破，心境得到提升，我感觉很欣慰。你师父也可以少操点儿心了。"

顾俟城想起过去种种，也很愧疚："小侄愚钝又鲁莽，确实让我师父操了不少心。今后我定会遵守规矩，让师父刮目相看。"

"嗯，这很好。只有站得高，才会看得远，方能拨开迷障，洞察真相。"玄微子微笑着又点拨了两句，便转而考察他的学问，"最近在看什么书？"

顾俟城有些不好意思："我不爱看书，养伤期间都在研究术法。我师父说我已经把'灵犀一点'神术练到大成了，现在可以参悟更高级的'无双'神术。我近日一直在研究这个术法，目前也只是略有思路而已。"

玄微子捻须颔首："你师父在临阵瞬发、提升战力方面是个大行家。他自创的'灵犀一点'和'无双'之术法都非常了不起，数次凭此法以寡敌众，以弱胜强，别派术法都比不上。你师父不擅权术，何以坐稳太史令的位置？就是凭借他的强大实力。你要多多研习，不要堕了你师父的威名。"

"小侄明白。"顾俟城感激地躬身行礼，"多谢师伯教诲。"

"在我这儿别这么一板一眼的。"玄微子洒脱地摆摆手，"你师父对教导你术法自是颇有心得，我却要多嘴提醒你一下。'灵犀一点'神术可以立刻提升一到两倍战力，之后只要及时服下补元丹、养气丹等丹丸，自可迅速恢复。'无双'神术却要慎用，因其在瞬间压榨全身精力与灵力，将战力提高五倍甚至十倍，但坚持不久，之后会全身瘫软，无一分再战之力，必须休养数日甚至数月方可恢复。如果时机不对，且你处于绝对劣势之时，那便立即撤退，日后再卷土重来，千万不可贸然使用此术。从某种意义上说，这是禁术，乃孤注一掷之举，一旦用出，不是你死，便是敌亡。你可明白？"

"明白。"顾俟城心里暖洋洋的，"师伯放心，我一定不会胡乱使用。"

"很好，你可千万要记住今日之言。另外，空闲时多看看《道德经》和《庄子》，修身养性对你很重要。"说到这里，玄微子顺手将放在身旁的书递过去，"这是我看过无数次的《庄子》，送你了。"

顾俟城立刻双手接过："谢谢师伯，小侄定会拜读。"

玄微子笑着点点头，又与他喝了一盏茶，便让他回去歇息。顾俟城起身，恭敬地行礼拜别，这才出门，踩着小径离去。

夜已深，玄都观里静悄悄的，灯火熄灭了大半。山林中有夜鸟的叫声偶尔响起，把夜衬托得更加宁静。

顾俟城回到客房，脱下衣袍躺到木榻上，凑近烛火，翻开手里的《庄子》，慢慢地读着第一篇文章《逍遥游》。他反复地读了几遍，又仔细地研究玄微子亲笔写下的注释，若有所思。

　　北冥有鱼，其名为鲲。鲲之大，不知其几千里也；化而为鸟，其名为鹏。鹏之背，不知其几千里也；怒而飞，其翼若垂天之云……若夫乘天地之正，而御六气之辩，以游无穷者，彼且恶乎待哉？故曰：至人无己，神人无功，圣人无名。

二月初二清晨，旭日初升，紫气东来。

云顶上，所有玄都观弟子都盘膝而坐，面对东方呼吸吐纳。在弟子方阵最前面的蒲团上，坐着玄微子的亲传弟子、养女和世侄，季同的左侧是阮星辰和顾俟城，右侧是上官仲舒和虞灵犀，他们一字排开，闭目运功，一呼一吸都若合符节，与天际云霞蒸腾的节奏似乎完全一致。

偌大的广场上非常宁静，偶尔能听到山林中清脆的鸟鸣声。周围的草木枝叶上露珠晶莹，反射着天上的霞光，美丽缤纷。山间云雾缭绕，空气清新，数只白鹤在云海上飞翔，发出悠远的鸣叫声，令人心旷神怡。

在弟子方阵的周围，有许多俗家信众也跟着打坐冥想，无论男女老少，都神情安详，气质平和，颇有出尘之感。

一个时辰后，早课结束，云顶上的众人便起身各自离去，回房沐浴更衣。

今天的祈福大典是百年未有的盛事，因有"七星连珠"的天象，故而比以往十年一次的祈福大典更加盛大，玄都观的弟子们必须得穿法衣。

顾俟城不是玄都观弟子，而是太史局的官员，但他现在还在养伤的假期内，因而没穿官服，而是身着道袍，俨然一位道家弟子。

前几日他与谢图南、卫怀定、韦长生定好关防事宜，那三个人便率属下回到河洛，调兵遣将，布置人手，他却被玄微子留了下来，在观中修行。

因他的心境刚有突破，玄微子不想让他下山后被万丈红尘侵扰，要他留下来闭关，稳固境界，他自然遵从，在观里过了几天闲云野鹤的生活。每天他会跟着观中弟子做早课晚课，再用半天时间对着茫茫云海冥想，下午会去喂喂仙鹤、锦鲤，给花草树木浇浇水，有时候还帮着去山腰处挑水上来，或去山中砍柴，或在观中清扫落叶。此外，他每天都会去研究浑天仪周围的禁制术法和机关术。他悟性极好，从中学到不少东西。他远离尘嚣，犹如生活在仙境，每天都感觉轻松、宁静，心里的尘埃仿佛渐渐地被拂去。

修行之余，他还帮着阮星辰处理一些庶务，譬如，清点、接收被运上来用于大典的物资。物资入库出库时，他都会去各个库房看看，确认没有危险物品，他才会放心。

这几天，每天都有来自全国各地著名道观的观主或长老率领弟子前来观礼，也有虔诚的信众不断地赶来。阮星辰有条不紊地将他们分别安置在从山脚到山腰的各处道观里居住。玄都山上另有九个道观，都是玄都观的分观，在来宾数量众多时便会为主观分担压力。

很快就到了二月二，龙抬头。这天是大宁的青龙节，人们会去各地的神龙庙，烧香祭祀，敬龙祈雨，请求上天保佑丰收。

皇帝会在这一天率百官至南郊举行春耕仪式，效法上古圣皇伏羲氏，皇娘送饭，御驾亲耕。仪式结束之后，皇帝会回宫用膳。未时，皇帝再次出宫，前往玄都观，参加祈福大典，宗室勋贵、文武百官、世家族长、后宫妃嫔皆会随行。

车子都只能被停在山脚下，诸人可乘轿上山，也可步行。等到浩浩荡荡的队伍进入玄都观内，自发前来朝圣的百姓才会被放行。

山路上三步一岗，五步一哨，不但北司、南衙、金吾卫严阵以待，皇宫内卫、太史局术士和羽林军也随行保护，南大营和西大营的六万兵马早已将玄都山团团围住，守得滴水不漏。

这一天，春光明媚，风轻云淡，山坡上鲜花盛开，森林苍翠欲滴，千峰万壑，飞瀑流泉，一路上风景如画，赏心悦目。

顾俟城穿着红色绣花斑衣，衬得他更加俊美绝伦。他被分配去专门接待太史局的上官，其实就是陪着他的师父温不劫和师叔袁天师。太史局的其他人都在参与关防，不需要他去安排。

偌大的玄都观以往都很清静，现在却满是熙熙攘攘的人流。巨大的道场里，贵宾们都在观礼台上就座，饮清茶，吃素点，听道家礼乐。

有坤道随着乐声低吟浅唱："国富民安后，修成体属乾。凝神归妙道，抱一守丹田。去住浑无碍，升腾任自然。九年功满日，独步大罗仙。"

有乾道在乐声中缥缈似仙："连城大璧愈更坚，长生由是不用牵。子将不信命九州，祕要思之飞青天。"

许多文人墨客听得摇头晃脑，只觉感悟良多，文思如泉涌。他们纷纷索要笔墨，挥毫作画，赋诗写文，以记此盛事。

顾俟城陪着温不劫和袁天师坐在观礼台上，周围全是达官贵人。温不劫性子直率，不善逢迎，只端坐不语，全靠袁天师和顾俟城不断应酬，才没让场面显得尴尬。温不劫见到自己的宝贝弟子仿佛去掉石皮的美玉，风华绝代，又似入鞘的利剑，锋芒内敛，一双眼睛炯炯有神，犹如天上星辰，极有神采，心里十分欢喜，对玄微子越发感激。

云顶入口是最后一道防线，卫怀定、谢图南和韦长生都守在此处。阮星辰、上官仲舒与几位师叔也在这里迎接客人。玄微子带着季同在祭台上打坐，闭目调息，诸事不问。虞灵犀无人管束，也赖在这里不走，一直站在神情冷峻的谢图南身边，穿着似乎绣满周天星辰的莲青色法衣，看上去清丽如仙，与平时大不一样。

阮星辰越看谢图南越不顺眼，百忙之中一直抽空赶虞灵犀去做准备。虞灵犀被他宠惯了，丝毫不惧，就是不肯离开。卫怀定与上官仲舒都在一旁偷笑，阮星辰恨恨地嘀咕："女大不中留。"

谢图南却有些无奈。都说"女追男，隔层纱"，他如何不知虞灵犀的意思？虽说玄都观弟子都不禁婚嫁，他却不敢觊觎天下第一高手玄微子的养女、玄都观的圣女。上次虞灵犀和阮星辰到河洛后住在他家，他便竭力避免与虞灵犀单独相处，希望她能放弃这个念头。可这次他上山后，虞灵犀依然落落大方地凑到他身边，巧笑倩兮，美目盼兮，丝毫不在意别人的看法，让他亦有所触动，却终究不敢越雷池一步。

正在忙乱间，大宁的顶级世族上官氏到了。族长上官宴穿着一袭道袍，儒雅蕴藉，冲虚恬淡。他是一个颇有传奇色彩的人物，早年曾皈依"道、经、师"三宝，经过冠巾，受戒为道士，后还俗科举，进士及第，历任弘文馆直学士、秘书郎、秘书少监、太子中舍人，现任尚书令，位高权重，简在帝心。

在上官宴身后，跟着他的嫡长女上官令。她今日身着盛装，云鬟高髻，锦绣华衣，衬得她明眸皓齿，美艳不可方物。她下了轿，跟着父亲上前，一双秋水明眸一直盯着顶盔掼甲、手执长枪、英俊威武的卫怀定。

她的嫡亲弟弟上官仲舒看在眼里，不由得与刚才的阮星辰一样，心酸地嘀咕："女大不中留。"

卫怀定职责在肩，一直密切地注意着每一个来宾，看似对上官令并未留意，实则不时用余光看她。上官令出身士族名门，他却是草根寒门，彼此之间隔着一道天堑，比谢图南和虞灵犀之间的鸿沟还要不可逾越。别看他们平时意气风发，面对世家大族时却像是微不足道的草芥。那些豪门向来看不起他们，更别说允许女儿与他们联姻。

卫怀定从未主动与上官令交往，但上官令对他情根深种，总会找到机会与他邂逅、交谈。大宁公主剽悍，豪门贵女同样热情奔放，在闹市中对美男子投掷鲜花、瓜果、荷包、首饰是常见之举，派婢女去投书约见美男也是平常之事，上官令这种只是制造偶遇的做法已经很含蓄了。卫怀定是个聪明人，被她堵过几次，心里便隐隐地明白了她的心思。一旦开窍，他也忍不住怦然心动。只是二者家世有天地之别，以上官令的家世背景与相貌学识，完全可以做王妃、做宗妇、做公侯夫人，他实在没有信心走到上官宴面前去提亲。

此时此刻，上官令袅娜娉婷，来到卫怀定面前，仪态万方地柔声道："卫大人，辛苦了。"

卫怀定闻着从她衣裙上飘来的淡淡芬芳，轻声说："多谢上官小姐。"

上官令微微一笑，悠悠而去。

虞灵犀睁大眼睛，看看上官令，又看看卫怀定，脸上浮现出恍然大悟的微笑。

玄都观的一位长老带着上官家族的人前往祈福道场，阮星辰等人继续迎接后面的宾客。

扰扰攘攘间，便到了酉时初刻，祈福大典正式开始。

首先是隆重的请神仪式。玄都观弟子排成四列，举着绣有不同神位的旗幡，整齐地进入祈福道场，将旗幡按顺序插在崖边。云海翻卷，阳光灿烂，山风吹动着旗幡，发出猎猎声响，似乎正在迎接神明的降临。

玄微子身着紫色天仙洞衣，站在浑天仪旁的高台上，悠扬地念诵着祈福经文。他的大弟子季同已经走下祭台，站在浑天仪的下方。

虞灵犀在大典开始前的最后一刻被阮星辰带过来，站到浑天仪旁，面朝西方。她不再顽皮嬉笑，变得端庄圣洁，一双大眼清澈澄明，如水晶，如琉璃，又好像包含天上星河，映照世间万物。

在玄微子的念诵声中，头上的丽日蓝天渐渐地变得暗淡，仿佛夜幕提前降临。浑天仪开始绽放光辉，仿佛一个小宇宙呈现在众人面前。虞灵犀浑身散发出光辉，呼应着在半空中有序旋转的三百六十五颗星辰。许多人不懂星相，不认得各个星宿，却渐渐地能在繁星中认出太阳。

数息之后，群星隐去，天空又恢复了晴朗。苍穹泛着蓝光，无一丝阴霾，纯净无比。玄微子的声音停止，道场中一片宁静。

大家似乎都被一种奇异的气氛笼罩，连大气都不敢喘一口。

过了一会儿，天上的太阳渐渐地出现缺口，被月亮缓缓地遮掩，成为银光环绕的"黑太阳"，辰星、太白、岁星、荧惑、镇星围绕在太阳的身边闪耀。七曜济济一堂，近在咫尺，光耀灿烂，熠熠生辉。

浑天仪中，同样是七星连珠。辰星、太白、岁星、荧惑、镇星光芒大盛，璀璨夺目的光辉在半空中凝聚出一行大字："五星出东方利中国。"

过了将近一盏茶的时间，月亮离开了太阳，一切异象都渐渐地消失，那行浮现在空中的大字碎裂成万千金辉，散入天地之间。

道场里的人都从惊诧中清醒过来。玄微子气定神闲，拖长了声音宣布："天佑苍生，天下大吉。"

所有人都不由自主地跟着念道："天佑苍生，天下大吉。"

接着，玄都观的弟子排成方阵，走上祭台，盘膝坐下，齐声念经，另外一些弟子则分别上前，为前来参加祈福大典的宾客分发丹药。这便是玄都观每次祈福大典时用来答谢来宾的琅嬛丹宴，天下闻名，万众期待。

这一次，玄都观做足了准备。玄微子和众长老在一年前便陆续动手，炼制了许多世间少见的高级丹药。

根据人群的不同，玄都观发放的丹药也有所区别。他们发给普通百姓的丹药是补中益气丸、朱砂养神丸、甘露消毒丸、丹栀解忧丸；赠予皇室宗亲、权贵世家的丹药是全鹿丹、养气丹、五龙丹、十全大补丹、玉鼎金莼、杨枝甘露；给予术士的丹药是纯阳正气丹、神农济世丹、天王补心丹、元精丹、月华丹、养魂丹。这些丹药都是好东西，可养气补元，解毒补血，清心益神，延年益寿。

等到丹药被分发完毕，百姓便有序离场，下山回家。皇帝带着宗室、勋贵、百官、妃嫔等也离开玄都观，去了山腰处的行宫。其余世家大族、名士大儒也相继离去，住到山脚处的别院里。从外地过来的各道观道士和术士、信众回到山中的各处道观用夕食，各观观主、长老和有名望的大术士则留在玄都观，由玄微子率弟子们款待。

夜幕降临，繁星闪烁，观中灯火通明，却并不嘈杂。玄都观居士和长居在此的信众都在膳房里坐着用夕食，贵宾们则去待客大厅里赴宴，一切都井然有序。

这时，一个飘忽的黑影出现在祈福道场里。影子时隐时现，飞快地蹿向一直伴着满天繁星运转的浑天仪。此人手中拿着一根刻满符文的锥形物，小心翼翼地刺进玄微子布下的禁制，破开一个缺口，黑影随即飘进去，直扑浑天仪的中心，轻巧地踩在下面的圆环上，伸手抓住圆球状的太阳，从里面取出一颗小小的五芒星。

顾俟城从净房里出来，正要回待客大厅，却突然愣在那里——在他右侧前方的半空中，那随着浑天仪而流动的满天星辉突然纷纷陨灭。他大吃一惊，连忙往那边奔去。

四周寂静无声，他周围仿佛出现了无数个身影。他们沉默僵硬，诡异如行尸走肉，将祈福道场瞬间变成了修罗场。

顾俟城的头顶上有红云翻滚，遮天蔽日，似有恶咒滚滚而来……不只是玄都山，整个河洛城都似乎在一刹那间颠倒成了人间地狱。

在一片末日景象中，顾俟城的脑海里隐隐约约有咒语在反复吟唱。这句咒语曾被镌刻在幽都大殿之上，只有少数人看得懂这种上古文字：凡尘将尽。

凡尘将尽！

顾俟城只觉得思绪混乱，头越来越痛。他强迫自己抱元守一，稳定心神，脚下不停地向前飞奔。

浑天仪里的黑影刚刚取出五芒星，周围的机关便一起发动。它们以浑天仪的庞大星力为动力，连续不断地朝着中心目标发射暴雨梨花针、十八连弩、破甲矛、破神锥。嗖嗖嗖的声音不绝于耳，在夜空中张开天罗地网，朝着中间的黑影扑去。

那影子如闪电一般闪来闪去，口中不时发出闷哼声，显然中了不少暗器。此人极其果决，迅速地从禁制的破口处冲出来，却立即感到几道绝强的威压直冲这里。此人当机立断，没有丝毫犹豫，施展飞空术，冲出悬崖，落入云海。

顾俟城摆脱幻境，刚好赶到，见一个隐隐有些熟悉的黑影从浑天仪中冲出来，想也不想便探手抓去。那人冲势极快，已经扑到悬崖之外。顾俟城跟着施展飞空术，紧随而至，一把抓住那人的肩胛，随即想飞回悬崖之上。

那人拼命地挣扎着，顾俟城纵身而上，一手箍住此人的腰。两个人纠缠间，一起朝着千丈深谷坠落。

祈福道场里，玄微子最先赶到，接着是温不劫和袁天师，然后是各方高手，还有季同、阮星辰、上官仲舒等弟子和玄都观众长老。

此间宁静依然，空无一人，浑天仪依然光辉灿烂，与满天星辰遥相呼应。

大家都把询问的目光投向玄微子。温不劫轻声地问："玄师兄，有什么情况吗？"

玄微子掐指一算，虽双眉微蹙，神情却依然从容，温和地说："刚才可能是飞鸟撞在我的禁制上，让我感应到了，以为有歹人欲对浑天仪不利，便过来看看。如今看来，并无异样。"

"哦。"大家松了口气，纷纷笑着点头，"那就好。"

玄微子转身对他们说："请众位道友回去继续用膳吧。"

众人纷纷答应，一起走回待客厅。

玄微子的心里却一直在响着"凡尘将尽，天地归一"的咒语声。他叮嘱阮星尘："马上调人来守着道场，看护好浑天仪。切记，一定要提防……"说到这里，他却停住了话头，仿佛沉浸在自己的思绪里。

阮星尘和上官仲舒都一脸茫然地看着师父，等他说出究竟要提防何人。面无表情的季同却若有所思，眼中流露出一丝复杂的情绪。

第十章

圣女九歌

千丈深谷中，顾俟城与黑衣蒙面人缠在一起，急速下坠。

虽然情况危殆，顾俟城却非常冷静，想着要如何自救。他们已经穿过云海，头上不再有星光照耀，伸手不见五指，只能凭借魂窍来感知四周。

千钧一发之际，被他紧紧地抓住的人忽然开口："快用'九折蝶恋花'。"声音清脆悦耳，分明是个小娘子。

顾俟城一怔，还没反应过来就本能地运转灵力，用出九折蝶恋花的身法。那人伸出双手，握紧他的双腕，在空中转折如意，竟硬生生地转了半个圈，与他相对而立、紧紧相贴。她的灵力从他的手腕中涌进，与他的灵力一起运转一个大周天，随即与他同步使出相同的身法，两个人在空中连续转折九次，调整了方向与速度，最后顺利地落到悬崖上斜斜伸出的一棵松树上。

顾俟城大惊道："你……你来自幽都？你怎么会用'九折蝶恋花'？"

那人幽幽地说："阿鱼哥哥，我的师父便是你阿娘，你说我是谁？"

"我阿娘？"顾俟城心念一转，很快便想起来，"你是九歌妹妹？"

"对。"那人的声音里有了几分欢喜，"阿鱼哥哥，见到你真好。"

"九歌。"顾俟城双手收紧，搂着她问，"我阿娘还好吗？"

九歌是当代圣女，而前代圣女便是顾俟城的母亲九章。按照规矩，当代圣女必须嫁给当代少城主，待他们成为当代城主和城主夫人后，就必须生下少城主，挑选出下代圣女，如此代代相传，直到永远。九歌便是九章一手教出来的，目前看来，已经青出于蓝而胜于蓝。

顾俟城当年离开幽都，留下病弱的母亲，固然是因为复仇之旅极其危险，另外一个原因便是母亲有九歌陪伴，有叔叔与堂兄照顾，他很放心。

夜色中无须忌讳，九歌倚在顾俟城的怀里，心里感觉很甜蜜。她轻声说："师父有你送回去的药方和宝药调理，身子渐渐有所好转。师父很想念你，平日里常常坐在屋里，看着窗外你小时候最爱爬的凤凰树，半天不说一句话。我离开幽都，打算来河洛时，师父很支持。她想让我带给你一句话，为父报仇是你的孝心，也是应有之义，但你更要保重自己，身体发肤，受之父母，如果身体有损伤，才是大大的不孝。"

顾俟城听着她娓娓动听的话，忍不住鼻子发酸，喉头哽咽。他努力地吞咽了两下，才勉强能发出声音："都怪我不孝……既对不起阿爹，也对不起阿娘……谢谢你，九歌。"

"不用谢。"九歌在黑暗中微笑，"我是孤儿，能陪在师父身边，得她抚育，听她教导，是我最大的幸事。"

顾俟城轻抚她的背，长长地叹了一口气。为父复仇与为母尽孝不能两全，他每每想起，一颗心就仿佛被撕裂成了两半，疼痛难当。如今，他的仇已经报了大半，对母亲的思念便再也按捺不住。今夜遇到从小一起长大的九歌，他感觉特别亲切，情不自禁地想起过去，心里便涌起无限的愧疚和感伤。

九歌也没再吭声，享受着这一刻的温馨与宁静。

过了好一会儿，顾俟城才回过神来，想起在祈福道场里发生的一切，忍不住问："九歌，你在浑天仪那里做什么？"

九歌怔了一下，一时间不知道该不该告诉他实情。顾俟城立刻有所感应，沉声道："九歌，你若还当我阿娘是你师父，还认我这个哥哥，就别骗我。"

此话极重，九歌顿时不敢说谎，老老实实地说："我拿走了浑天仪之心。"

顾俟城不解："那是什么？"

"我也不知。"九歌温柔地解释，"以前我根本不知道浑天仪还有心。后来我潜入玄都观，无意间落入出尘镜，这才知道，浑天仪并不重要，其中的浑天仪之心才是关键。具体为什么，我也不清楚。"

"你既然不清楚，为什么要窃取？"顾俟城百思不得其解，"幽都向来避世，之前要我查出浑天仪的消息，现在你又搞出如此大的动静，窃取浑天仪之心，到底意欲何为？"

九歌犹豫了一下："阿鱼哥哥，我有很多事还没弄清楚，暂时不能告诉你。等我查清楚之后，马上就跟你说。你别生我气啊！"

"好，我不生你气。"顾俟城想了想，"你要怎么查？我能帮忙吗？"

九歌一愣，随即大喜："我想进玄都观的藏书阁里查看一本古卷，你能帮我吗？"

"这个可以。"顾俟城觉得这不是什么困难的事情，"我可以送你进去暂住，问题不大。"

"那就太好了。"九歌很欢喜。

顾俟城却没有放过重要的事："你拿走的浑天仪之心呢？交给我。"

九歌迟疑片刻后，笑道："你让我在这里拿给你？不怕我们一起掉下去？"

这棵老松树枝繁叶茂，树干粗壮，两个人坐在上面紧抱在一起，尚能稳住，如果有什么大动作，那就不保险了。顾俟城轻叹一声："你一个人就敢往下跳，这么大胆子，是不是留了后手？"

九歌嘿嘿一笑："我在下面结了网，是法器。我们用飞空术笔直地跳下去，应该会安然无恙。切记，不要离崖壁太远。"

"成。"顾俟城感觉到山风渐大，将身下的松树吹得摇动不已，要坐稳必须花费很大的力气，且很危险，于是抱住九歌，对她说，"我数一、二、三，我们同时用飞空术。你别动，我带你下去就好。"

九歌本想着可以打个马虎眼，跃下时各自分开，她便去做自己的事，不必拖累阿鱼哥哥，可顾俟城贼精，即使跳下悬崖也要紧紧地抱着她，决不让她离开。九歌无奈，只得听他数到三，施展飞空术，顿时身轻如燕。顾俟城同样身如飞鸿，离开松树，向

223

下坠落。

大地的气息和满山树林与青草的气息迎面扑来，几息之后，两个人落到网上，深深地坠下，又被高高地弹起，如此循环往复了数次，方慢慢止息。

顾俟城用一只手拉着九歌的小手，另一只手从怀里掏出一根火折子，摇晃了一下，火折子自动燃起，照亮了方圆三尺之地。

这里已经是谷底，有小溪潺潺地流过，带着山上冰水的寒意，山风被两旁的峭壁挡住，风声有些沉闷，溪边草地潮湿，有蛇虫鼠蚁跑来跑去。

顾俟城看看脚下离谷底尚有十丈的金丝细网，对九歌说："你还真行，落到这种地方也不怕，要是一般的小娘子，不是尖叫就是被吓晕，哪有你这么大的胆子？"

九歌骄傲地抬头挺胸："我又不是那种没用的小娘子。"

顾俟城轻笑一声，带着她从网上一跃而下。他站在草地上，看着九歌将金丝网收起，然后与她沿着小溪向下游走去。等到东方天空发白，两个人终于走出山谷，来到玄都山脚下。

顾俟城看了看她："九歌，你先跟我回河洛。现在玄都观里尽是高人，你进去后很可能会露馅，那就不好了。"

"好。"九歌看看天空，辨认了一下方向，"我们先去那边的山洞里，我换身衣裳。"

她一身黑衣，看上去就不是什么好人，进河洛城时未免有些不便。顾俟城与她穿过树林，翻山越岭，在两座山外的一个山洞里停下。他站在外面守着，九歌进去换衣梳洗，好一会儿才走出来。她穿着河洛时新的胡服，头戴浑脱帽，身着朱红色窄袖紧身翻领长袍，下着同色长裤，足蹬高腰靴，很是英姿飒爽，偏又明眸皓齿，身段窈窕，妩媚动人。她手上提着包袱，并不扭捏作态，看上去依然有仙人之姿。

顾俟城顺手接过她手里的包袱，上下打量她，忽然脱口而出道："你很像一个人……嗯……那个胡姬舞娘弥弥儿。"

九歌一怔，随即扑哧一笑："你的眼光还真是锐利，我便是弥弥儿。"

顾俟城愣了一下，不禁叹了口气："那你还在我的北司捣乱。你帮着那些犯人越狱，给我带来了很大的麻烦，更重要的是，让我很丢脸。"

九歌忍不住笑出声来："谁让你们北司胡乱抓人？我当时又没犯事，你的捕快就把我抓起来了，要不是我不想暴露身份，我早就把他们杀了。"

顾俟城只能叹气："算了，咱们走吧。"

九歌没钱，顾俟城也毫无准备，两个人昨夜一起坠崖，现在身上也只有一点儿碎银子。光天化日之下，他们也不可能用术法赶路，只得出山之后再想办法。

顾俟城拿出传信玉简，将自己的情况告诉了谢图南和卫怀定，表示在外巧遇母家表妹，想带她回河洛的谢府暂住几天，只是现在缺少车马，一时难行。从这里到河洛，若是步行的话，他们走到晚上城门关闭了也到不了。

谢图南很快回话："我在河洛布防，迎接陛下回城，你说个方位，我派人来接你们。"

卫怀定跟着回复："我在行宫随扈，脱不开身，你说个地方，我派人过去接你们。"

顾俟城左右看看，大致确定了位置，便将山下道路的方位与特征说了一遍："不需要车，牵两匹马来便可。"

卫怀定所在的地方离顾俟城近，便道："大哥就别派人了，我这边会派人过去的。"

谢图南自然没有异议："我派人回去跟府里说一声，把客房整理一下，另外，还得去外面临时请几个女仆回来，好照顾三弟的表妹。"

"不必临时请女仆，我表妹能照顾自己。"顾俟城连忙回复，"有个地方给她吃住就行了，不必太麻烦。她有术士天赋，过两天打算去玄都观做学徒。"

"那行吧。"谢图南也就不再啰唆。

顾俟城收起这块传信玉简，又拿出另一块，给温不劫写信："师父，我已经下山回河洛。麻烦您转告玄师伯，我过两天再去观里看望他老人家。"

温不劫回复得很快："臭小子，招呼也不打一声就跑了，简直不成体统。行了，我会跟玄观主说的。徒弟没规矩，少不得我这个做师父的送上门去给人打脸。"

“哎呀，师父，您跟玄师伯不是一家人吗？”顾俟城的脸上满是笑意，“玄师伯的弟子也不都是守规矩的人，他一定不会笑您的。”

师徒俩插科打诨一番，这才结束玉简传信。顾俟城收起玉简，愉快地说：“我们出发吧，在路边等着。”

“嗯。”九歌迈开长腿，健步如飞，边走边说，“你师父待你真好。”

顾俟城点头：“是啊，师父就像父亲一般，师娘待我也很好。他们没孩子，将来我是要为他们养老送终的。”

“真好。”九歌看向他，“你什么时候把我师父接出来？”

“再等等吧。”顾俟城看着眼前的满目苍翠，长出一口气，“现在时机不好，我阿娘身子弱，不能操心。等我把一些事情解决了，安定下来，就接阿娘出来，在河洛定居。或者，我会带着阿娘去玄都观居住，把我阿娘的身子养好。”

“太好了。”九歌很高兴，“我听说玄都观的阮真人是一位厉害的丹师，可以请他为我师父调理身子。”

“对。”顾俟城笑着点头，忽然想起什么来，“哎，你把浑天仪之心给我。”

九歌犹豫了一下后，有些不情愿地停下来，伸手入怀，掏出来一个小荷包，噘着嘴扔过去。顾俟城接过，打开荷包看了看。荷包里面装着一颗婴儿巴掌大的五芒星，五个尖端分别闪烁着白、绿、蓝、红、黄的光辉，代表着金、木、水、火、土五行，五芒星正中央闪着充满灵性的银光，时明时暗，像是在一呼一吸，与大自然互相沟通。顾俟城看了两眼便心里有数，于是收紧荷包，收进自己怀里。

九歌跟着他一起穿林过涧，上山下坡，丝毫不觉得疲累，还有闲心问他："你在河洛有没有相好的小娘子？"

"没有。"顾俟城答得很干脆。

九歌不依不饶："是不是去过平康坊？"

顾俟城一本正经地道："查案时去过。"

九歌狐疑地问："那你怎么知道弥弥儿？你去勾栏看胡姬跳舞？"

"也是去查案。就那回，把你误抓回来那晚，我们要抓的案犯在瓦舍里卖酒，我不得不装作客人，在那里盯着他。"

九歌这才作罢："行吧，我信你了。"

"话说回来，你装成胡姬打算做什么？"顾俟城有些好奇，"我听鬼市的乌月照说，你是一个飞贼，过段时间就会去鬼市卖些物品换取银钱。那个女飞贼真的是你？"

"嗯，是我。"九歌爽快地承认，"我不过是去了一些不义之家捞点儿不义之财罢了，而且拿得不多，仅够我衣食住行。"

"哦。"顾俟城对于她到哪里窃取财物并不在意，只是习惯性地问问，见她实话实说，并没有砌词欺瞒，感觉很满意。

两个人一边闲聊一边赶路，终于在午时到达会合地点。一位金吾卫的骁卫牵着三匹骏马站在那里，见到顾俟城连忙行礼，然后将两匹马交给他，自己翻身上马，回行宫去向卫怀定复命。

顾俟城与九歌也各自骑上马，先到附近的镇上用了膳食，再疾驰回河洛。九歌包袱里有官府发的路引，又有顾俟城陪伴，在城门处没有多耽搁，很顺利地入了城。等到华灯初上，他们才到达谢府。

下午御驾回宫，谢图南和卫怀定一直忙到晚上才回来，顾俟城和九歌入府时，他们也才进门。等到换了衣裳，洗了手脸后，大家才坐在桌边，一起用夕食。

顾俟城大大方方地介绍："大哥、二哥，她叫九歌，是我母亲那边的表妹。九歌，这是我大哥谢图南、我二哥卫怀定。"

九歌礼貌地叫道："谢大哥、卫二哥，打扰了。"

谢图南微笑着说："你是三弟的表妹，自然也是我等的表妹。你就放心地住在这儿，就当是自己家一样，千万别客气。"

卫怀定也笑道："有什么需要的，只管说。"

九歌是一个内心很敏感的姑娘，这时立刻感知到两个人的一片赤诚之心，于是笑靥如花，很高兴地点头："好，我不会跟大哥二哥客气的。"

四个人高高兴兴地用膳。不仅三个大男人吃得香，便是九歌也不像世家贵族千金，如吃猫食一般只吃几口饭，而是大口吃菜，大碗喝汤，胡饼也吃了两大块，看着就痛快。卫怀定与谢图南对这个明媚的小姑娘印象更好。

九歌在谢府如鱼得水，逍遥自在。那些中老年仆从、嬷嬷、厨娘都对她很好，觉得有她在，常年清静的宅子里都充满了活力。若不是有要紧事办，她还当真不想离开这里了。

顾佼城在回来的第二天便去了玄都山，趁着各位高人大师午膳后各自回房休息，悄悄地进了玄微子的小院，将浑天仪之心还给他。玄微子乃当世第一大宗师，不但精于术法，还精通医卜星相、丹符阵器，顾佼城不敢跟他要心眼，更不敢说谎欺瞒，老老实实地说是自家表妹偷拿了浑天仪之心，正好被自己碰上，便紧追不舍，将浑天仪之心追回，如今完璧归赵，请玄微子不要追究自家表妹的过错。

玄微子接过浑天仪之心，捻须微笑："你做得很好。既然宝物已被追回，看在你的面子上，那偷盗之人，我就不追究了。"

顾佼城顿时大喜："谢谢玄师伯……那个，小侄还有一事想求师伯。"

"你说。"玄微子很爽快。

顾佼城小心翼翼地问："玄都观有仿冒的浑天仪之心吗？"

玄微子皱眉："你这是何意？"

顾佼城连忙解释："小侄得到消息，似乎有不少势力在打听浑天仪的消息。以往浑天仪从未现于人前，外面自是无人知晓，可在这次的祈福大典上，浑天仪大放异彩，消息很快就会传扬天下，届时到玄都观来偷抢浑天仪的贼子只怕不会少。小侄觉得，咱们还是得早做准备。师伯的禁制术法与季师兄的机关术自是天下独步，可架不住贼人源源不断。小侄想着，在严密防守浑天仪之余，再伪造几个浑天仪之心，我带走一个，其余的散放各处，可乱人耳目。师伯以为如何？"

玄微子思索一番后，缓缓地点头："你说得有理。也罢，我让季同跟你一起研究吧。浑天仪之心神异灵巧，非普通法器，你可到观里的藏书阁去查找有关制器典籍，再与季同商议，看要怎么做才好。"

顾俟城喜出望外："多谢师伯，我定会向季师兄请教。"他行礼告退，兴冲冲地离开，迫不及待地去找季同。

玄微子握着浑天仪之心，看着他的背影，脸上满是欣慰之情。

顾俟城白天黑夜都泡在玄都观的藏书阁中，后来还去了太史局，翻看与制作法器相关的各种图卷。他不知道九歌要浑天仪之心有何用，却本能地不想让幽都得到它，更不想让浑天仪因此出什么意外。

每每想起那天夜里在云顶看到的恐怖幻象，他便不寒而栗，油然而生一种紧迫感，一刻都不想耽搁，更不想让别人知道他的计划。他没有将此事告诉谢图南和卫怀定，也没让九歌知晓，甚至没向师父禀报。

虽然他没有特别提出，玄微子和季同却都默契地守口如瓶，没有将此事告诉阮星辰和虞灵犀，同样没有告知温不劫。

各地来的高人在玄都观与玄微子论道，足足待了一个月才相继离开。

其间，九歌一直住在谢府潜心研究术法，顾俟城大部分时间待在玄都观，查找并参悟制器图卷和打造法器之法，还向机关大师季同请教锻造技巧与手法。

根据季同的建议，他在太史局的库房里扒拉出一块拳头大的星辰石。以他的官职品级，有权限拿走库房里的材料，打造自己的法器，因此，他便拣了十余块没有炼制过的矿石，将星辰石混在里面，一起带走了。

太史局的两大巨头温不劫、袁天师带着高阶术士正在玄都观论道，韦长生天天在河洛城中查案，摘星台里顾俟城最大，因此，他要带走一批矿石做法器，管库房的低阶术士只有逢迎的分，根本不曾细看他带走的矿石便按照他的吩咐记了账。

这段时间，河洛一派祥和。玄都观的祈福大典上现"七星连珠"异象，又有神器浑天仪给出"五星出东方利中国"的谶语传扬天下，从皇帝到普通百姓都觉得心里很安稳，一时间，大家都心平气和。

犯事的人少了，北司、南衙、金吾卫都有了一些空闲时间。谢图南、卫怀定和顾俟城还商量着等到了三月三上巳节，就带上九歌，一起去郊外踏青，并参加修禊仪式。

二月底，上官府却给谢府送来请帖，邀请他们三个人去参加每年三月三都会举办的百花宴。

谢图南拿着请帖啧啧称奇："像我们这种出身寒门的人，哪里会被士族看在眼里？上官氏居然给我们三个人送请帖，真是开天辟地头一遭。"

顾俟城笑道:"我听那上官府的下人话里话外提到他们的小郎君,那不是玄都观的亲传三弟子上官仲舒吗?原来他是上官氏的嫡子。从他那里论的话,我还是能沾上边的,好歹那上官仲舒还叫我一声顾师兄。"

卫怀定干咳一声,神情间略有些尴尬。他拿着请帖看了又看,一时不知道说什么才好。

谢图南之前在刑部做过数年总捕头,一向见微知著,这时看向他,温和地说:"二弟,那上官大娘出身士族豪门,士族子弟高贵骄傲,连皇室宗亲都被他们看不起。那些门阀士族,便是做礼贤下士状,也多半虚伪不可信。你若想娶她,只怕是千难万难。"

卫怀定一怔,随即心里微涩,但他向来爽朗大气,很快便平静下来,豪爽地笑道:"大哥,我都知道,也从没奢望过能娶到名门望族的嫡出小娘子。上官大娘对我表示好感,大半也是出于猎奇心理,我不会放在心上的。"

"嗯。"谢图南拍拍他的肩,"娶媳妇,还是要门当户对方好。"

"我明白,大哥放心。"卫怀定开朗一笑,"大哥也别总说我,你打算何时娶大嫂呢?"

谢图南笑着摇头:"最近事忙,哪有工夫顾着这些琐事?等我把南衙理顺再说吧。"

两个人说笑了一会儿,卫怀定便看向顾俟城,戏谑地问:"三弟,我看你与你那位母家表妹颇为般配。民间有云:'表哥表妹,天生一对。'她到河洛来找你，当中是否有什么隐秘？譬如婚约什么的？"

顾俟城微微一怔，随即想起，他与九歌在幼时倒是真有婚约。幽都圣女嫁少城主或城主是幽都约定俗成的规矩。九歌是孤女，因资质极佳而被选出，成为候补圣女，很快便脱颖而出，被上代圣女九章带在身边悉心培养。顾俟城当时是少城主，又与她青梅竹马，幽都高层都有默契，两个人未来会结为夫妻。

顾俟城眉头微皱，想起现在幽都的少城主是顾临渊，九歌按规矩就不再是他的未婚妻。他有些不悦，转而想到九歌在河洛已经待了很长时间，说不定已经不再是幽都圣女，否则她是绝对不可能离开幽都的。他琢磨着要不要问一下九歌，可心里又有些情怯，不敢开口询问。

谢图南看出他神情有异，不禁关心地问："三弟，你怎么了？有什么难处，尽管说出来。"

顾俟城回过神来："我与表妹……幼年时一处长大，如今想来，长辈们是有默契的，只是没有明言。现在……我与她有十多年未见，却不知如何了。"

"原来如此。"谢图南微微点头，"小娘子面皮薄，你别贸然询问，以后再徐徐图之。"

"嗯。"顾俟城点头，"我会的。"

卫怀定兴致勃勃地帮他支着儿："想要让小娘子心仪你，你得积极些，别等着小娘子来找你。平日里你要多给她买些礼物，带她上街散散心，投其所好，令她欢悦……"

顾俟城与谢图南对视一眼，心里都有些好笑，同时又有些担忧：显然卫怀定对上官家的那位嫡长女是有些情分的，他们都怕他以后会伤心伤情伤自尊。

三个人商量了一番后，决定一起去参加上官府的百花宴。

在上巳节之前，顾俟城打听到在玄都观论道的高手们已经陆续离去，便带着九歌上了玄都山。

仲春时节，玄都山百花齐放，百鸟争鸣，云蒸霞蔚，万壑松风，美得动人心魄。

顾俟城与九歌大步上山，欣赏着处处美景，不由得心旷神怡。到了云顶，进入玄都观大门，顾俟城直接去见阮星辰，开门见山地把事情说了："这是我母家表妹九歌，颇有术法天赋。十几年未见，如今我才知晓她并没有入道修行，实在是被耽搁了，还请阮师兄照顾一下，让我表妹入玄都观学习术法。"

阮星辰阅人多矣，凝神打量一番他带来的小娘子，感知到她冰肌玉骨，根骨极佳，便欣然点头："既然是你表妹，资质也不错，那就先做个外门弟子吧。"

顾俟城高兴地拱了拱手："多谢阮师兄。"

九歌也装作腼腆地跟着说："多谢阮师兄。"

阮星辰微笑："不必客气。在这里安心住下，好好修行。"

"是。"九歌连忙点头。

阮星辰叫来一个弟子，吩咐他带九歌去办理入观手续。顾俟城则与阮星辰寒暄几句，侧面打听了一下那一夜的情况。

阮星辰不知内情，对他自然有问必答："那日师父中途出来，到祈福道场里看过一回，说是有飞鸟撞上禁制，不是什么大事。第二天我们就将浑天仪收了回去，妥善存放。如今看来，浑天仪运转如常，并无异样。"

"那就好。"顾俟城放下心来，告辞离开。

回到谢府后，他一直待在自己的房间里，尝试仿冒浑天仪之心，很少出来。他对外宣称最近都在闭关研究新术法，谢府中人就没来打扰他。

等到三月初三，谢图南、卫怀定、顾俟城都换上逢年过节才穿的鲜亮衣裳，骑马去了曲江池畔属于上官氏的芙蕖园。

三人出身寒门，平时干的都是打打杀杀的活，一向被门阀士族看不上，便是现在做到三品以上的高官，在重臣们看来也是幸进。但三人在世人眼中属于"酷吏"，还在一定范围内拥有先斩后奏之权，那些权贵轻易也不会得罪他们，免得惹来麻烦，招致飞来横祸。因此，看到三人骑马过来，不少人自动让路，请他们先行。

三人在熙熙攘攘的车流人流中到达芙蕖园大门外，下马后自有跟来的谢府随从将马牵走。他们拿着请帖，走进大门。

上官府的仆从都训练有素，管事对他们笑脸相迎，殷勤地指点了进去的路径，便请他们自便——来的人太多了，上官府实在分不出人来一一照应。三人也表示理解，本来也没把自己当贵客，便点点头，沿着青石板路往前走去。

他们进门没走多远，大路就分成好几条小路，两旁杨柳依依，亭台楼阁精致美妙，小桥流水随处可见，嶙峋的假山上有瀑布飞流而下，在清澈的水池中溅起白色的水花。

这一路上全是衣着亮丽的男男女女。男子倒还罢了，许多高门贵女穿着袒领襦裙，色彩鲜明，大髻上插着赤金镶宝石珍珠的首饰和盛开的鲜花。她们都身姿舒展，笑靥如花，行走间袅袅婷婷，令人赏心悦目。

百花宴相当于游园会，只有重要的客人才会得到主人的会见，一般的宾客自行在园中游玩、赏花或到水边参加曲水流觞。三人作不来诗，只会饮酒，也不耐烦应酬那些主动上前来的低级官员或勋贵家的庶女，便一起去了水边坐下，有酒杯停到面前，便拿起来饮了，余下时间便赏赏风景，听听琴曲，倒也其乐融融。

蜿蜒的清渠两岸坐满了文人墨客、风流雅士，或写诗作画，或抚琴弹铗，或对坐弈棋。许多人身旁还坐着美妙佳人，有青楼名妓，有舞姬歌姬，有美貌外室，有当世才女，有姜侍通房，有年少婢女，有大家千金，唯独没有正室夫人。空气中似乎飘浮着暧昧甜腻的气息，荡漾着闲适舒畅的意味，让人心荡神驰，悠然自得。

顾俟城懒散地坐在蒲团上，斜斜地倚靠着身后开满粉色桃花的大树，微眯着双眼，不着痕迹地看来看去。为了查案，河洛所有名流显贵他几乎都知道，就算没见过真人也看过画像，这时一一对照，颇觉有趣。

谢图南和卫怀定也与他一样，一边暗中观察一边认人。两个人同样懒洋洋的，在阳光下眯缝着眼，偶尔拿起水中停在面前的酒杯，慢慢地饮下香醇的美酒。

三人坐了大约半个时辰，就看到周国公文继祖带着一个美艳女子悠闲地走过来。不时有人笑着与他打招呼，从不同的称呼中可以看出彼此之间的关系。他身边的美人有二十五六岁，体态丰腴，面如桃花，艳丽多姿，眼波横流，妩媚动人。不少人客气地称呼她为"玉娘子"，让三人想起周国公最近收了一个极其宠爱的外室，名叫玉玲珑，想来就是这个女人了。

顾俟城对于男人养外室或女人养面首并不在意——反正与他无关，只是周国公似乎与乌月照有关系，他才留心一二。权贵世家里的腌臜事他见得多了，周国公只是养一个外室，根本不算什么，因此他起先并没有注意那个玉玲珑。

卫怀定也是瞧了一眼便移开目光，对那对男女毫无兴趣。

谢图南却目光微凝，不着痕迹地打量着那个摇曳生姿的美人，顾俟城发现了，不禁凑过去调侃："怎么？大哥喜欢那个娘子？"

卫怀定诧异地看过去："大哥，当真？"

谢图南瞪了顾俟城一眼："三弟休得胡说。我只是觉得，那个玉玲珑很可能是宜春楼的假母大玉儿。"

顾俟城暗暗吃惊："真的？她没死？"

谢图南没再看玉玲珑，而是向后一靠，将自己掩在树荫里，轻声说："她从老鸨摇身一变，成为千娇百媚的女子，虽相貌差别很大，一身骨架却改不了。我查案办案多年，易容术见得多了，因此会辨人骨相。她的骨相与宜春楼的假母大玉儿一模一样，错不了。"

卫怀定想起宜春楼的惨案，顿时有些坐不住了："宜春楼的那场火定与她有关，我去抓她归案。"

"别胡闹。"谢图南抓住他，"你有什么证据能证明是她纵火？妓子从良，做人外室，一点儿问题也没有。"

卫怀定握拳，克制地捶了捶地："总是这样。一旦有那些皇亲国戚、达官显贵插手，案子就很难查下去。"

"查是要查的，不必急于一时。"顾俟城劝他，"二哥且先忍耐，回头咱们就细查玉玲珑，顺便也查一查周国公。"

"对。"谢图南同意。

卫怀定很快平静下来："我明白。"

三个人不再讨论此事，继续懒散地看着那些文人诗词唱和，弹铗高歌。

又过了一会儿，忽然有位穿着淡蓝色春衫的小娘子过来，笑着对卫怀定行了一礼："卫大人，我家大娘想请您过去饮一杯茶汤。"

卫怀定认得她是上官令身边的大丫鬟，便没有推辞，对两个兄弟说："我去去就来。"说完他便站起身，跟着她走了。

谢图南看着他挺拔的背影，轻叹一声："但愿这是桃花运，不是桃花劫。"

顾俟城与卫怀定相识七八年了，比谢图南更了解他的性情，于是笑着安慰道："大哥不必担心，二哥心性坚定，不会因私废公，更不会因情误事。他看得很清楚，上官大娘齐大非偶，自是不会奢望。只是我观上官大娘志向不小，如今已年满二十岁，却借口体弱一直不定亲，不出嫁。她兄弟天真烂漫，不谙世事，至今立不起来，倒是给了她很多机会。若是她想争家主之位，就不能出嫁，必须招赘。要挑赘婿的话，二哥应该是她最好的选择。"

"不行。"谢图南有些恼怒，"二弟顶天立地，大好男儿，如何能够入赘？便是上官氏的家主嫡出，也没资格招二弟当赘婿。"

"二哥自然不会肯的。"顾俟城讥讽地笑道，"世家大族，自然看不起咱们这些草根寒门，大概以为让我们入赘都是天大的恩典。"

谢图南冷哼一声："古往今来，世家大族哪有小娘子当家主的道理？便是家主去世，继承人幼小，家族暂由家主夫人代掌，名义上的家主依然是她儿子。况且，入赘有什么好名声？门阀士族从无此事，便是家主没有儿子，也会从旁支过继，绝不会让女儿招赘，让家族没了脸面。上官令异想天开，真是可笑，即便她有父亲上官宴的支持，族中长老也不会答应。"

"是啊。"顾俟城笑着点头，"上官令看似端庄娴淑，其实不然，行事颇为大胆，骨子里仿佛视规矩如无物。我虽然与她不熟，这两年也多次看到她偶遇二哥，手段翻新，花样繁多，瞧上去也不像是单纯戏耍，多少尚有几分真心。有这么一个出身顶级门阀的嫡出千金心悦于他，二哥确实是有点儿动心了。世事多变，一切皆有可能，咱们总得给二哥一个机会，即使成不了，也不留遗憾。"

谢图南沉默了，半晌才道："你说得对，总得努力一下，才不枉此生。"

顾俟城也沉默了。他看着玉玲珑素手磨墨，文继祖提笔写诗，周围的名人才子纷纷围观，交口称赞。过了好一会儿，他才转头看向谢图南："大哥，玄都观的虞师妹是真心喜欢你，你又何必拒人于千里之外？你是不是担心观主不同意？其实大可不必。观主视虞师妹若亲生女，一心想要她一生幸福美满。你若是对她无意，我自然从此不提；若是你也心悦于她，不如主动些。两情相悦乃人生一大乐事，难以遇到，当倍加珍惜。"

谢图南微笑着看向他："你忽然变得这般理智沉稳，让我有些不习惯。看来你果然是有了意中人，有感而发呀！"

顾俟城被他看穿心思，顿时有些不自在，忍不住握拳轻轻地捶了他一下："大哥还是顾着自己吧。玄都观不但有观主的亲传弟子，还有内门外门数百名弟子。你想要娶虞师妹，只怕也是难上加难。"

谢图南却从容不迫地看向远方。晴朗的天空下，高高的玄都山隐约可见。他微微一笑，心里隐约有了决断。

第十一章

春心莫共花争发

卫怀定跟着那位衣裳首饰比许多官员家的小娘子都要富贵的大丫鬟向前走着，沿途遇见不少女眷。

有的小娘子围在一起投壶、打双陆，还有的在一旁赏花饮茶，吟诗作赋。贵夫人们聚在一起说笑，或在水边漫步。还有一些女子与男子相会，或含羞带怯，或打情骂俏。各种女儿香随风飘荡，渲染着欢快愉悦的气氛。

临水的一座八角亭中，上官令独自在内。隔着竹帘，她能看到外面的风景，外头的人却看不见里面的情形。上官令席地而坐，一袭浅碧色襦裙如一泓春水，清新脱俗。

她梳着牡丹髻，髻上插着几把羊脂白玉的小梳，两边分别有四支莲花纹金钗，莲心处镶着拇指指腹大的珍珠。她正在煎茶，伸出的手雪白细腻，双腕上戴着金镶玉手钏，戒指、耳坠、项链都是赤金镶着大珍珠，既精致美丽，又富贵优雅。

看到卫怀定进来，她温柔地笑道："过来坐，陪我饮茶。"她语气轻快，透着亲昵。

卫怀定踩着锃亮的木地板走过去，在桌前盘膝而坐，拿起茶杯喝了一口，赞赏地说："你煎的茶汤总是这般清甜回甘。"

上官令娇柔地轻笑："因为我是用了心的。"

卫怀定每回与她相会，都会听到一些一语双关的调笑之语，此时笑着调侃回去："能得上官大娘用心，卫某受宠若惊。"

上官令唇边含笑，眉眼生春，含蓄地与他调了一会儿情，这才笑吟吟地说："我想与卫大郎结秦晋之好，不知卫大郎是否愿意？"

卫怀定扶着微温的茶杯，冷静地微笑："卫某自然愿意，但大娘出身于高门世家，卫某却是寒门出身，只怕高攀不上。"

上官令托着腮，看着他娇俏地笑："卫大郎可以入我上官氏，如此就是一家人了。"

卫怀定看着眼前人，杏眼桃腮，貌美如花，虽然怦然心动，心里却冷静依然："家父临终前，命卫某必须得为卫家传宗接代。卫某家三代单传，连过继都找不到血脉亲人，自然是要娶妻生子，接续香烟。"

上官令神色不变，依然笑靥如花，顾盼生姿，伸出春笋般的修长手指，摩挲着茶杯的杯口。亭外春光明媚，亭内却很安静，外面女子的笑声与悠扬的乐声越发清晰地传进来。

良久，上官令慢悠悠地唱出一曲《越人歌》："今夕何夕兮，搴洲中流。今日何日兮，得与王子同舟。蒙羞被好兮，不訾诟耻。心几烦而不绝兮，得知王子。山有木兮木有枝，心悦君兮君不知。"

卫怀定虽然不甚通晓音律，却也在勾栏瓦舍听过这首歌，也听说书人讲过与此曲相关的故事。上官令此时吟唱此曲，应有求欢之意。门阀士族贵女在婚前大多不可与外男苟且，却在婚后时有与心仪之人暗度陈仓、共享鱼水之欢之举。

卫怀定沉默不语，心里充满惆怅：他们终究不是一路人，无缘进一家门。他举起茶杯，将茶汤一饮而尽，起身对上官令拱手一揖，随后肃然离去，行动间很是果决，没有丝毫犹豫，显然是拒绝了她在婚后暗中来往的提议。

上官令有些不甘心，收回停留在他身上的目光，透过竹帘看向窗外繁花丛中的仕女，眼底的柔如春水渐渐地变成了冬日寒冰。

忽然，从外面传来喧嚣声，八角亭周围的小娘子们也都兴奋起来，纷纷交头接耳，随即拎着裙摆跑了。

上官令的大丫鬟激动地掀帘进来："大娘，诗仙李青莲来了。"

上官令顿时没了伤春悲秋的心情，高兴地起身往外走："李青莲现在在何处？"

"在水边。"大丫鬟紧跟着她，沿着拼花小径往前走。

水边已经被围得水泄不通，一个二十多岁的青年正在挥毫写诗。他一袭青衣，腰悬宝剑，相貌俊美，高挑挺拔，萧萧如松下风，轩轩似朝霞举。清渠两岸站着无数小娘子与贵夫人，都目不转睛地看着他。

他写完一首诗后，掷笔于案，拿起一旁的酒杯一饮而尽。旁边有儒生看着他写的诗，高声地念出来。

他的话音刚落，周围便响起一片叫好声，其中女子的喝彩声最为悦耳。上官宴、文继祖及各位文坛名士、才子佳人都上前争相结交李青莲，场面十分热闹。

顾俟城与谢图南被蜂拥而来的小娘子们挤得简直没有站的地方，只得退出人群，远远地避开。难得见此盛况，两个人也只能感叹诗仙之名，果然不虚。

卫怀定很快找来，对两个人说："我们回去吧。"

谢图南见他神色如常，关切地问："说清楚了？"

"说清楚了。"卫怀定微微一笑，"道不同不相为谋，也就罢了。"

顾俟城拍拍他的肩："没事。你看看那边，小娘子多得很。你身为从二品上将军、金吾卫武侯，位高权重，简在帝心，还怕娶不到娘子？"

卫怀定脸上的笑意更浓："三弟说得是。"

谢图南也就不再多言："走吧，我们去找家酒楼，好好地吃一餐珍馐美味。"

顾俟城大喜："就依大哥之言。"

三个人兴冲冲地离去，骑马回了河洛城。他们在西市找到一家著名的胡人酒楼，要了二楼雅间，关起门来大口喝酒，大口吃肉，好不痛快，比那劳什子百花宴要舒服多了。

正吃得高兴，顾俟城突然看向窗外的大街。韦长生、寇德容与金吾卫仓曹参军欧阳离一起走进对面的饭馆，坐到一张靠窗的桌子边。接着，西市的福兴赌坊老板钱满仓走进来，跟他们坐到一起。

顾俟城叫谢图南和卫怀定过来看："难道他们在查案子？钱满仓倒罢了，赌坊中三教九流皆有，鱼龙混杂，他消息灵通，被叫来问个话也是应该的。那欧阳离是什么情况？他会跟什么案子有牵连？"

卫怀定看着络腮胡的中年男人，仔细地想了一会儿，这才有点儿印象："他出自欧阳氏的旁支，是一个老实人，管理仓库十余年，从没出过差错，也未被卷入过什么案子。"

谢图南看了一会儿，见他们叫了酒菜，边吃喝边聊天，看不出什么异样，便回去坐下："查案子嘛，找什么人问话都不稀奇。"

"那倒也是。"顾俟城和卫怀定也没什么好奇心，便继续饮酒吃肉。

等到他们尽兴而归，对面饭馆里的人已经走了。

三月三之后，上巳节的百花宴传出许多佳话。顾俟城上了玄都山，与季同继续钻研，共同仿制浑天仪之心。

闲暇时分，他便去找九歌说话。九歌穿着外门弟子的蓝色道袍，一见他便欢喜地扑过来。观中皆吃素食，两个人便偷偷地溜出去，开开心心地在玄都山中四处游玩，打猎捉鱼，烤来吃了，才回玄都观。

日子过得舒心惬意，两个人并没有闷头苦修，实力反而突飞猛进。九歌终于参悟到一丝师父九章新近独创的神术"白发三千丈"的真谛，顾俟城也明悟了"无双"神术且颇有进展。

转眼间数月过去，韦长生在北司毫无建树，温不劫提议让两个人回归原位，顾俟城继续担任北司典狱长，韦长生回太史局。袁天师自然表示反对，倒也并不是打压顾俟城，而是提议任命他为太史局左丞。这是太史局中仅次于温不劫和袁天师的官位，与太史局右丞一道，既要管着摘星台，还要掌管术士营、法器监、秘书监、钦天监、司天台等机构。北司典狱长与太史局左右丞同级，直接对温不劫负责。袁天师负责北斗组织，并不介入北司事务，因此只能建议将顾俟城另行重用，不能罢他的职。

温不劫不赞同袁天师的提议："顾俟城的专长在于办案，在于镇压不法术士，而不在于庶务。我认为，韦长生更适合左丞的官位，他去北司大半年，萧规曹随，毫无建树。我认为顾俟城比他更适合当北司典狱长。"

袁天师寸步不让："温大人，谁是生来就会呢？不给孩子们机会历练，他们怎么有能力独当一面？想当年，顾俟城尚且弱冠，温大人便将他调到北司。他那时鲁莽冲动，犯了多少错误，闯了多少祸，在办案的过程中误伤了多少无辜，不都是温大人替他善后？我也可以为韦长生善后，不妨放手让他干几年，才知道他适不适合。温大人身为太史令，应一碗水端平，韦长生与顾俟城实力相当，便该机会均等，温大人缘何厚此薄彼？"

温不劫一向不善言辞，顿时被他挤对住，半晌才道："术士犯案，往往比普通人更凶残也更隐蔽。北司必须有雷霆手段，才能震慑宵小。韦长生性子太过平和，确实不适合北司，我怕他在缉拿案犯时难敌贼子的诡谲手段，自身难保。"

袁天师板正的脸上不再那么冷肃，紧绷的身体也放松下来："多谢温大人关心，我定会叮嘱韦长生，不要有妇人之仁，要用雷霆手段，涤清污秽，扫荡乾坤。"

温不劫无奈，只得暂时中止这个话题，看韦长生以后的表现再议。

上头正在博弈，顾俟城却并不在意，大部分时间待在玄都观里。用了将近半年的时间，他与季同终于仿制出了惟妙惟肖的浑天仪之心，完全能够以假乱真，只是真品的中心部位充满灵性，赝品的中心部位是季同做的机关，看上去灵性十足，实则在一定的条件下会反噬其主。

顾俟城带着赝品浑天仪之心出关后惊讶地发现，刚满十四岁的上官仲舒时常会出现在九歌身旁，两个人有说有笑，上官仲舒稚嫩的小脸上浮现出毫无保留的喜爱与亲近。

他忍不住问九歌："你与那上官仲舒这么快就熟识了？"一个小毛孩不足为虑，他却怕九歌对上官仲舒的家世背景动心。

九歌微一挑眉："他是上官家主的大郎，不出意外的话就是下任家主，我哪敢主动招惹他？是他来接近我，偏又没胆量挑战规矩，扭捏数月，终于想通，认我做了姐姐。他的亲姐姐太强势，压得他喘不过气来，他与我倒是无话不谈，很是轻松愉快。"

"那就好。"顾俟城放心了，"顶级门阀可不是玩的，他要敢找个寒门女做娘子，他父亲就敢打死他。"

九歌做了个鬼脸："阿鱼哥哥放心吧，我从来没有攀龙附凤的心思。在我心里，谁都比不上你。"

顾俟城心里一热，抬手拥住她，轻抚她瘦削的肩背，柔声说："我很放心，你也放心。"他没有明言，但心里已经打定主意，回幽都将母亲接到河洛后就与九歌成亲，从此生儿育女，奉养母亲终老，踏踏实实地过普通人的生活。

九歌抱着他精瘦的腰，开心地点头："嗯，我也很放心。"

两个人坐在悬崖边，看着翻卷的云海和几只自由飞翔的白鹤，心情悠然。

忽然，顾俟城从怀里掏出传信玉简，看到卫怀定给他写的信："韦长生疯了，速归。"

顾俟城吃了一惊，连忙回复："他干什么了？"

卫怀定的字写得很潦草："他把北司囚犯都放出来，说要缉捕幽都密谍，在河洛大肆抓捕术士，非打即骂，闹得人心惶惶。"

顾俟城震惊："他真的疯了，我马上回去。"

他收起玉简，狠狠地抱了一下九歌："我有急事要回城，你好好在这里待着，有事就通知我。"他已经给了九歌一个传信玉简，彼此之间可以远距离通信。

九歌连忙点头："你去吧，注意安全。"

"嗯。"顾俟城不再耽搁，起身飞奔下山。

九歌看着他远去的身影，迅速平复好心情，又去了藏书阁。

藏书阁共分三层，外门弟子只能在第一层看书，不能上去。她这段时间与虞灵犀交好，终于哄着虞灵犀将亲传弟子的身份牌借出来，凭此牌便可以进入二楼和三楼，去翻找更多的典籍密卷。

顾俟城下山后，拉出寄放在迎客亭的骏马，翻身骑上，飞驰回城。

此时的河洛城依然繁华，空气中却弥漫着紧张的气息，所有人都不时能听到施展术法的轰鸣声和伤者的惨叫声。路上的人都目露惊惶，行色匆匆，两旁店铺的门都半开半闭，似乎随时准备关门保平安。

顾俟城双眉紧皱，纵马疾驰，朝着卫怀定给出的地址冲去。

那里是西市，有不少外地和外邦的术士聚居于此。他们在河洛一些老术士开办的学馆里学习，努力地提高自己的术法水平，一向安分守己，最近却频频被北司的暴徒小队骚扰。即便没有任何证据，他们只要说一声"看起来可疑"，就会把术士拖出来暴打。这里许多术士是低阶，又生性善良，遵纪守法，根本不是他们的对手，常常被打成重伤，若是拼命反抗，就会被他们绑回北司大狱，遭受酷刑，往往屈打成招，蒙受不白之冤。

这种情况从昨天开始发生。

韦长生从北司大狱里放出来的全是穷凶极恶的重犯。他命他们相互搏杀，胜者成为北司捕快，败者被丢回牢中，自生自灭，北司官吏与捕快对此意见极大，均被他强力镇压。他倚仗袁天师的支持，让这些暴徒小队在河洛大肆搜捕，遇到可疑术士当即逮捕拷打，宁可错杀，不可放过。

暴徒小队的成员在出狱前都服下毒药，必须依靠韦长生每个月给的解药才能存活，因而全部对他唯命是从，忠心耿耿地当打手，将河洛城搅得天翻地覆。

卫怀定和谢图南一开始都没反应过来，还以为北司查到了大案，才会在河洛城全面搜捕，因而还主动避让，约束下属不要与北司捕快发生冲突。谁知那些人变本加厉，比凶徒还残忍，不遵律法，不守规矩，胡作非为，根本不是北司以往的作风，两个人这才察觉不对，立刻展开调查，方从顾俟城的几个心腹下属口中得知荒唐至极的真相。他们一边派人出去阻止暴徒小队无端行凶，一边通知顾俟城。

等到顾俟城赶到西市的术士聚居区，这里已经成为激烈搏斗的战场，满大街都倒着生死不明的人。对战的术士正互斗术法，火球横飞，水柱呼啸，风卷残云，飞沙走石。卫怀定与谢图南的人已经疏散了普通平民，周边坊市的水龙队也已赶来，躲在远处，随时准备救火。

顾俟城看着乱七八糟的现场，不禁勃然大怒。他从马上跃到屋顶上，向前跑几步，站在屋檐上，双手环抱，往外猛推，一片熊熊大火轰地铺展开来，卷向那些肆无忌惮地发出大招的暴徒术士。顾俟城对这些从北司大狱里出来的犯人非常熟悉，发出的术法相当精准，没有波及任何一个无辜术士。

那些暴徒大都是中阶术士，对欺压低阶术士和普通人都相当热衷，正觉得过瘾，忽然威压当头，火海席卷，让他们反应不及，猝不及防间被烧得一阵惨呼。他们有的倒地翻滚，有的放出一片水花给自己灭火，有的大声叫骂，有的回头反击，都是一阵手忙脚乱。

顾俟城气得脸色铁青，一个字都不想多说，又施展术法放出一团旋风，风中夹杂着锐利的破法锥，向所有暴徒术士攻去。

短短的几息过后，那些穷凶极恶的暴徒术士全部栽倒在地，再也动弹不得。

卫怀定与谢图南指挥下属将那些人全部捆上。

被绑住的那些术士都是亡命之徒，此时非但不惧，反而破口大骂。金吾卫官兵和南衙捕快本就对他们的所作所为十分恼怒，此时抬手就是一耳光，斥责道："闭嘴！"那些人骂得越凶，他们打得越狠，场面一时非常混乱。

顾俟城从屋顶上跳下来，对谢图南说："先将他们关进南衙大狱。"

谢图南点头："好。"

卫怀定有些担忧："北司恐怕会来要人。"

谢图南一脸坚毅："他们都是重案犯，北司不关，我来关。"

顾俟城想了想："大哥在南衙腾出几间牢房，我去布置好术法禁制，再给他们戴上禁法链，就不怕他们越狱了。至于北司，我会找我师父颁布禁令，不允许他们再将囚犯放出来为北司办案。北司若要增加捕快，自有章程可依，任何人都不许乱来。"以前他那般无法无天，肆无忌惮，也没私放过北司囚犯出来办事，韦长生看上去老实木讷，没想到居然如此胆大包天，让他相当震惊。

谢图南心里微松："好，三弟随我一起回南衙。你是我们南衙客卿，若是北司真来要人，你也可以名正言顺地帮大哥挡一下。"

"没问题。"顾俟城关切地叮嘱，"大哥、二哥都把我给的防御法器戴在身上，以保证安全。"

卫怀定拍拍他的肩："都戴着呢，你别担心。你跟大哥先回南衙，我带人再四处转转。"

顾俟城问他："其他地方还有类似的凶徒闹事吗？"

卫怀定轻叹："肯定有，但人数不会太多。今天他们主要就是在这里没事找事，以欺凌弱小术士为乐，散布在外面的暴徒人数应该不多。"

"那就好。"顾俟城点头，"如果需要支援，立刻通知我。"

"行。"卫怀定摆摆手，看着南衙捕快拉着那些被俘的凶徒走了，随即指挥金吾卫官兵去救护伤员，又招手让水龙队过来灭火。

顾俟城骑上马，跟着谢图南回南衙，一边走一边拿出传信玉简，给温不劫写信："师父，韦长生疯了，您知道吗？"

温不劫正在摘星台上闭关修炼，没有回复。顾俟城没等到回音，估计师父有事，便收起玉简，心里盘算着要怎么找韦长生算账。虽说一朝天子一朝臣，韦长生做了北司典狱长，想要培养自己的班底无可厚非，但也不能这么乱来啊！

进了南衙，谢图南马上将一些牢房腾空交给顾俟城，让他在里面布下禁锢术法。顾俟城在北司多年，闭着眼睛都不会弄错禁锢术法，动作飞快，只用了两个时辰便全部完成。谢图南将抓来的二十几个暴徒术士关进去，这才松了一口气。

顾俟城拍拍手："大哥，我今晚就住在南衙，你给我安排一间房吧。"

"行。"谢图南没有拒绝，"你就住在隔壁吧。如果有什么事，咱们兄弟并肩子上。"

顾俟城开心地笑了："好。"

谢图南带他出去："走，我们去用夕食。"

现在，南衙上上下下都十分信服他这个典狱长，灶上的厨子知道他要留下用膳，便铆足了劲，精心做出来四菜一汤，外加一盘子胡饼。

顾俟城与谢图南单独坐一桌，边吃边说："你们南衙的厨子厨艺不错。"

"喜欢就多吃点儿，吃饱了好干活。"谢图南拿起一张胡饼，大口地吃着，"北司肯定很快就要来人，咱们还有场硬仗要打。"

"我可不怕韦长生。"顾俟城喝了两口汤，突然想起什么，低声问道，"那个玉玲珑，你有没有叫人一直盯着她？"

谢图南如常吃喝，声音却也压得很低："有。南衙捕快身手不行，缉盗的手段不高明，我去找了刑部总捕头，请他派高手去盯着，但是根本盯不住。那玉玲珑极为狡猾，看上去弱不禁风，但常常走着走着就没影了，也不知用了什么障眼法。"

他最后一句话纯属顺口一说，并无他意，顾俟城却猛然醒觉："大哥，我觉得那玉玲珑很可能是术士。"

谢图南一怔，随即恍然大悟："极有可能。此女做宜春楼假母的时候叫大玉儿，人称玉娘子，现在做周国公的外室，改名叫玉玲珑，别人依然称她玉娘子。这说明，此女心高气傲，有恃无恐。

作为一个身份低微的女子，她有什么底气如此胆大妄为？不只是因为有周国公为她撑腰，她完全不像是一个依附男人而张狂的女子，反而更像是一个因为自身实力超群，所以无所畏惧的女子。我看她的行为举止不像是一个练家子，如果是术士，倒是很符合她的所作所为。"

顾俟城得到他的肯定，心里更加疑惑："一个术士，先是去做青楼假母，接着一把火烧了自己的楼子，再去给男人当外室，这是什么路数？"

谢图南一锤定音："她身后有人，且所图甚大！"

"嗯。"顾俟城微微皱眉，"左右我现在无事，明天我去盯着她，看她到底在搞什么鬼。"

"也行……"谢图南的话还没说完，外面就响起一阵喧哗声。

顾俟城与谢图南对视一眼，默契地没有吭声，心里都明白，肯定是北司来人了。两个人慢条斯理地喝完肉汤，拿起巾帕擦了擦嘴，这才起身往外走。

大堂上，南衙捕快正与北司捕快对峙，双方互相指责，闹得不可开交。顾俟城大步流星地走进去，便看见北司的领头人并不是韦长生，而是寇德容。他身后跟着的捕快除了吕华清外，其余都很面生，顾俟城只依稀记得都是北司的外围人员，自己并不熟悉。

寇德容年近不惑，在北司已经干了十余年，经验丰富，沉稳干练，一向是顾俟城的左膀右臂。自从韦长生过来替代顾俟城后，他立刻倒向新典狱长，依然忠心耿耿，很快被韦长生当成心腹。顾俟城听说此事后，虽然略感怅然，但也理解，并不怪他。

此时，寇德容看到顾俟城，立刻恭敬地上前行礼："顾大人，您在这里就太好了。"

顾俟城摆摆手："不必多礼。你来南衙做什么？"

寇德容拿出一张公文递给谢图南，对他拱了拱手："谢大人，术士案犯都归我北司管辖，请将你们今日抓捕的术士交给我们。"

谢图南接过公文看了一眼后，便扔到一旁的桌上："交给你们，然后让你们再放出去吗？你们罔顾国法，助纣为虐，我南衙怎么敢将犯人交给你们？明日谢某会正式行文太史局，定要让北司给皇上、众臣、那些无辜的术士、南衙和金吾卫的伤者以及河洛百姓一个交代。"他声色俱厉，气势如虹，显然不会交人。

寇德容有些尴尬，忍不住看向顾俟城，见他沉着脸一言不发，只能强笑着解释："谢大人误会了。那些术士是归顺了咱们北司的，就和朝廷对土匪招安是一样的。他们用暴力手段去对付阴险狡诈的幽都密谍，正是以毒攻毒，若是在办案过程中造成了额外损伤，咱们自有章程善后。当然，谢大人既然认为他们有罪，我北司也不会姑息养奸，这就将他们带回去关进大狱，以儆效尤。"

他这一番话有理有据，听上去情有可原，谢图南却不肯接受："你们回去吧，这些人暂时被关在南衙，等我审过后，再行定夺。"

寇德容满脸为难："这……谢大人，当初我们顾大人抓了人，您认为犯人不是术士，到我们北司来提人，我们顾大人也交给您了。现在我北司要带走术士案犯，天经地义，您却上来拦阻，实在是于理不合。"

谢图南霸道地说："既然要说理，自然就得照章办事。这样吧，你让太史局行文刑部，由刑部正式发文至南衙，我们才能将人交给你们北司。"

寇德容看向顾俟城："顾大人，您看……？"

顾俟城面无表情，冷淡地说："我看可以，就这么办吧。"

寇德容被噎住，半晌才勉强点头："那……属下便回去禀报韦大人。"

谢图南轻轻地一抬下巴："可以，你去吧。"

寇德容只得带着北司的人离开。谢图南等他们出了大门，才冷静地吩咐周围站着的官吏与捕快："今晚守卫的人要比以往多三倍，密集巡逻，以防夜袭。值夜者每个时辰换一次班，每班三个人——主簿、评事、录事、司直、司狱、司务轮流值守。从亥时初刻开始到明日辰时初刻，一共五个时辰，大家都把眼睛给我睁大了，一刻都不许打盹。"

"是。"众人领命，立刻各自去安排。

南衙自从上次被大火烧了大半个衙门后便吸取教训，重建时基本不用木材，墙壁全部用石条砌成，以糯米灰浆黏合，还请术士在上面镌刻了防御与防火符文，与北司的一样牢固。但南衙众人依旧不敢掉以轻心，特地重新定好值夜人选，严格划分了巡逻的班次与路线，务必做到万无一失。

顾俟城与谢图南回到典狱长的签押房，坐下饮茶。谢图南批阅公文，顾俟城翻看盯梢玉玲珑的暗探每天的密报。有杂役送上一盘洗好的苹果，两个人各自伸手拿起一个，也不削皮，便直接啃了。香甜的汁水滚下咽喉，让夏末秋初的炎热都减轻了几分。

顾俟城看完密报后，抬头对谢图南说："这个玉娘子肯定是术士，而且是一个高手。她应该能感知到盯梢的人，因此可以随时甩掉他们，不会让他们察觉到任何破绽。大哥，你让盯她的人撤了吧，我明天亲自去盯。"

"行。"谢图南起身出去，吩咐心腹去刑部给总捕头送信，让他们从今晚开始就不用再盯人了。

交代完后，他又回来，铺开河洛城的舆图仔细研究。顾俟城瞧了一眼，随口问道："最近有什么大事吗？需要在河洛布防吗？"

谢图南边看舆图边说："年初西北戎狄进犯边关，刚刚养好伤的虎威将军盖大人被皇上派往西北边关。盖将军指挥若定，骁勇善战，大败戎狄。皇上命盖将军班师回朝，献俘于朱雀门。盖将军今日已到城外，明日会入城献俘，届时万人空巷，城防很麻烦。这两天又遇到北司那帮不省心的暴徒术士，就怕到时候他们不管不顾地闹出事来，我和二弟都要有麻烦。"

"哦，盖将军啊。"顾俟城想起去年师父与大巫师青虚子的空中激战，对虎威将军盖玉树记忆犹新，"我听说，皇上会将盖将军留在河洛，任命他为南大营大统领，守卫京师。"

"是有这个说法。"谢图南拿起狼毫，在一张宣纸上飞快地写下明日的注意事项，接着才道，"南大营与西大营一样，都很重要。之前的大统领出自顶级门阀谢氏，高贵自傲，不太听皇上的话，令皇上不喜。经过数月博弈，皇上压制了士族，终于能够起用寒门出身的盖将军。"

"原来是这样。"顾俟城恍然大悟，"西大营的大统领也是出自顶级士族欧阳氏。这些人都有清高自傲、眼高于顶的毛病，皇上用起来不顺畅，自然要换人。"

"是啊。"谢图南笑了笑，"便是你我和二弟，在他们眼里也与奴才无异。在他们眼里，除了顶级门阀中人，还能看得起谁呢？"

顾俟城点点头，却毫不在意。他作为一个来历不明的孤儿，比卫怀定和谢图南还要让那些达官显贵看不起，但他从不在乎。听了谢图南的话，他忽然想起数月前在芙蕖园看过的一幕，不由得笑道："才子才女还是挺让他们看得起的，譬如，诗仙李青莲。"

"那倒是。"谢图南也想起了当时的盛况，"听说他不只是诗仙，还是剑仙。"

"这么厉害？"顾俟城不信。

谢图南肯定地说："真的。我以前在江南办案的时候，看到他力战十余个匪人，将他们杀得抱头鼠窜，他确实是有真功夫，不是花拳绣腿。"

顾俟城赞赏地笑道："真没想到，看来是我先入为主了。"

两个人聊了一会儿李青莲后，话题又转到玉玲珑身上，后来又说了说上官令。如此天南海北地闲聊了一会儿，两个人将桌上的东西都收拾好，便各自回房洗漱，上床睡觉。

用石头盘的炕靠墙，紧挨着窗户，上面铺着一层竹席，顾俟城吹熄油灯，脱下外衫，穿着中衣躺下，很快就睡熟了。谢图南忙了一天，非常疲倦，也睡得很快。

南衙的前衙和后面的大狱也都安静下来，只有值房里坐着三个官吏。其他人都没回家，挤在休息室里的大炕上，抓紧时间睡觉，以便按时起床值夜。犯人们都在牢房里躺得横七竖八，呼呼大睡，牢门外不时有巡逻的狱卒和捕快走过，守卫得相当严密。

樵楼上的更鼓在静夜中按时被敲响。三更之后，河洛城陷入一片黑暗与寂静中。四更鼓敲响时，顾俟城猛然惊醒，无暇思索，迅速地滚到一旁，躲开了射过来的暗器。他抓住枕边的软剑，唰地拔出剑来，向外挥去，同时左手打出印诀，一条火龙咆哮着冲出，照亮了漆黑一团的房间，清晰地映出四个蒙面黑衣人的身影。

他们手持法器，双手掐诀，共同施展出术法。一根粗大的藤蔓忽然从地底钻出，将地板粉碎，张牙舞爪地卷向顾俟城。一颗颗火球连续不断地砸向床榻，点燃了枕头、床褥、竹席和木制窗格。一片淬毒银针混在火球之间，暗中向顾俟城射去。一团团毒雾悄然弥漫，向顾俟城席卷而来。四个人一出手就是大招，显然打算以雷霆万钧之势灭杀顾俟城，他们的实力都很强，身法灵活，气势汹汹，令顾俟城压力倍增。

顾俟城的身上只穿着一套细棉布做的中衣，但脖子、手腕、发髻和腰上的法器都没被摘下来，此时一起发动，为他抵挡了大部分攻击。他在床上闪转腾挪，灵活异常，闪避开部分攻击后，他立刻腾身而起，冲向其中一个黑衣人。他施展出跟卫怀定学的小巧擒拿之术，与那个黑衣人缠斗，同时不断变换方位，让其他三个人投鼠忌器，不敢再随意发出大招。

那三个人纷纷换招，拔出长剑、短刺或弯刀等法器，配合那个被顾俟城针对的黑衣人与他激斗。

打斗的声音很快惊醒隔壁的谢图南，他拔出重剑便冲过来，同时发出信号，召唤南衙捕快前来支援。经过顾俟城的指点，他已掌握对付术士的诀窍，就是发动一轮又一轮的快攻，让他们无暇掐诀捏手印，也就使不出术法。

他当机立断地冲进房间里，重剑一挑，将两个黑衣人圈过来。他剑风霍霍，将两个黑衣人围得密不透风；剑势沉重，让两个黑衣人不敢与他兵刃相击，不免有些束手束脚。

顾俟城压力锐减，身法更显轻灵，一手执长剑，一手放术法，与两个黑衣人斗得旗鼓相当。

石床上的床褥枕头和旁边的窗户上燃起的火虽然凶猛，却有大块石头阻挡，无法蔓延开去。火光照亮了房间，激战的六个人都一声不吭，只是一味地猛攻。鲜血不时飞溅，顾俟城和谢图南的白色中衣上都是斑斑红痕，却不知是谁的血。

　　双方你来我往，顷刻之间就过了数十招。突然外面的过道上传来凌乱的脚步声，南衙的援兵赶来了。一个黑衣人做了个手势，另外三个黑衣人立刻与他同时收招后退，飞身跃上被烧成一片的床榻，撞开已被烧毁大半的窗格，迅速地消失在夜色中。

第十二章

石破天惊

今夜繁星满天，星光笼罩着黑暗中的河洛城，事物的轮廓隐约可见。城中到处都是暗影，让顾俟城如鱼得水。

影遁术是幽都独有的秘术，这与幽都人的体质有关，他们一代又一代地生长在地底下，与黑暗天生契合。地面上的术士大多精于五行遁术，尤其是土遁和木遁，对影遁术却不擅长，也很难侦测或感知到影遁。

虽然四个黑衣人都蒙头盖脸，紧身短打的衣裳鞋袜将身体遮得严严实实，只能看到露在外面的双手，顾俟城依然能辨认出其中一个是女子，便偷偷地紧随其后。因为穿着一身白色中衣，他行动间特地藏在阴影中，避免暴露在星光下。

顾俟城追踪的黑衣人体态修长，飞掠间有种娇柔的风情，打斗时却出招狠辣，角度刁钻，好几次都差点儿重伤他，让顾俟城印象深刻。他竭力收敛气息，如风一般在阴影间移动，跟着黑衣人走街串巷，翻墙上房。

黑衣人很少左顾右盼，一看便是自恃实力强大，无所畏惧，很快越过朱雀大街，翻墙进入富豪云集的兴化坊，跳进一座精致的宅院里。顾俟城随后跟着翻墙进去，悄悄地隐匿在暗处。借着星光，他看到院子里有雕梁画栋的正房，旁边有庭院水榭，远处有马厩和仆人住的倒座房。

黑衣人进入正房后不久，里面便亮起了烛光，窗纸上时而映出人影，显然里面的人在走动。顾俟城判断此人是在更衣，立马抓准时机，腾身跃起，犹如一道轻烟掠过，一剑劈开窗户，冲进房内。

那黑衣人确实正在更衣，夜行衣被脱了一半，露出里面血迹斑斑的白色中衣，显然伤得不轻，头上的面罩已经被拿下，如云的秀发披散在肩上。见到有人肆无忌惮地劈窗而入，那人恼怒地转头看来，一张桃花面似喜似嗔，一身媚骨天成，风情万种，此人正是曾经的宜春楼假母、现在的周国公外室玉玲珑。

顾俟城冷笑一声："好一个玉娘子。"

玉玲珑用力一挣，将束缚着自己的夜行衣绷裂，随即抬手捏诀，挥出一串串火球。顾俟城飞身闪开，手中的淡青色长剑划过，直刺她的右腹。玉玲珑翻身避让，探手从桌上抓起一对分水峨眉刺，行云流水般地将圆环套在双手中指上，随即与他斗在一起。她虽是术士，施展的却是刺客专用的刺杀术，身法轻灵诡谲，一对峨眉刺拦、刺、穿、挑、推、铰、扣、拨、扎、架，招招不离顾俟城的要害。

顾俟城剑法轻灵，身随意走，瞻之在前，忽焉在后，左手时常突出奇招，捏诀放出火龙、冰锥、土刺，令她不得不闪避，从而打乱她的身法，破坏她的节奏。

两个人激战了一炷香的时间，顾俟城便摸清了她的路数。他将左手食、中二指并拢，指向自己的胸口，然后果断握拳，施展"灵犀一点"术法。突然，一道紫光从他的胸口冲出，笼罩他的全身，让他的实力陡然提升了一倍。他气势大盛，立刻将玉玲珑压制住，趁她身子一僵，无力还招之时，长剑如一泓秋水，无声无息地刺入她的左肋，自肋骨间向上一挑，刺穿了她的肺。

玉玲珑扑哧一声喷出一口鲜血，随即软软地倒下。顾俟城却没有上前，只是警惕地站在原地，看着倒在地上的玉玲珑。她腰身折成优美的弧线，脸色苍白，却依然美艳动人，仿佛即将凋零的娇艳花朵。

她看着顾俟城，不停地咳呛出血沫来，见顾俟城丝毫没有怜香惜玉之心，一直握剑站在原地蓄势待发，没有丝毫松懈，不由得自嘲地一笑："师父以前总是告诫我们，善泳者溺于水，是我太过自大了。"

顾俟城冷冷地问："说吧，你是谁？"

玉玲珑眼波流转："左右都是死，我为什么要告诉你？"

"那你就死吧。"顾俟城不想跟她废话，直觉认为她依然危险，因此连留下她审问的心思都没有，直接甩出长剑，插进她的心脏里。

玉玲珑没想到他会这么干脆利落，身子一颤，当即气绝身亡。

顾俟城这才接近她，抽出长剑，在她的衣服里摸索一遍，便起身搜查房间。除了贵重的摆设、珠宝首饰、华丽的衣裙，他没找到任何有价值的东西。

现在五更已过，他没再耽搁，出了院子后便越墙而出，仍然施展影遁术，迅速回到南衙。

这里灯火通明，谢图南尚未返回，只有南衙主簿陈大庆在主持大局。见到顾俟城回来，他连忙关心地问："顾大人，您受伤了吗？"

顾俟城看了看衣服上的血迹，淡淡地道："都是皮肉伤，不碍事。你忙你的，我去谢大人的房里等他。"

"好。"陈大庆没有多说，继续指挥南衙官吏和狱卒、捕快办事。

顾俟城的衣裳都被烧得干干净净，他只能在谢图南房里翻出一套衣裳套在身上，虽然有些大，但扎好腰带，也看不出什么不妥。他全身都有小伤口，多是被刀风或剑气所伤，玉玲珑的峨眉刺也给他划出了不少小口子，但都是表层的小伤，已经不再流血，连包扎都不需要。

屋里点着油灯，他坐在炕上喝水，仔细地回忆四个黑衣人刺杀他时的一举一动，分析他们究竟是什么人。他资质绝佳，有过目不忘之能，外加在北司多年，洞察力也长进了不少，这时仔细思索，很快就回忆起与乌月照的最后一战，那七个突然出现的黑衣蒙面人。虽然当时那七个黑衣人没用术法，而是组成了七星剑阵，可依然有一些个人特有的小动作、小习惯在这次前来夜袭的四个黑衣人身上有所体现。这说明，前后两次针对他的围杀都是同一批人干的，而且他们都是高阶术士。

他又仔细地回想那些已知的高阶术士，一时却找不到相似之人，转而想到玉玲珑，不禁微微皱眉。那些人很可能与玉玲珑一样，平时以别的身份活动，从不显露术士身份，暗地里犯案的时候才会黑衣蒙面，使用术法。

想到这里，他心念一动，陡然忆起乌月照和温不劫曾经提到过的太史局秘密组织"北斗"。这些人是北斗里的人吗？他们为什么要刺杀自己？是消除异己还是察觉自己来自幽都？为什么河洛百姓对幽都一无所知，官方对幽都讳莫如深，而太史局对幽都却满怀恶意，视为敌人？大宁对心怀叵测的外邦都如此宽厚，为何却不容对大宁秋毫无犯的幽都存在？顾俟城思绪起伏，心乱如麻，百思不得其解。

　　顾俟城正在苦苦思索之时，谢图南回来了。他也穿着染血的中衣，自觉不雅，便回房先换衣裳，看见顾俟城已经回来了，便一边换衣服一边问："你那边怎么样？"

　　顾俟城轻描淡写地说："我跟的人是玉玲珑。她负隅顽抗，我已经把她杀了。"

　　"哦。"谢图南想了想，"杀就杀了吧。我跟的人回了西市的福兴赌坊，看他的身形，应该就是赌坊老板钱满仓。我没惊动他，确认他进赌坊后没再出来就回来了。"

　　"也好。"顾俟城想了想，"我等下就去盯他。"

　　谢图南看了看他："你伤得如何？"

　　"都是小伤。"顾俟城也看向他，"你呢？"

　　谢图南满不在乎地道："我也都是皮肉伤，衣裳上大多是那些杀手的血。"

　　"那就好。"顾俟城懒洋洋地探手抓住他的手腕，给他把了把脉，这才放下心来，"你还是给伤口抹点儿药膏，免得伤势恶化。"

"嗯，我知道。"谢图南拿过桌上的一个空碗，倒了一碗热水，一饮而尽。

顾俟城站起身来："行吧，那我先走了。回头有事的话，你就给我传信。"

谢图南问他："不用朝食了？"

"你这里乱作一团，哪里还有什么朝食？我出去吃。"顾俟城边说边往外走。

谢图南也知道现在南衙大乱，需要做的事有很多，就不再留他。

顾俟城先回谢府，拿出药膏给自己身上略大的伤口上了药，然后换上干净的中衣和外裳，这才出去，走到熟悉的扁食摊子吃馄饨。

他低声问："上头有什么消息？"

那个憨厚的老板一边煮馄饨一边说："您的使命已经完成，可以回幽都了。"

"嗯。"顾俟城喝了一口热汤，"那你呢？什么时候消失？"

他身份特殊，和幽都一直是单线联系。在河洛，除了这个扁食摊老板，没人知道他是幽都最重要的密谍"静女"。既然如今他的使命已经完成，那这个上线也该消失了。

"您放心。我今天就会带着一家人离开河洛。"老板将会改头换面，在河洛附近的小镇上经营一家客栈，算是半退休了。

"很好。"顾俟城扔下几个铜板，起身走了。

老板等他走远便收了摊子，带着全部家当和妻子儿女，乘坐牛车出了河洛城，向南行去。

顾俟城只觉得一身轻松，抬头看看蔚蓝色的天空，再看看街道两旁那些叶子已经变得金黄的大树，只觉秋高气爽，天高云淡，心胸更加开阔，心境似乎又有所增长。

他用了障眼法，让自己的存在感变得很不明显，然后走进西市。福兴赌坊大门对面有个茶肆，他便进去，要了个靠窗的小室，在里面坐着，叫了茶汤和茶点，然后关上门，随手布上隔绝禁制，随即拿出罗盘，施展谛听术。

他以前多次到福兴赌坊办案，对里面的布局了如指掌，因此可以使用谛听术找到钱满仓所在的位置。

赌坊通常下午才营业，一直到晚上宵禁才打烊，这时钱满仓仍在卧室，抱着一个少女正在翻云覆雨。顾俟城听了一会儿，确认那女子只是一个普通人，除了叫床和讨好就没别的动静，便暂时中止谛听术。

之后每隔一炷香的时间他就施展谛听术，看看钱满仓在干什么。钱满仓的举动一直很正常，在床上玩够了就起身用朝食，然后叫来赌坊管事，问问昨夜的经营情况，有无异常。

直到巳时，有一个瘦瘦小小的中年男子匆匆地走进赌坊。他同样施了障眼法，外貌有些模糊不清。顾俟城立即施展清障术，看清了他的容貌。此人乃鬼市神秘的有间杂货店老板屠三良。

这个奇特的杂货店坐落在鬼市一个偏僻的角落里，只在晚上戌时初刻至子时三刻开门，而且并非每天都开，每个月随机开个五六天，顾客有缘才能碰到。

杂货店里面什么都卖，杀人放火、致人残疾、拐卖人口、探查秘密、助人逃亡、帮人走私、伪造证物、取物、制造意外事故等，但屠三良本人并不动手，而是作为中间人，寻找适当的人去做他们擅长的事，他只在中间收取一定的介绍费。有人在事成之后企图赖账，结果没过两天就神秘消失了，还有杀手在接了定金后办事失败，企图逃走，也被离奇地灭杀。在鬼市，大家都很忌惮屠三良，认为他手段阴狠、防不胜防，没人敢蒙骗他，更没人敢赖他的账。

一般人自然不知道屠三良的真面目，顾侯城因为多次在鬼市进出办案，好几次在晚上看到有间杂货店开门营业，所以见过屠三良本人。他很瘦削矮小，气质阴沉，吊梢眉、三角眼、鹰钩鼻、皮肤黝黑，满脸皱纹，年龄很难界定，从三十岁到五十岁都有可能。因为关于有间杂货店的种种都是传说，顾侯城并没有找到任何屠三良与罪案相关的证据，所以他从来没有跨进过有间杂货店的门槛。

这时，屠三良直奔钱满仓的房间，坐下来便道："瑶光死了。"

钱满仓震惊地问："什么时候？在哪里？"

"应该是昨夜一回去就被杀了，就在她的房里。天枢去看过了，她身上中了两剑，一剑刺穿右边肺部，一剑穿心而过。"

钱满仓叹了口气："看来凶手是一个行家，实力高强。"

屠三良的声音有些阴森："天枢说，看她身上的剑伤，很像顾俟城惯用的那柄软剑造成的。"

钱满仓似乎有些难以置信："顾俟城？难道他昨夜跟踪瑶光了？"

屠三良肯定地说："他昨夜确实紧跟着你们出去，大概一个时辰后才回南衙，不知道去了哪里，是否跟踪了瑶光。"

"那就一定是他。"钱满仓的声音里有些怒意，"天枢怎么说？什么时候再去杀顾俟城？"

"天枢的意思是，先以杀人罪抓捕他，将他关进北司大狱后，再来炮制他。"

"很好。"钱满仓自然赞同，"一定要让他好好尝尝他自己的那些手段。"

"这样干的话，你我就插不上手了，天枢会带着天权去抓人。顾俟城已经离开南衙，也不在谢府，目前去向不明。你吩咐手下的那些人留意一下，如果看到顾俟城，立刻报告北司。"

"没问题。"钱满仓一口答应，然后说，"你也在鬼市发高额悬赏，看到他就报消息的、协助抓他的或杀了他的，各有重赏。"

"嗯，我会的。"屠三良没再多待，只喝了一杯茶便匆匆地离开。

顾俟城立刻做出决断，出来抓了一把铜钱放到柜上，离开茶肆，悄悄地跟上屠三良。现在他已经明白了，前后两次想要灭杀他的黑衣人都来自北斗，这些神秘的高阶术士明面上都有普通人的身份，就像幽都密谍，就像他自己。

想到天枢就是当年指使幽都五煞暗杀父亲的幕后黑手，想到除了在鬼市和昨夜还有几次莫明其妙地遭到黑衣蒙面人围攻，他便怒火中烧。北斗视他为敌，那他们也就是他的敌人。

顾俟城跟踪屠三良进了鬼市，看着他打开有间杂货店的门，进去关上门后便再无动静。顾俟城找了个隐蔽的地方蹲守，然后掏出与温不劫的传信玉简，给温不劫写信："师父，你在吗？"

过了一会儿，温不劫回信："昨天韦长生发疯的事情我已经知道了，正要去找你袁师叔，非得重惩韦长生那个小兔崽子不可。"

顾俟城立刻飞快地写道："师父，弟子有急事要您帮忙。您能帮我查一查北斗组织成员具体的身份吗？我等着要。十万火急！"

温不劫不解："你要那个干什么？"

顾俟城实话实说："昨夜有几个黑衣蒙面人闯进南衙围杀我，我怀疑他们来自北斗。您去悄悄地帮我查一查，别让袁师叔知晓。"

温不劫震惊地回道："什么？北斗来杀你？好，你等着，我这就去查！"从字里行间可以看出，他对企图伤害宝贝徒弟的人非常愤怒。

"谢谢师父！"顾俟城收起传信玉简，心情稍微好了一些。

与此同时，韦长生带着寇德容、吕华清和一些新晋术士到南衙要人。他看着谢图南，沉声道："顾俟城何在？"

谢图南同样面沉如水："有何贵干？"

韦长生从吕华清手上拿过通缉令，抖开后举到谢图南面前："顾侯城乃幽都密谍，昨夜还潜入玉娘子家中将她残忍杀害，实在是罪大恶极，我们要将他抓捕归案。"

谢图南扫了一眼通缉令，怒道："什么幽都密谍？什么玉娘子？你有什么证据说顾大人是幽都密谍？又有什么实证证明他杀人了？"

韦长生冷笑："咱们办案，难道不是先抓疑犯，然后再审吗？谁会在抓人的时候出示证据？谢大人，您可不要徇私枉法，违反大宁铁律。"

谢图南立刻冷静下来，平淡地说："顾大人不在南衙。"

韦长生追问："他去了何处？"

谢图南漠然地答道："不知。"

韦长生盯着他良久，见他岿然不动，只得冷哼一声，拂袖而去。

摘星台的三十二层，温不劫本来正在用千里镜观看盖玉树的献俘仪式，就接到了顾侯城的传信。

他心里震怒，将千里镜一收，乘坐通天柱里的升降台到达十五层，直接进入文藏戒，找到司文监正郭鸦儿，对她说："我要查阅十九层的密卷。"

郭鸦儿是一位女术士，今年已经二十三岁，尚未婚配。她生得温婉可人，也有术士天赋，只是文静细致，不喜争斗，于是在摘星台主管文牍，从不出战。她十六岁入太史局后就一直在文藏戒兢兢业业地当差，从没出过任何差错，稳稳当当地从拾遗一路升到司文监正，品级虽不高，却是温不劫和袁天师都信任的人，管着整个文藏戒并独掌密卷文库，地位稳固。大宁除了宫中有女官外，就只有太史局有少量的女术士有官职，说起来也是很宝贵的小娘子了，太史局里有不少术士对她表示好感，她却心静如水，并未答应任何人的提亲。她父母也宠她，任由她决定自己的终身大事。

看到温不劫，她立刻起身相迎，对他的要求自然毫无异议："温大人是去十九层直接查阅，还是下官将密卷拿到三十二层给您？"

"不必那么麻烦，去十九层。"温不劫一向不爱摆官架子，更不喜欢麻烦。

"是。"郭鸦儿立刻从抽屉里拿出一串密钥，跟着他乘坐升降台到达十九层。

这里只有一条狭小的过道，两旁都是放置密卷的房间。每个房间都有层层叠叠的禁制术法加持，除玄微子这样的大宗师外，所有人没有密钥都无法进入房间，包括温不劫和袁天师。

走出升降台，郭鸦儿恭敬地问："温大人，您要看哪方面的密卷？"

温不劫直接道："有关北斗的。"

虽然北斗是绝对机密，并且由袁天师执掌，但温不劫是太史令，原则上是可以过问的。这也是互相监督：北斗暗中监督太史局的术士，防止他们以权谋私，仗势欺人，同时执行秘密任务；温不劫监督北斗组织，不允许当中的成员倒行逆施，暗中作恶。

温不劫信任袁天师，从不过问北斗的事务，此时想要查询，也在他的权限之内，郭鸦儿毫无异议，立即带他走向最深处的一个房间。她找出密钥，插进机关重重的锁孔，向左转三次，向右转五次，再向左转一次，然后拔出密钥。门后面响起机关开启的咔咔声，几息之后，房门才被缓缓地打开。

两个人走进去后，房门自动关闭。郭鸦儿看着墙边的一排排小柜子，问温不劫："温大人，您要查阅有关北斗的什么密卷？"

温不劫也看着那些小柜子，平淡地说："先看北斗的当代成员名单。"

"好。"郭鸦儿走到柜子前，连续打出繁复的手印。

一个小柜子弹出来，里面放着一本册子。她拿起册子，掐诀解除上面的禁制术法，然后递给温不劫："温大人，您只能在这里看，不可带走，不可复制，不可泄露。"

"我明白。"温不劫坐到桌边，翻开册子看起来。

北斗的正式成员只有七个人，另有候补七个人，若是正式成员死亡或伤残退位，便有候补成员补上。每个新成员上面会标注老成员的身份与情况，来龙去脉都很清晰。

因北斗成员不多，温不劫只用了一盏茶的时间便将册子全部

277

看完。他对于北斗成员的身份有些惊讶，表面上却神色如常。看完后，他又调阅了北斗最近两年的密档，仔细看了一遍，并未发现刺杀顾俟城的行动记录。

他略感疑惑，继续调阅北斗二十年来的行动，尤其是专门针对幽都的行动，发现了其中一段十六年前的往事。年轻气盛的天枢被派到幽都办差，收买幽都五煞，成功刺杀幽都城主顾秋水。袁天师事先不知情，等天枢返回河洛才得知此事，当即对他大加赞赏，并破例收他为亲传弟子。

顾秋水的亲弟弟顾长天继任幽都城主后，天枢又派瑶光潜伏到顾长天夫人身边，很快得到她的赏识，成为她的贴身大丫鬟。顾长天敬重发妻，常常会将一些幽都的政事告诉妻子，瑶光也借此得到了不少有价值的密报。十三年前，顾长天的妻子因病暴毙，顾长天伤痛之下大开杀戒，将侍候妻子的婢仆全部杀死，为其妻陪葬。瑶光来不及逃出，便死于顾长天掌下。

从那以后，北斗组织便再也没有派人进过幽都，而是致力于在河洛打击幽都密谍。他们宁可错杀，绝不放过，有不少术士被杀后都没有找到表明他们是幽都密谍的实证，但袁天师一向手段酷厉，对北斗的行事风格很是欣赏，导致他们变本加厉，大有顺我者昌，逆我者亡的暴戾倾向。

温不劫看到这里，明白了为什么韦长生会发疯，把北司的重案犯放出，让他们在河洛搅风搅雨，大肆抓捕所谓"幽都密谍"，而袁天师视而不见，并不阻止。

他紧皱双眉，合上案卷，要郭鸦儿调取有关幽都的所有重要密报。郭鸦儿便带他去了另一个房间，里面放的全是与幽都相关的各种密报，包括文字、舆图、画像，林林总总，将三面墙的抽屉与架子放得满满的。

温不劫静下心来，让郭鸦儿出去，自己在这儿慢慢地查阅。郭鸦儿自无不可，体贴地为他拿来茶壶、茶杯便离开了。温不劫在宽敞的房间里四处浏览，跳过那些密报，仔细地打量起架子上的标签。以前，他一直讨厌案牍工作，只是身为太史令，为了大局不得不批阅。现在，他更不想读这些零乱的密报，对他来说，跟撸袖子打架相比，舞文弄墨、钩心斗角反而更令他头痛。

转完一圈后，他想了想，鬼使神差地走到贴着"幽都历任城主"标签的架子前，从上面拿起画卷，打开来看。幽都自首任城主顾浩然开始，传承二十三代，直到现任城主顾长天，一直是顾氏嫡支嫡脉的子弟。河洛从来没有放松对幽都的监控，对历代城主都有详细的记载。

温不劫决定从后往前看，于是拿起的第一幅画卷中画的便是顾长天。他身形高挑，容颜俊美，气质飘逸，神情冷淡，似乎沉浸在自己的世界里，对外界的一切都很漠然。温不劫觉得他有些面熟，一时却想不起在哪里见过。

他看了顾长天的画像，又看了顾长天的儿子、幽都少城主顾临渊的画像，然后卷起来，放回原处，再拿起旁边的上任城主顾秋水的画像，缓缓地打开。

这是一个犹如骄阳的年轻男子,手握长剑,气宇轩昂,脸上笑容灿烂,让人见之忘俗。他生得很英俊,气质明朗,威仪天成。

温不劫看着那张与自己徒弟像了八成的脸,震惊之余不禁感慨万千。打开画像的那一刻,他差点儿以为画上的人就是他唯一的宝贝徒儿。他按捺下激动复杂的心绪,将画卷放回,拿起下面的小像展开。这是顾秋水的独子、上任幽都少城主顾羡鱼的画像,当时他才七岁,天真烂漫,活泼可爱,一张小脸与父亲极像,无忧无虑的笑脸极富感染力。

温不劫抬手轻抚画中孩童的小脸,想起当年在河洛捡到的那个倔强的少年,不由得长叹一声,心乱如麻,也没心思再看别的密报,将画像放回原处后便离开了这里。在他身后,房门自动关上,机关锁随即加密,然后重新归于沉寂。

温不劫回到三十二层,看着窗外的河洛全景,回忆着曾经看过的幽都的来历。

数百年前,大宁帝国的太祖皇帝机缘巧合之下得到了两件先秦时代由名师神匠用天地灵物打造成的珍宝——浑天仪和地动仪,一个护天道吉祥,一个镇四方灾厄,阴阳两仪保大宁万世太平。然而,当时的国师顾浩然逐渐发现,每当地动仪平定灾厄,其影响范围之内便会有不少人横死——灾厄并没有消除,而是以另一种方式降临了。

为了大宁子民的安危,太祖皇帝与国师反复商议,最后决定由顾浩然率领一群术士迁居地下,觅得一天然佳穴营建幽都,将地动仪置于其中。

此地虽不见天日，却有特殊晶石可发出荧光，滋养万物生长。它曾经是皇家禁地，没有皇上恩准，任何人不能擅入。

日复一日，年复一年，幽都和河洛的联系因为地脉的变动而渐渐地断绝，当年的知情者都以为幽都人已经全军覆没，便不再追查。

世人逐渐遗忘了地下的城市，而幽都也与世隔绝。幽都城主世代相传，默默地遵循着地动仪的规律。只有幽都城主才知道，幽都人替大宁帝国守护着地动仪，平定灾厄，却也承担了横死的代价，而在河洛，这些东西都记录在太史局的故纸堆里，无人知晓，也没人关心。

想到这里，温不劫下定决心，拿出传信玉简，将北斗当代成员的身份全都写在上面。

天枢：北司典狱长韦长生。

天璇：西市福兴赌坊老板钱满仓。

天玑：上官氏嫡出大娘上官令。上任天玑为上官家主、尚书令上官宴，四年前正式退休。

天权：北司郎中寇德容。

玉衡：金吾卫仓曹参军欧阳离。

开阳：南衙主簿陈大庆，同时也是鬼市有间杂货店老板屠三良。

瑶光：宜春楼假母大玉儿，同时也是周国公文继祖的外室玉玲珑。上任瑶光是幽都城主顾长生已故夫人的贴身大丫鬟，被顾长生所杀，为其夫人陪葬。

北斗组织的掌控者代号"北极星"，当代北极星便是袁天师。

他写完后，过了一会儿，顾俟城回复："多谢师父！过两天我去看您和师娘。"

温不劫赶紧给他传信："你自己注意安全，也别由着性子胡来。不要变成你恨的那种人！"

良久，顾俟城才回道："师父放心，我明白。"

温不劫没法放心，忍不住在心里琢磨，要不要去找袁天师的麻烦，把韦长生和寇德容赶出北司。

这时，在鬼市的角落里，顾俟城脸色铁青，眼中全是怒火。北斗往幽都派人，他能理解，毕竟幽都也往河洛派了密谍。可幽都密谍大部分时候是想办法筹集银钱，购买生活物资，悄悄地运往幽都，好让幽都的百姓能把日子过下去，并没有损害大宁帝国的利益，也没有伤害河洛百姓。天枢却收买幽都五煞杀了他父亲，这是血海深仇，岂能不报？还有那曾经围杀他的七个黑衣人，要命的威胁，岂能不除？

他知道师父不想让他变成滥杀无辜的人，那他现在就只杀已被证实参与刺杀和围杀的韦长生和钱满仓。至于北斗的其他人，既然他没有他们参与刺杀的证据，暂且不动，等他们下次行动再一网打尽。

之前韦长生、寇德容一起去南衙抓捕他的事情，谢图南已经传信告知他了。顾俟城决定先隐匿起来，与他们周旋，伺机而动。

既然已经知道了有间杂货店老板屠三良是什么人，就没必要再盯着，顾俟城悄然离开，出了鬼市，一路往北，在北司附近金城坊南门道西的会昌寺住下。他使了障眼法，接待他的知客僧安排他住下后，转头就忘了他的模样。

关好门窗后，在客房里坐下，顾俟城立刻拿出传信玉简通知谢图南："大哥，南衙主簿陈大庆还有一个身份，便是鬼市有间杂货店老板屠三良。昨夜突然出现在我房间里的那几个黑衣人很可能是他的同伙，就是他把他们放进来的。你要当心他，最好把他调开。"

谢图南回复："知道了。"陈大庆是上任南衙典狱长的人，他上任后并没有换。如今看来，上任南衙典狱长说是死于乌月照之手，但泄露他正在查乌月照老底的人多半是陈大庆。

顾俟城又传信给卫怀定，问了一下情况，得知今天他主要在为虎威将军盖玉树入城献俘朱雀门的事情布置防务。目前看来，在外面闹事的暴徒术士减少了许多，也没再当街打人，一个个按照章程把可疑之人抓了就送往北司大狱。既然是北司办案，又没伤及无辜，金吾卫自然也就没阻止。

不过，顾俟城的通缉令已经被发到金吾卫，被张贴到了各个城门口，北司捕快都在街上游荡，到处打听消息。另外，那些地痞混混儿、赌棍乞丐以及一些鬼市中人也都在找顾俟城，据说是因为鬼市有间杂货店和福兴赌坊为了找到顾俟城，都开出了高额悬赏。现在，那些人都很热衷此事，四处乱窜。卫怀定告诫他："你别轻易露面。这件事一看就知道是有人在陷害你，上头肯定正在博弈。你躲起来，让他们找不到，你师父便不会束手束脚。"

"我明白。"顾俟城想了一下，又在传信玉简上写道，"二哥，我得到消息，你们金吾卫的那个仓曹参军欧阳离暗中还有别的身份，大概与昨夜潜入南衙围杀我的黑衣人是一伙的。还有上次我们和大哥在鬼市围杀乌月照，后来出现的七个黑衣人里，很可能就有欧阳离。但我没有实证，这些都只是推测，你要小心此人，注意安全！"

"他？"卫怀定诧异地回道，"他一向是个老实人，在仓曹参军的位置上干了十来年，不争不抢，毫无进取心，人缘倒是不错，大家都认为他是一个老好人。你确定他是黑衣蒙面杀手？"

"我确定。"顾俟城毫不犹豫地回复，"二哥，人不可貌相。"

"好，我明白了。"卫怀定自然相信自己的兄弟，"我会让人秘密查他。"

顾俟城收起传信玉简，起身推开窗，看着外面的一棵参天大树，陷入了沉思。

整个下午，顾俟城都没出去，只是拿出罗盘，施展谛听术，偷听北司里的动静。会昌寺与北司只隔着两条街，北司里面的许多禁制术法是由他布置的，韦长生显然对此并不擅长，因而并未做修改。他的谛听术也是城主府密传的幽都秘术，河洛术士几乎无人知晓，因此并未被防备。他足不出户，就能探听到韦长生与寇德容商议如何来抓捕他。

寇德容以前是顾俟城的左膀右臂，伪装得极好，顾俟城从未怀疑过他，对他相当倚重，因而他对顾俟城也很了解。

"顾俟城这人朋友极少，'北魔'之名总是令人敬而远之。"寇德容一如既往地沉稳，"他在河洛几乎无亲无故，除了温大人和温夫人、南衙谢图南、金吾卫卫怀定，基本上就没别人能入他的心了。他对许多人看似热情，其实都是虚的。他一贯冷面无情，并不在意他人的死活。可以说，他并无软肋，很难对付。"

"嗯，我对他也略有所知。"韦长生的声音很冷，"他跟我们是一路人，表面上义正词严，实则对百姓冷酷无情。"

寇德容沉吟片刻后，道："我觉得只能从温夫人那里入手了。温大人、谢图南与卫怀定都是硬茬儿，不好招惹，温夫人手无缚鸡之力，倒是可以动一动。"

"不行。"韦长生断然拒绝，"温夫人良善，又是朝廷命妇，并没做过什么阻挠我们办差的事情。如果我们动了她，别说温劫了，便是我师父也不会放过我们。"

寇德容马上改口："是我想差了。"

韦长生想了想："还是先全城搜捕幽都密谍吧，顺道查找顾俟城的下落。"

"是。"寇德容很快离开，带人出了北司，在河洛城中加紧搜捕。

顾俟城听到寇德容竟然建议用师娘来威胁他，眼中不禁迸出杀意。他看着外面的大树，仔细地琢磨着暗杀韦长生和寇德容的方案，直到夜幕降临，才离开房间，越墙而出。

第十三章

大爱无疆

清晨，顾俣城起身，梳洗之后去膳房用朝食。

许多僧人正盘膝坐在案前，闭目合十，齐声念诵三藏法师的译本《般若波罗蜜多心经》："观自在菩萨，行深般若波罗蜜多时，照见五蕴皆空，度一切苦厄。舍利子，色不异空，空不异色，色即是空，空即是色，受想行识，亦复如是……"

有不少信众坐在僧人后方，同样合十念诵经文，满脸虔诚。顾俣城盘膝坐到信众之后，凝神倾听经文，无时无刻不在汹涌澎湃的心绪渐渐地平静下来。

昨天晚上，顾俣城埋伏在北司附近，想要跟踪寇德容或韦长生，伺机刺杀，可两个人一直住在北司，没有回家，让他无可乘之机。他心中愤恨难平，险些控制不住自己想要不顾一切地冲进北司手刃仇敌的冲动，但是理智告诉他不可胆大妄为，只得强忍着心中的愤恨，一夜未眠。直到清晨，听到抑扬顿挫的诵经声，他才渐渐地冷静下来，长长地吐出郁积在心里的一口闷气。

诵经完毕，有僧人送上朝食，无非是稀粥、麻饼、腌菜，他并不挑剔，吃饱喝足后离开膳房，准备回房歇息。

一个僧人出现在他面前，合十道："施主，敝寺住持请您一叙。"

顾俣城从不求神拜佛，修习术法走的也是道家一脉，只与玄都观的关系较好，对其他佛寺道观一概不理，这次避到会昌寺来，也是因为此处离北司很近。他根本不认识寺里的僧人，对住持邀请自己叙话有些茫然，不过佛寺讲究慈悲为怀，埋伏暗算之类的事不太可能发生，因此他也就点头答应："好。"

那个僧人在前面带路，穿过一道又一道白粉墙，走过宽阔的草坪，经过放生池、大榕树与菩提树，来到后面的僧房。

僧人侧身站在门边，对顾俟城合十行礼："施主请。"

顾俟城对他点了点头，推开门走进去。

房间里坐着一位年轻的僧人，清和肃穆，风姿俊爽，萧疏轩举，湛然若神。他的左手里捏着一串小叶紫檀佛珠，右手竖在心口前，对顾俟城微微躬身："顾施主，请坐。"

顾俟城认得他便是名满河洛的高僧辩机，对他能透过障眼法看清自己的容貌并认出自己的身份感到有些疑惑。顾俟城从容不迫地走过去，盘膝坐到辩机对面，对他拱手一揖："辩机法师，幸会。"

辩机看着他，眼里闪过一丝复杂的情绪，半晌才缓声道："小僧以前并不知顾施主的真实身份，最近得知后，本来也不想打扰顾施主。但是如今情势复杂，危机深重，一触即发，顾施主又正好来到会昌寺暂住，为了不暴露顾施主，只得由小僧来与顾施主叙话，还请顾施主见谅。"他近年来一直住在弘福寺，这次回会昌寺，就是为了见顾俟城。

他语焉不详，顾俟城更加疑惑："还请法师明言。"

辩机目光幽深，声音低沉："当年，大宁国师顾浩然率领一批术士、官兵、工匠及其家眷进入地下，建立幽都，是为了用地动仪守护河洛，镇压国运，以保大宁昌盛和百姓安宁。数百年过去，大宁越来越繁盛，幽都却越来越凋敝。幽都人替大宁百姓守护着地动仪，平定灾厄，同时也承担了横死的命运，历代城主都无可奈何，直到顾秋水接任城主，背负起这无比沉痛的命运。他依然保守着秘密，镇压着灾厄，但一直在寻找让幽都人摆脱宿命的方法。他有天纵之资，钻研术法大道臻于大成，在历次灾厄中尝试着挽救了六个本该横死的幽都孩子。顾秋水将这六个孩子送到地面上生活，希望终有一天，幽都所有人都能如此。"

顾俟城对此事一无所知，闻言只是看着他，心里有所触动，却不敢相信："法师如何知晓此事？"

辩机没有回答，只是缓缓地继续说下去："在幽都，人们总会莫名其妙地死去，数百年来都是如此，幽都人已经习以为常，将其视为自然。他们并不知道，这是他们本不必背负的命运。渐渐地，有更多的人了解了这样的宿命。谁能甘愿如此？在他们看来，生命本就薄如蝉翼，如果能为幽都争取一个未来，便是死也在所不惜。因此，他们不惜代价，不择手段，只为了给幽都人博一个光明的未来。"

顾俟城不明所以，无言以对。

辩机看着他："我，便是您父亲送走的最后一个孩子。之后不久，他便不幸遇难了。"

顾俟城福至心灵："我父亲被杀害，与他送孩子到河洛有关？"

辩机微微点头："总有一些人认为，地底之人就命该如此。为了大宁昌盛，为了河洛平安，他们要把幽都人永镇地下，以幽都人的性命换取河洛的太平，绝不允许幽都人离开幽都，到地面上生活。您父亲想要逐步将幽都人都送上地面，犯了那些人的大忌，因此招来横祸。"

顾侯城握紧双拳："他们是谁？"

辩机轻声说："大宁之主代代相传，自是知晓此事，以幽都万千百姓之性命，保证大宁昌盛，在他们看来是天经地义之事。在那些忠君爱国之人眼中，此事也是理所当然。便是大宁帝国的子民，在皇上、世家、权贵眼中都如草芥，更何况幽都百姓？这些人，您是杀不完的。

"当年，您父亲心怀天下，尽力钻研两全之法，希望既保大宁平安，又能让幽都百姓安居乐业，寿终正寝。可他不过略做尝试，便引来滔天杀机，最终性命不保，一切成空。您若执着于此，日后前途难测，必凶险异常。如今您既然已在河洛站稳脚跟，不妨放下恩怨，可保一生平安，术法大成。"

顾侯城脑中嗡嗡作响，愤恨和杀机充满胸膛，想让他放弃，谈何容易？但面对皇权和世家权贵等重重大山，他位卑势弱，根本难以抗衡，更别说报仇雪恨。这一刻，他恨不得天翻地覆，令帝国覆灭，让那些与他父亲之死有关的人全都下地狱，方能解心头之恨。

他深深地吸气，重重地呼气，过了好一会儿才渐渐地平静下来，看向辩机，沉声问道："家父送上来的孩子，除你之外还有谁？"

辩机轻叹："小僧已问过他们，所有人都同意将他们的真实身份告知您。我们感激令尊，也相信您。"

顾俟城神色肃穆："放心，顾某一定不会辜负你们的信任，更不会让父亲的心血付诸东流。"

辩机点了点头："第一个被令尊送出来的孩子是虎威将军盖玉树。"

顾俟城震惊地道："他？"

"正是。"辩机接着道，"第二个孩子是玄都观机关大师季同。"

顾俟城惊得一个字都说不出来。

"第三个孩子，诗仙剑仙李青莲。

"第四个孩子，太史局司文监正郭鸦儿。

"第五个孩子，南山重阳观亲传弟子江采春。

"第六个孩子便是我。"

顾俟城惊诧万分。这六个人中，除了郭鸦儿在太史局平淡无奇，其他人都是惊才绝艳、名满天下之辈。南山重阳观的观主亲传弟子江采春不但是有名的才女，诗词曲赋俱佳，还有一手好剑术，乃七星剑法的传人。她曾仗剑江湖，惩奸除恶，与李青莲齐名。

辩机明白他的想法，淡淡地说："在幽都，资质越好的孩子越容易横死，遇到的天灾居多，人祸次之。地动仪汲取他们的气运、寿元才能镇压灾厄，保大宁国运绵长，河洛安宁。"

顾俟城心里颇感欣慰："你们过得好，我父亲九泉之下，必含笑瞑目。"

辩机平静无波的眼中忽然闪过一丝泪意。他闭上双目，良久方才睁开，温声道："小僧定在三日后的中元节做水陆道场，名为超度亡灵，实为祭奠令尊顾城主。届时，他们五个人都会到场。顾施主生得酷肖令尊，也让他们见见，以慰平生。"

顾俟城自然同意："好。"

辩机从身旁拿起一个木匣和一把匕首递给他："顾城主当年遇害，另有玄机，个中缘由，尽在于此。顾施主若想一探究竟，滴血入匣，自会明白。若是顾施主愿意放下恩怨，着眼将来，可将此匣投入火中，一切便可烟消云散。"

顾俟城二话不说，拿起匕首划破掌心，鲜血涌出，滴在特制的木匣上，木匣冒出一缕光华，缓缓开启。匣子里面铺着绣满符文的锦缎，其上有一面镜子。匣盖开启后，镜子飞到半空中。顾俟城感受到玄奥莫测的术法波动，不由自主地投入心神。

他一恍神，仿佛回到了十六年前的那个雨夜。他看到，父亲顾秋水送出还是孩童的辩机后，楚天阔匆匆而来，告诉顾秋水："城主，水牢有异动。"而赶过去的顾秋水正好遇上离家出走的幼年顾俟城，接着被幽都五煞在水牢处杀害。

在生命的最后一刻，顾秋水握着爱妻的手，看着昏迷不醒的儿子，断断续续地说："送儿子……去河洛……让他……远离幽都……娶妻生子……"

身受重伤的九章泪流满面，一边吐血一边答应："你放心，我一定会送他离开幽都，让他在外面成家立业，永不回来。"

顾秋水欣慰地笑着闭上了眼睛。九章握紧他的手，泣不成声。

周围人声鼎沸，赶到的城主亲卫队围在四周，都跪下对城主叩首。

远处，楚天阔看着这边，神色莫名，喃喃自语："凡尘将尽，神明归一。"

又是这句咒语，每个阴谋背后似乎都隐藏着它的影子，它到底代表着什么？楚天阔，父亲最信任的兄弟，当年究竟干了些什么？还有多少不为人知的秘密？

镜子变成一道金光飞进他的眉心，顾俟城神念归位，这才醒来，深吸一口气，对辩机郑重地行了揖礼，这才起身离开。

辩机看着他踏着金色的落叶离去，缓缓地闭上眼睛，宣了一声佛号："南无阿弥陀佛。"

顾俟城回到房间里，对着窗外出神。辩机没有说明匣子的来历，他也不想去探寻究竟。金光通过上丹田进入魂海，他才知晓，那面镜子便是传说中的上古神器溯洄镜，拥有自由穿梭时空之力，刚才顾俟城以神念入镜，被它送往八岁那年的雨夜，以旁观者的角度目睹了父亲死亡的来龙去脉。

"溯洄……溯洄……溯洄从之，道阻且长。溯游从之，宛在水中央。"他轻声地念着溯洄镜的名字，脑海中却出现了《诗经》中的诗句。

蒹葭苍苍，白露为霜。所谓伊人，在水一方。

他想到后天便要为父亲做水陆道场，忆起神念回溯时看到父亲念念不忘要他娶妻生子，母亲承诺父亲让他成家立业，心里只觉得愧疚难当。

他再也坐不住，倏地起身离开会昌寺，在西市租了一辆马车，坐在车里出了城门，直奔玄都山。

河洛城里通缉顾俟城的风声尚未传到玄都山来，所有人看见他都微笑致意，阮星辰与上官仲舒更是与他闲聊了一会儿，态度都很亲近。

阮星辰知道他是来找九歌的，便直接告诉他："九歌与灵犀在厨房里。"

玄都观弟子从来不会衣来伸手，饭来张口，都会轮流洒扫、挑水、劈柴、做饭。今日轮到九歌与虞灵犀等十余个弟子下厨，他们一边做饭一边聊天。两个小娘子都明媚清丽，笑容可掬，让男弟子目眩神迷，纷纷抢着洗菜、淘米，尽量不让她们动手。

顾俟城找来时，便看到宽敞的厨房里热火朝天，几口巨大的三足铁锅里正在炖汤、蒸饼、煮菜，分量极大，男弟子们握着铲子，全力地在锅里搅拌，场面相当壮观。

顾俟城一眼便看到九歌，沉甸甸的心顿时轻松了一些。他站在那里没动，也没吭声，九歌却仿佛有所感应，立刻转头看过来，随即高兴地冲过来，站到他面前，亮晶晶的大眼睛里满是喜悦："阿城哥哥，你来啦。"

顾俀城嗯了一声，对从厨房里看过来的虞灵犀和其他弟子拱了拱手，便拉着九歌跑了。

两个人从侧门出去，一直跑到天池边上才站住脚。九歌的俏脸红扑扑的，开心地看着顾俀城："阿城哥哥，你怎么了？"她觉得顾俀城有心事，却并不是什么难过的事情，因此有些好奇。

顾俀城看着她，冲动地说："九歌，我们成亲吧。"

九歌的脸倏地红到耳朵根处。她有些扭捏地扯着袖口，头垂得很低，羞得不行："阿城哥哥，你……你怎么突然说这些？"

顾俀城伸手握住她的手，态度很诚恳："我知道应该三书六礼娶你过门，可现在事急从权，阿娘一定不会怪我们的。九歌，三日后在会昌寺，辩机法师要给我阿爹办水陆道场。我想带你去参加，让我阿爹看看他的儿媳妇，他在九泉之下一定会高兴的。你愿意吗？"

九歌抬起头来看着他："我……我……我愿意。"说到最后三个字时，她的声音细如蚊蚋，几不可闻，顾俀城却听得很清楚。他开心地抱起她，在原地转了好几个圈。九歌咯咯地笑着，欢喜无限。

顾俀城放下她，在她身边踱着步，仔细地盘算着："事不宜迟，咱们明日就在玄都观拜堂成亲。我请师父师娘给我们主婚，把大哥、二哥都请来喝喜酒。你这边要不要请些人来观礼？"

玄都观不禁婚娶，有些信众在观内长居，日久生情，索性拜堂成亲，搬到一起居住，这都是常事。因此，顾俀城想要在玄都观成亲，跟玄微子说一声便可，阮星辰定会帮着张罗，倒也便宜。

顾侯城和九歌都是离经叛道的性子，不耐烦繁文缛节，说成亲就成亲。九歌害羞过后，心态很快调整过来，也跟着琢磨："我的朋友只有灵犀，另外一些略有交情的熟人也都是观内弟子，到时候请他们来喝喜酒便是。至于喜服喜帐，就在河洛城里买现成的。咱们什么都不懂，阮师兄也没成过亲，多半也不清楚，还是托师娘帮忙置办吧。"

"行。"顾侯城拿出传信玉简，先给温不劫写信，"师父，我打算明天在玄都观成亲，请师娘帮我置办成亲需用之物，包括喜服、喜帐、龙凤双烛之类的。我没钱，师父先帮我垫着。"他的字写得龙飞凤舞，可见他心情之舒畅。

温不劫又惊又喜，回复道："臭小子，什么时候定的亲？怎么都不告诉师父？"

顾侯城唇角含笑，奋笔疾书："我与她是娃娃亲，从小就由父母定下。如今我年纪也不小了，左右无事，索性先成亲。"

温不劫又好气又好笑：他管被北司通缉叫"无事"？不过，顾侯城一向胆大包天，这也算不得什么。温不劫回道："行吧，我这就派人送信回去，告诉你师娘，让她帮你置办。"

顾侯城很高兴："谢谢师父师娘，明日一定要来玄都观喝喜酒。"

温不劫回了一个"好"字，便派人回温府送信，让自己的夫人出去置办成亲所用之物，明日带到玄都观送给徒弟。

顾俟城换了一个传信玉简，给谢图南和卫怀定都写了信，告诉他们自己明日成亲的消息，请他们来玄都观喝喜酒。两个人都是喜出望外，连忙答应。

顾俟城收起传信玉简便去找玄微子，一番死缠烂打。玄微子对新娘子的情况问得比较仔细，知道九歌现为玄都观的外门弟子，并且是他父母定的娃娃亲的对象，这才松了口，同意他在玄都观举办婚礼。

因为顾俟城的异想天开，玄都观众人忙得人仰马翻。如果不是因为成亲是喜事，阮星辰都想要狠狠地咒骂那个不着调的顾师弟。谁家是头一天才说成亲，第二天就要拜堂的？简直离谱！

河洛城里的温夫人也把温家大房的婢仆支使得团团转。成衣铺不可能有现成的喜服，她便找出当年自己成亲时穿戴过的钗钿礼衣和温不劫的绯色礼袍，带着首饰匣子并喜帐、喜被、喜酒、喜果、龙凤花烛等物去了玄都观，为一对新人布置新房。

顾俟城表示一切从简，不必张扬。阮星辰便没有在玄都观里披红挂彩，只在新房窗户上贴了红纸剪的双喜字，再把新房周围的客房清空，不让外人打扰新郎新妇。

虞灵犀知道这件事后也很开心，帮着忙前忙后，脸上一直挂着笑容。

九歌在山腰处的玄妙观待嫁。此处都是女冠，是玄都观的外门之一，九歌平时就住在这里。虞灵犀在玄都观忙完后便过来给她添妆，然后一直陪着她，免得她心慌意乱。那些女弟子也都来给九歌添妆，或是小首饰，或是绣件，东西虽不值钱，却是一片心意。九歌心里暖洋洋的，与她们有说有笑，十分开心。

温夫人带来的绣娘根据顾俟城和九歌的尺寸连夜改好了喜服，此时九歌身上穿戴的便是精致的青绿色礼衣与华美贵重的金翠花钿，看上去更加美丽了。她坐在椅子上，不敢像以往那般有什么大动作，朝食也吃得很少。

一些中老年女信众和女冠在外面操持婚礼的各项事务，人人喜气洋洋，气氛十分轻松。

午时，谢图南和卫怀定相继到来。为了不引起河洛各方势力的注意，两个人并没有同行，而是一前一后，从不同的城门出来，甩掉跟踪者后才奔向玄都山。

顾俟城穿着绯色喜服，看上去萧萧肃肃，爽朗清举，不似凡人。穿着簇新礼服的谢图南和卫怀定一见他就道"恭喜"，然后送上礼物：一把削铁如泥的短剑、一对用和田玉精雕细刻的鸳鸯玉佩、两坛窖藏百年的美酒。顾俟城欣喜地接过礼物，珍而重之地放进新房的柜子里。

顾俟城选了八位迎亲使：谢图南、卫怀定、季同、阮星辰、上官仲舒、严志浩和李青莲、盖玉树。

李青莲每次来河洛都会在玄都山住上一两个月，此时正好在玄都观寄居。他与顾俟城都知道彼此的真正身份，心里倍感亲切，表面上却客气友好。李青莲自告奋勇做他的迎亲使，顾俟城欣然同意。

　　盖玉树献俘后进宫面圣，皇帝论功行赏，封他为镇北侯。从宫里出来，他便开始休假。朝中动荡，诸皇子夺嫡，太子想要坐稳储位，世家与寒门斗争激烈，上门拜访他的人每日络绎不绝。他烦不胜烦，索性带着妻儿离开河洛，住到玄都山附近的南屏山上的庄子中，每天打猎钓鱼，其乐融融。李青莲托人传信给他，告诉他顾俟城即将在玄都观成亲，盖玉树立刻让妻子备好礼物，前来玄都观，并强烈要求加入顾俟城的迎亲使队伍。按说以他的年纪做迎亲使并不合适，理应让他的嫡长子来，但他为了感激顾秋水，执意要为顾秋水的儿子的婚事尽一份力。顾俟城更不会在意什么风俗规矩，立刻一口答应。

　　周围不断有人来来去去，顾俟城、李青莲、盖玉树三个人不敢表露真实关系，只能礼貌地说些场面话。盖玉树还可以以感谢去年救命之恩的名义与顾俟城拉近关系，李青莲却只能用豪爽大气、喜欢交友的义气来与顾俟城结交。三个人心照不宣，目光里传递着亲近之意。

　　盖夫人也带着子女过来，帮着操持婚事。她是武将之女，爽朗大方，武功高强，与温夫人很快便熟络起来。两个人有商有量，把这桩仓促急迫的婚事办得有条有理。

　　很快就到了下午吉时，顾俟城带着八位迎亲使前往玄妙观，身后有大批玄都观弟子和信众随行。没有乐队吹吹打打，但从玄微子的院子里传出琴曲《花好月圆》的声音。喜庆的乐曲声传遍玄都山，渲染着欢乐的气氛，充满了对新郎新妇的祝福。

迎亲队伍到达玄妙观前，遭遇了传统的"堵门"。虞灵犀带着一帮女弟子想着法子刁难他们，顾俟城这边的迎亲使文武兼备，无所畏惧。

虞灵犀要求他们吟一首迎亲诗。李青莲立刻站出来，高声念出："云想衣裳花想容，春风拂槛露华浓。若非群玉山头见，会向瑶台月下逢。"（引自唐代李白《清平调·其一》）

"好！好诗！"观里观外顿时响起喝彩声。

门里面有李青莲的崇拜者娇声道："诗虽好，一首却不够。"

李青莲自然不惧，接着念道："一枝红艳露凝香，云雨巫山枉断肠。借问汉宫谁得似，可怜飞燕倚新妆。"（引自唐代李白《清平调·其二》）

观里观外的叫好声更多，许多人听得如痴如醉。玄妙观中有女子高声道："事不过三，请诗仙再赐一首。"

李青莲笑了，悠然吟出："名花倾国两相欢，长得君主带笑看。解释春风无限恨，沉香亭北倚阑干。"（引自唐代李白《清平调·其三》）

在观外众人的鼓噪喝彩声中，玄妙观的大门被缓缓地打开了。

本来，堵门时文武皆要考校，但是，论术法，玄都观弟子谁都干不过顾俟城；论武功，有守边大将盖玉树在，没人能比，自然无人肯出头献丑。于是，大门就被李青莲的三首《清平调》给敲开了。

虞灵犀走出来，第一眼看的却不是顾俟城，也不是李青莲，而是谢图南。她双眼发亮，仿佛内有千万星辰。几息之后，她才看向顾俟城，笑道："顾师兄真有本事，竟然请来青莲诗仙做迎亲使，这下拦不住你了，请进吧。"

顾俟城对她和一群女弟子拱了拱手："多谢各位师妹高抬贵手。"

女弟子们清脆的笑声在晚霞中回荡，顾俟城抬腿入观，朝着九歌的房间走去。

顾俟城进入弟子居住区的月洞门前仍然有许多少女堵门，她们七嘴八舌地说："新妇尚未妆饰好，请郎君稍待。"

顾俟城自然明白，这是要吟催妆诗，不然新人不会出来。他早有准备，这时便高声念道："昔年将去玉京游，第一仙人许状头。今日幸为秦晋会，早教鸾凤下妆楼。"（引自唐代卢储《催妆》）

周围的人群齐声喝彩，并大声叫道："新妇子，催出来！"

女弟子却不依："自古好事成双，必要两首诗才罢。"

顾俟城点点头，笑吟吟地念道："不知今夕是何夕，催促阳台近镜台。谁道芙蓉水中种，青铜镜里一枝开。"（引自唐代贾岛《友人婚杨氏催妆》）

那些女弟子还想要起哄，提出其他要求，谢图南和卫怀定果断地从手中拿着的筐箩里取出一个个红包塞给她们。红包里放着青钱，象征意义大过实际意义。

坐在屋里的九歌忍不住了，拿起手中的团扇遮住眼睛以下的面部，便疾步走了出去。在屋子里陪她的温夫人和盖夫人相视而笑，并未阻拦。

顾俟城看见九歌款款走来，立刻迎上前去，脸上的笑容灿烂无比。九歌的一双大眼睛弯得犹如月牙，里面盛满了喜悦。顾俟城带着九歌向外走去。

虞灵犀等八位送嫁的小娘子跟在九歌身后，一队男弟子拎着嫁妆箱子鱼贯而出。一行人沿着青石板阶梯向上，浩浩荡荡地经过五花海、青蛟背、朝阳洞、一线天、祖师殿、升仙坊、迎仙桥、悬空走廊、天池，到达云顶。

进入玄都观大门时，新人跨火盆、跨马鞍、跨米袋，然后一起走到搭建在新房外空地上的青庐中。温不劫已经等在这里，玄微子也笑吟吟地端坐在他身边。

阮星辰站出来赞礼："新人拜堂，一拜天地，二拜高堂，夫妻对拜。"尘埃落定，顾俟城与九歌自此结为夫妻。

拜完堂，二人端正地坐在床沿上。九歌依然举着扇子遮面，握着扇柄的修长手指如春笋般白嫩细腻，十分美丽。顾俟城看着她，笑眯眯地缓声念出却扇诗："莫将画扇出帷来，遮掩春山滞上才。若道团圆似明月，此中须放桂花开。"（引自唐代李商隐《代董秀才却扇》）

九歌按照温夫人和盖夫人的叮嘱，端坐不动。顾俟城眨了眨眼，声音更加轻柔："宝扇持来入禁宫，本教花下动香风。姮娥须逐彩云降，不可通宵在月中。"（引自唐代陆畅《扇》）

顾俟城将两首诗念完，九歌才将手中的扇子缓缓地移开，露出她的芙蓉玉面，明眸皓齿，美不胜收。她略显羞涩，笑容十分甜美，让顾俟城感觉目眩神迷。

温夫人带着女眷将金钱彩果向两个人撒过去。随后，在温夫人的主持下，夫妻共吃一份肉，同饮合卺酒，是为"同牢合卺"，寓意夫妇一体，相亲相爱。温夫人拿起一把绑了红绸的小剪刀，在两个人头上各剪下一缕头发，绾在一起，以示同心偕老。

顾俟城与九歌看着她的举动，心里都感觉甜丝丝的。

行完礼后，新郎被玄都观的男弟子们吵吵嚷嚷地拉去膳堂宴饮，亲朋好友们也笑着跟过去，只有温夫人和盖夫人留在青庐陪着新妇。

虽是婚礼，膳房里的宴席上仍然只有素斋，不见半点儿荤腥。谢图南等人并不介意，匆匆地吃了几个烤饼，便守在顾俟城身边为他挡酒，免得他喝醉了不能入洞房。

直到红烛燃烧过半，夜已深沉，顾俟城才被谢图南与卫怀定送回青庐。三个人都很清醒，谢图南拍拍顾俟城的左肩，卫怀定拍拍他的右肩，对他的祝福尽在不言中。

顾俟城今日大喜，再加上喝了酒，一时热血上涌，对两位兄长说："大哥、二哥，我有话要对你们说。"

谢图南有些诧异："今晚是你的洞房花烛夜，有什么话不能明天说？"

顾俟城拉着他不放："我怕到了明天，又说不出口了。"

谢图南与卫怀定对视一眼，以为他有了自己解决不了的难处，平时不便启齿，今夜借酒盖脸，方能说出，便不再阻止，而是左右看了看，带他去了玄都观给他们安排的客房。

　　谢图南拿起巾帕给他擦了擦脸，卫怀定倒了一杯热水放到他面前。两个人在桌边坐下，看着他。

　　谢图南说："三弟，有什么话尽管讲出来。"

　　卫怀定也道："是啊，你我兄弟，生死与共，还有什么不好说的？"

　　顾俟城很感动，不再犹豫，拿起水杯一饮而尽，然后吐出一口气，轻声说："大哥、二哥，其实我来自幽都，原来的名字叫顾羡鱼。我父亲便是幽都前城主顾秋水……"他做出了决定就不会退缩，将自己和幽都的种种和盘托出，其中包括他父亲的死以及他这么多年来的复仇之路。

　　他说得略为杂乱，主线却很清晰，谢图南与卫怀定听得很专注，表面上镇定自若，实际上心潮起伏，思绪万千。等他说完，已经过去半个时辰，最后，他愧疚地说："大哥、二哥，我一直没跟你们说实话，对不住！"

　　卫怀定立刻握住他的手："你不说是对的。此事要紧，少一个人知晓，便少一分危险。你也不必愧疚，杀人偿命，天经地义。再说，你为父报仇之时，并没有滥杀无辜。那幽都五煞没一个好人，手上都是血债累累，死有余辜，你杀了他们也是为民除害。至于韦长生，咱们不认识，不熟悉，不知道。你若要杀他，为兄愿助你一臂之力。"

谢图南抬手按住顾俟城的肩,斩钉截铁地说:"一日是兄弟,一世是兄弟。为兄弟两肋插刀,虽死无憾。"

卫怀定笑了:"大哥说得好。你以后别把什么事都闷在心里,有什么难处,都跟哥哥说。"

谢图南拍拍顾俟城的肩,脸上也露出笑容:"好了,这不是什么大事。你快去洞房吧,别让弟妇等久了。"

"好。"顾俟城像是搬开了压在心上的一块大石头,感觉浑身轻松,思及正在等着自己的九歌,更是热血上涌。他高高兴兴地起身离去,直奔青庐。

谢图南看着他出门,脚步轻快地消失在夜色里,这才收起笑脸,神色凝重地对卫怀定说:"咱们明日回去得盯着北司的人,尤其是韦长生。"

卫怀定点头:"嗯,咱们得全力保护三弟,别让他被韦长生祸害了。"

两个人毫无睡意,在屋子里轻声讨论,周密计划,下定决心全力护住顾俟城。

青庐里,红烛高照,龙凤呈祥。喜帐中,被翻红浪,鸾凤和鸣。

第二天清晨,旭日初升,紫气东来。

玄都观内门弟子像往日一样齐聚云顶,在亲传弟子的带领下做早课。弟子方阵前有虞灵犀、阮星辰、季同、上官仲舒,顾俟城和九歌虽然一夜没睡，却也没有缺席，依然身着道袍，坐在各自的位置上，面向东方天际吐纳，闭目冥想。

等到早课结束后，顾俟城和九歌一起到温不劫夫妻住的客院，恭恭敬敬地给师父师娘敬茶。二老都很和蔼，接了茶，给了红包，里面有河洛郊外百亩良田的地契与城中崇仁坊一套小宅院的房契，价值连城。

顾俟城没有推拒，郑重地收下。反正他以后会孝顺师父师娘，给二老养老送终，现在收下重礼也问心无愧。

敬完茶，两个人去了膳房，与谢图南、卫怀定一起用朝食。两位兄长昨夜已经计议停当，此时便谈笑风生，聊的都是闲天，吃完饭后，两兄弟便一起下山，骑马回城。

不久后，温不劫夫妻也带着婢仆离开，盖玉树夫妻同样带着子女回附近山上的庄子，继续休假。

顾俟城与九歌搬回新房，撤去青庐，然后就开始清点客人们送来的礼物。九歌报出名称和数量，顾俟城记在账本上，有马上能用的东西就立刻用起来。他们就像是河洛城里那些平凡的小夫妻，忙碌一天回来，在自己的小家里盘点收获，心里感觉很满足。

等到把东西整理好，将玄微子送的两个护身符戴在身上，两个人便出去四处游玩。他们如胶似漆，无论做什么都兴致勃勃，感觉其乐无穷。

今日新婚，不宜见血，他们并没有在山中狩猎，只是摘些鲜花，采几个野果，或者上树上坐着看风景，或者在崖边相拥看云海。

苍穹湛蓝，鹰飞鹤翔，白云蒸腾，群山中的森林中有着大片大片的金黄色、红色、绿色，如色彩斑斓的巨幅写意山水画，美得惊心动魄。

顾俟城轻叹："这里简直就是仙境！在这儿住久了，定能飞升成仙。"

九歌倚在他怀里，笑着说："嗯，以后我们就陪着阿娘在这里安家吧。"

"师父师娘给了咱们宅子，以后咱们在河洛也有家了。"顾俟城的眼里满是向往，"以后咱们就两边都住，也要孝敬师父师娘。等咱们有了孩子，一定要让他过好日子，你给他做衣裳，弄好吃的，我教他术法，再请个先生给他启蒙。如果是小娘子，咱们便把她养得娇娇的、美美的，然后再帮她选个好夫郎……"

九歌脸上滚烫，忍不住用手肘顶了他一下，嗔道："不许口无遮拦。"

顾俟城嘿嘿直笑，忽然从怀里摸出一个锦囊，递到她面前："给你。"

九歌拉开锦囊看了一眼，见里面装着一颗婴儿巴掌大的五芒星，尖端上分别闪烁着白、绿、蓝、红、黄五种光辉，正中央蕴含着充满灵性的银光，让人感觉玄奥莫测，仿佛里面包含着整个世界。她有些不敢相信："真的给我？"

顾俟城肯定地说："嗯，送给你。"

九歌想了想，接过锦囊的束带，打了一个蝴蝶结，塞进自己的怀里。她倚到顾俟城的怀里，开心地说："阿鱼哥哥，谢谢你。"

　　顾俟城愉快地亲了亲她的鬓发："你是我的娘子，我做什么都是应该的，不用谢。"

　　九歌握住他环在自己腰间的手，脸上露出甜美的笑容。

第十四章

鬼门开

七月十五，中元节，鬼门开。

河洛城里有许多百姓在街边烧纸钱，达官显贵与有钱人家在各自府中烧香、蜡、纸钱、纸人、纸马。城中到处都是香烟缭绕，佛寺道观里更是热闹。

会昌寺在七月十五做水陆道场，将持续七天。做法会的银钱是盖玉树、季同、李青莲、郭鸦儿、江采春一起出的，法会由辩机主持。

这天一早，会昌寺便喧哗起来，信众络绎不绝，寺中有数十位僧人齐声念诵《法华经》，辩机坐在首位，闭目打坐，口中同样在诵经。

顾俟城与九歌站在围观的人群中，旁边便是盖玉树、季同、李青莲、郭鸦儿、江采春。他们彼此装作不认识，不着痕迹地簇拥在顾俟城和九歌的周围。随着法会的流程，他们跟着辩机下跪、叩首，心里默念着对顾秋水的感激。

顾俟城同样跪伏于地，心里默默地对九泉之下的父亲说话，告诉他自己已经娶亲，娘子便是他看着长大的九歌，自己一定会带着母亲离开幽都，一家人在河洛过平凡人的日子，生儿育女，平安快乐。顾俟城冥冥中似乎能看到父亲欣慰的笑脸，心里也跟着忍不住欢喜。

会场周围全是信众，挤得密密麻麻。他们这边人人实力高强，在人群中岿然不动。台上的高香青烟缭绕，佛前供烛火光摇曳，许多人在大鼎前站着，往里面投放纸钱。他们行完礼，也过去拿着纸钱，一起烧给顾秋水。

九歌站在顾侯城身边，一边烧纸一边低声说："阿爹，阿娘和阿鱼哥哥现在都很好，您就放心吧。等我们把阿娘接来，就给您老人家生很多孙儿孙女。"她说着说着，脸就红了。

她说话的声音很低，顾侯城却听得清清楚楚，忍不住抬手揽住她的肩。两个人相视一笑，心情都好了很多。

与此同时，到玄都观上香烧纸的信众也是川流不息。阮星辰忙得不可开交，虞灵犀正在帮忙，突然灵觉袭来，恍惚间，她看见了尸山血海，房倒屋塌，还从中看到了自己满是悲痛和绝望的脸。

她大吃一惊，游目四顾，看见的依然是恢宏的玄都观和笑容满面的弟子与信众。她捂住心口，有些慌乱地去找玄微子："阿爹，我……我看见死了很多人……"

"别急，别急。"小院木屋里的玄微子微笑着安抚她，然后迅速掐指一算，脸色微沉。他不动声色地拿出传信玉简，给季同写信："速回玄都观。"

虞灵犀眼巴巴地看着他，只觉得一阵阵心悸，仿佛即将大难临头。玄微子略一沉吟，温和地问："我给你的那件法衣，你穿了没有？"

那是一件高阶法衣，乃玄微子亲手打造，三年前交给她时，玄微子郑重叮嘱，要她时时穿着，即使晚上睡觉也不可脱下。虞灵犀虽然有些任性，但在大事上从不含糊，这时连忙点头："一直穿着。"

"那就好。"玄微子看了看外面涌动的云海，淡定地说，"你今日就待在我这里，哪儿都不能去，明白吗？"

虞灵犀眨了眨眼："阿爹，是不是有什么事要发生？"

"有可能。"玄微子轻叹一声，"七月半，鬼门开啊！"

在会昌寺里的季同接到师父来信，不敢怠慢，马上跟顾俟城告辞："顾师弟，我师父叫我速回玄都观，失陪了。"

顾俟城点点头："好，你先回吧，我要等做完七天道场才回去。"

这时，坐在最前面念经的辩机忽然停下来，仰头看看天空，双手拿着佛珠，忽快忽慢地拨动了一会儿，然后睁开眼睛，起身走到顾俟城身前，合十道："顾施主最好也回玄都观去。"

顾俟城倏然一惊，并没有询问原委，只微微点头，拉着九歌离去，盖玉树、李青莲、江采春保持一定距离跟在后面。尚未到城门，他们就赶上了季同，于是与他一起出城，赶往玄都山。

郭鸦儿回到摘星台，密切地注意河洛城中各方动向。许多密报会被送到她这里来，由她整理后发往各处或存档，因而她消息最为灵通。

顾俟城悄悄地给了他们每人一个传信玉简，加上九歌，八个人可以同时在上面写信，联络起来很方便。

他们走后，在数十位僧人的诵经声中，渐渐地接近午时三刻。许多信众陆续离开，去吃些小食，人群熙来攘往，络绎不绝。

正午，天上忽然涌来大片乌云，遮住了天上的太阳，河洛城变得阴暗无比，似乎到处都鬼影憧憧，阴风阵阵。

街上的人都有些慌乱，很快城中便响起阵阵惊慌失措的惨叫声："鬼啊，鬼啊，鬼门开啦！救命啊……"

在他们周围，突然出现一大批鬼影，狠狠地咬住他们的咽喉，狞笑着吸血。

在另外的坊市街道与房屋中，也有百姓无声无息地倒下。

这些怪事不光出现在平民百姓中间，还出现在达官贵人的府中。无论男女老少，贫富贵贱，此时都在面对诡异的死神，种种情状惨不忍睹，只有身上戴着中高阶护身符的人才能够幸免于难。

金吾卫官兵与南衙捕快同样遭遇大劫，幸而每个人身上都戴着太史局统一制作的中高阶护身符，才能抵挡一二，侥幸不死。而北司捕快正与那些施展出诡谲手段的术士战斗，到处是术法闪动的光影，轰鸣声不绝于耳。

温不劫在摘星台得到消息后，不禁拍案大怒："鬼术士、邪术士、蛊术士、毒术士、血术士、煞术士、暗术士，真是好大的手笔。鬼市也敢趁火打劫，简直岂有此理！"他边说边脱下官袍，换上法袍，从案上摆放的剑鞘里抽出法剑，冲出房门，进入通天柱。

只下了一层，升降台便停住，随即门被打开。袁天师同样穿着法袍，手上拿着一柄法器玉尺。看到温不劫，袁天师没什么表情，立刻站进来。

升降台持续下降，袁天师方道："我已传令各处，令术士倾巢出动，抓捕犯案术士。若遇抵抗，格杀勿论。"

温不劫立刻点头："甚好。"

只要不伤及无辜，他对一些残酷手段一向表示赞成，如今河洛城中术士横行，残杀百姓，必须得用雷霆手段镇压。

袁天师与他同事多年，很了解他的性情，因而也没再多说什么。

温不劫却主动打破了两个人这段时间以来的僵硬气氛，关切地说："敌人来者不善，你要多加小心。"

袁天师一怔，随即心中微暖："师兄，你也注意安全。"

"嗯。"温不劫点点头，神色平和。

两个人出了摘星台，随即分道扬镳。温不劫赶去皇宫保护皇帝，并派内卫术士保护后宫妃嫔。袁天师一向手段酷烈，正好用来对付敌人。他打算先肃清皇城，再去外城扫荡。

河洛城里到处都在发生惨案，今日人数最多的寺院和道观同样如此。若有道行高深的僧侣或道人在寺院或道观中，都会立即出手灭杀那些穷凶极恶、草菅人命的恶毒术士。若是寺院或道观中人徒有虚名，就只能眼睁睁地看着信众不断倒毙，甚至自己也会没命。

河洛的局面由太史局、北司和有良知的散修术士去收拾，顾俟城等人一路疾行，用了一个多时辰便赶到玄都山。他们将马匹放在迎客亭，随即施展身法飞快上山，很快分成了三个梯队，顾侯城和九歌如箭离弦，飞在最前，李青莲和江采春身姿轻盈，跑在中间，季同与盖玉树发足狂奔，落在最后。

此时，天上黑云翻卷，狂风将漫山遍野的参天大树吹弯了腰，空气沉闷得令人几欲窒息，好像将有不好的事情发生。

他们刚刚冲上悬空走廊，云顶旁边的云海忽然裂开，仿佛天空被撕裂，露出一条黑乎乎的通道，仿佛地府通往人间的道路。

玄都观布有守山大阵，云海再汹涌澎湃，也攀不上云顶。于是，云海中的那条通道开始延伸向玄都山的山腰，过了天门关、缤纷长廊、登天梯、天师洞、五花海，一直到青蛟背上。

接着，四个黑影率先从通道中出现。他们仰头深深地吸了一口气，有人感叹道："真好啊，连空气都是甜的。"

他的话音未落，后面又出来四个黑影，其中一个人催促道："别废话，快上。"

八个影子立刻向上飞蹿。在他们身后，如潮水一般的傀儡大军在傀儡师的指挥下涌出来，踩着草地和青石阶梯向山上奔去。

八个黑衣人冲到守山大阵边缘，布下一字长蛇阵，后面的人分别用手掌顶住前面人的背心，将自己的灵力灌注进去。八个人的灵力一浪叠一浪，一浪高过一浪。最前面的人手执法器破阵锥，发出雷霆一击，只听哧的一声，守山大阵被捅出一个窟窿，他双手打出法诀，将缺口撕开，然后一马当先地冲进去。

后面的人与傀儡跟着拥入，冲过狭窄的一线天，向着山梁拥去。几座建在山腰上的道观很快遭到袭击，惨呼声不断响起，一时间尸横遍野，血流成河。

云顶上的玄微子正在闭关，直到守山大阵被破开，他才有所感应，连忙破关而出，发出警报，召集观中长老和弟子，准备御敌。

阮星辰亲自去撞响警钟，紧凑的钟声传遍玄都山。玄微子与玄都观四位长老玄明子、玄真子、玄云子、玄清子分别赶到山中的各个道观，救出正在奋力抵抗的弟子和侥幸生还的信众，将他们带上云顶，放到相对安全的地带。

趁着他们救人的当口，那八个黑衣人飞身冲上云顶，想要大开杀戒。

季同已经在上官仲舒的协助下开启玄都观的机关大阵，阮星辰指挥弟子站好方位，组成八门金锁阵，配合玄都观的机关大阵共同御敌。

那八个黑衣人早有准备，一齐从宽大的衣袖里拿出攻阵锤，冲进阵中，暴力破阵。他们的实力都很强，几乎每个人都有玄都观长老的实力，仅仅几息的工夫，玄都观弟子组成的战阵就差点儿崩溃，全靠机关大阵的袭击和阻拦才勉强维持。

玄微子与四位长老救回人后便冲向玄都观大门。玄微子一见那八个人心里便咯噔一下："幽都八老全都来了？"

顾一玄、顾双白、顾三青、顾四蓝、顾五碧、顾六褐、顾七朱、顾八紫合称"幽都八老"，实力仅次于幽都城主，是幽都的顶尖战力。他们不干涉城主的交替，不参与幽都内部纷争，作为震慑敌人的力量和幽都的底牌，轻易不会出战，只会在幽都生死存亡时出手。玄微子万万没想到，这一次幽都破开界门，围攻玄都观，竟然会由幽都八老打头阵。

幽都这是破釜沉舟了吗？

玄微子不敢耽搁，立刻与玄明子、玄真子、玄云子、玄清子冲进阵中，与幽都八老激斗。那幽都八老立刻左支右绌，既要对抗阵法，又要对战五大高手，实在力不从心。顾一玄呼啸一声，幽都八老且战且退，引五个对手离开玄都观，在悬崖边激战。

他们离开后，连续奔上来的傀儡如洪流一般冲进阵中。它们或是人形，或是兽形，体形巨大，力量强悍，在阵中横冲直撞，还不时吐出火龙或喷出毒雾，威力极大。

组成战阵的弟子吐血倒地，立刻有弟子补上他的位置，即便是女弟子也神情坚毅，寸步不让。在机关大阵的枢纽处，季同、上官仲舒分别带着一队弟子，努力操控大阵撞翻傀儡，或让两只傀儡的攻击打在对方身上。

幽都的傀儡师都穿着一袭黑色长袍，手上拿着操控盘，五指如飞，在上面快速地点击，操纵着傀儡全力破阵。

顾侯城、九歌、李青莲、江采春与盖玉树都站得远远的，免得干扰大阵运转。

其他三个人在孩提时代便离开了幽都，看见进攻的傀儡还没什么感觉，顾侯城与九歌却心情复杂，满是疑惑。

顾俟城低声问："这是整个偃师营都出动了吧？你猜楚天阔来了没有？"

九歌的声音也很轻："他肯定会来，不然谁能指挥得动整个偃师营的高级傀儡师？"

顾俟城双眉紧蹙："他们这是要干什么？围攻玄都观对他们有什么好处？"

九歌犹豫了一下，说："我猜，他们想抢浑天仪。可我已经告诉过他们，浑天仪不重要，浑天仪之心才重要，他们为什么还要来抢？"

"大概是不信你吧。"顾俟城很不高兴，"阿叔到底在干什么？为何不阻止楚天阔？"

九歌忧心忡忡："幽都八老全体出动，此番定然不能善了。"

顾俟城咬牙道："他们都疯了。"

九歌焦虑地看着他："我们怎么办？要不要跟他们打？"

顾俟城握紧拳头，犹豫不决。玄都观就像世外桃源，一直对他敞开，就连他的婚礼都是在这里举行的，这儿就是他的第二个家，玄都观的观主、长老、弟子都是他的亲人。但幽都是他的故乡，是他的根，他叔叔是城主，母亲还在那里生活，幽都八老都曾在他幼时带他玩耍，教他术法，与他亲如一家。他不知道该帮谁，一颗心仿佛被撕裂开来，疼痛难当，左右为难。

九歌伸手包住他的拳头，轻声道："我们可以干掉傀儡，保护玄都观弟子。"

顾俟城沉默了好一会儿，才微微点头："好。"

盖玉树、李青莲、江采春与季同一样，心里早就认定自己是大宁人，见到玄都观被围攻，便本能地视幽都为敌。李青莲和江采春没有迟疑，都拔剑在手。盖玉树是有名的陌刀将，上阵杀敌，擅使陌刀，因此去找了一柄玄都观炼制的陌刀，严阵以待。

顾俟城也不再犹豫，探手拔出腰间的软剑。九歌善使暗器，手中捏着蝴蝶镖，目光锐利地寻找着那些傀儡的命门。

形状各异的傀儡源源不断地从界门中拥出，通过阵法的破口冲向云顶。机关大阵中的傀儡在猛烈的冲杀后动力即将被耗尽，将会在傀儡师的催动下自爆。这种爆炸威力很大，不但可以破坏机关大阵，还能波及布下战阵的玄都观弟子。随着傀儡的不断自爆，大阵逐渐被破除，玄都观弟子伤亡不少，难以为继。

与此同时，有名的"邪道六子"妙道人、蛊道人、妖道人、鬼道人、血道人、毒道人同时出现在皇宫里，与赶来的温不劫、袁天师、韦长生、寇德容等术士大战。

玄都观弟子的境况越来越不妙。中阶弟子大多身受重伤，少数阵亡，高阶弟子苦苦地支撑，勉强还能顶住。

低阶弟子住在其他道观里，被傀儡屠杀了一部分，被玄微子等人救回来一部分。这部分低阶弟子不能上阵对敌，只能跟着做些救护工作，帮忙将受伤的弟子护送到临时的救护区。

那些惊慌的信众纷纷颤抖着手帮伤者抹药裹伤，只有在忙碌中才能抑制住内心的恐惧。有些痛失亲人的信众躲在房间里低声哭泣，悲恸欲绝，不敢再迈出房门。

眼看玄都观弟子的战阵即将崩溃，顾俟城等人谨慎地切入。阮星辰指挥弟子们变为真武七截阵，分别以顾俟城和九歌为核心组成第一队，以盖玉树为核心组成第二队，以李青莲与江采春为核心组成第三队。三队各自为战，阮星辰在第二队辅佐盖玉树。

傀儡师们付出了自爆一半傀儡的巨大代价后，终于破坏了玄都观的机关大阵，冲进观中。盖玉树一夫当关，与第二队一起顶在最前面。李青莲与江采春手中的剑都削铁如泥，在队友的术法支援下，不停地砍断傀儡的腿脚，让它们轰然倒地，动弹不得。顾俟城和九歌施展影遁法，在傀儡间穿梭往返，不时用软剑、暗器破坏傀儡的四肢关节或"命门"动力核，将它们废掉。

那些傀儡师在傀儡们的重重包围中，有数股幽都死士相护，他们短时间内杀不了傀儡师，但是只要废了傀儡，傀儡师将会不战自溃。

每一只傀儡都制作精良，战力强大。不到一盏茶的时间，数人身上便有血迹渗出，有人更是被打得骨裂，甚至内腑受创，口吐鲜血，但没有一个人退后，始终挡在傀儡前进的道路上。

此刻，在河洛城中，卫怀定与谢图南也在不同的地方奋力拼杀。

突然，在卫怀定身后出现大批上官家族的部曲。他们簇拥着身穿胡服、依然妖娆美艳的上官令，冷眼看着金吾卫官兵与大批邪术士、血术士、煞术士激战。地上满是尸体和伤者，鲜血淹没了他们的鞋帮。

跟在上官令身旁的老术士低声说："上官家与幽都早有协议，此时正是时候，大家一起动手，诛杀金吾卫，灭杀卫武侯。"

当今圣上一直很强势，对世家门阀颇为不满，连开科举，自寒门取士，扶植寒门与世族对抗。上官氏作为顶级门阀，与其余几大门阀世家暗中商议，打算除掉皇帝，扶性情比较温和懦弱的太子上位。此战对幽都很关键，于上官氏也很重要，容不得纰漏。

上官令却一直盯着浴血奋战的卫怀定，忽然问道："卫大人，为救几个无足轻重的庶民而死，置朝廷大局于不顾，值得吗？"

卫怀定一边酣战一边坚定地道："若是满嘴天下苍生，却畏缩不救眼前之人，伪君子尔。"

上官令的眼中闪过一丝温柔，若有所思，眼神渐渐冰冷，厉声下令："助金吾卫保护百姓，诛杀奸邪！"

她抬手一指，一串泛着寒气的冰锥连续飞出，钉在卫怀定的对手身上。那个术士向后飞出，重重地摔在地上，吐血而亡。

上官氏的部曲全部出战，局势瞬间逆转。站在废墟中的卫怀定转头看向上官令，冷峻的神情一瞬间变得柔和："你是术士？"

"是啊，我是术士。"上官令对他嫣然一笑，心里感觉很快乐。

卫怀定走到她面前，温和地说："我要去鬼市支援，你跟我一起吗？"

"好，我跟你一起去。"上官令一口答应。

卫怀定翻身上马，将左手伸向她。上官令毫不犹豫地握住他的手，腾身而起，坐到他身后，探手抱住他的腰。卫怀定身子一僵，随即努力放松，双腿一夹马腹，骏马长嘶一声，朝着鬼市飞奔而去。

皇宫中，皇帝坐在太极殿的龙椅上，温不劫已经布下太极两仪阵法，外面还有太史局的术士严阵以待，将大殿保护得滴水不漏。太子、已成年的皇子及其正妃和子女，后宫重要妃嫔，未成年的皇子、公主等都齐集于此，各有奶娘婢女在旁服侍，虽然其中不少人忐忑不安，却都不敢出声，坐在地上听着外面的动静。

臭名昭著的"邪道六子"同时出动，剑指皇帝，是温不劫始料未及的。妙道子是采花大盗，幻术极强，蛊道人蛊术无双，妖道人术法妖异，鬼道人携百鬼出行，血道人吸血助战，毒道人周身是毒。这六个人行事诡谲莫测，手上血债累累，全是冷酷残忍的高阶术士。

温不劫施展"灵犀一点"术法，提升实力，挡住了六个人的第一击，后面便一边周旋一边命守卫太极殿的术士通知袁天师。很快，袁天师便带着正好在附近的韦长生与寇德容以大挪移术赶到皇宫，加入战局。

他们在广场上激战，邪道六子带来的徒子徒孙则如潮水般冲向太极殿。太史局的术士启动各类阵法配合术法和符箓、法器拼命杀敌。还有一批恶徒冲向后宫，见人就杀，鬼影与蛊虫齐飞，吸血术与毒物共施，妖法横行，幻术肆虐，将宫中的内侍、宫女与低级嫔御几乎杀净，一些美丽的少女在死前还惨遭凌辱，死不瞑目。那些年纪大了的太妃太嫔见势不妙，索性自尽，总算保住了自己的清白，却免不了被鬼魅吞噬灵魂，再被蛊虫啃光身体。

玄都山与河洛城同时遭袭，两处的形势都很危急。

这时，一个身穿黑色绣青色蟠龙长袍的俊朗男子缓步走进玄都观大门，面带微笑地看着顾俟城，朗声道："贤侄，我们来接你回家。"此人正是昔日幽都城主顾秋水的心腹，现在的幽都偃师营主帅楚天阔。

顾俟城瞳孔猛地一缩，动作停滞了一瞬，差点儿被傀儡的鹰爪抓破脑袋。他就地翻滚开，一剑斩断傀儡苍鹰的翅膀，转头看向楚天阔："楚大人，你疯了吗？为何突然围攻玄都山？"

楚天阔脸色一沉，声色俱厉："玄都观扣押幽都圣女九歌，置幽都劫难于不顾，我奉城主之命，前来救回圣女。顾羡鱼，你乃我幽都前任少城主，现任城主的亲侄儿，难道不该为我幽都效力吗？"

阮星辰等玄都观弟子都将疑惑的目光投向顾俟城，手上的动作缓了一缓，盖玉树等人顿时陷入险境。顾俟城立刻大声道："全体后撤！"

阮星辰对他有了怀疑，本来不愿意听他的号令，但观察眼下情势，敌众我寡，不能再硬来，于是下令："全体保持阵形，速速后退，撤进中枢。"

其他人立刻向后飞退，玄都观弟子保持着阵形，盖玉树、李青莲、江采春各自转身飞奔，速度极快。

楚天阔看着他们退走，反而一摆手，命令傀儡师暂不追击。他站在层层傀儡之后，负手而立，从容不迫地笑道："贤侄，我奉城主之命，前来求取浑天仪。你若替我取来，我便立即退兵。"

顾俟城叹息一声："浑天仪构造精密，规模宏大，不是我一个人就能搬动的。"

楚天阔爽朗地道："那我派人帮你搬。"

楚天阔一挥手，身边便走出一列身体壮硕的青年男子。他们面无表情，目光略显呆滞，齐步走到顾俟城面前，一起瞪着他。

九歌顿时恼怒不已，突然发出一支蝴蝶镖，闪电般直奔为首的那个男子。

那人虽然想要闪避，动作却没那么快，咽喉被深深地割出一道口子，却无鲜血喷溅，依然面无表情地死死盯着顾俟城。

顾俟城心念一动，暗道这只怕不是活人，而是幽都禁术造出的傀儡，于是难以置信地看向楚天阔："你竟然敢制造生魂傀儡？

简直丧心病狂！"

楚天阔笑道："这些人傀的材料都来自大宁，算不得丧心病狂。他们大宁权贵视幽都人为草芥，那我们自然也视大宁人为血肉材料。"

顾侯城猛然醒悟："那些人，乌月照每年拐卖的妇女儿童，大部分被运进幽都了吗？"

"贤侄果然聪明。"楚天阔满脸赞许，"这些妇女儿童是咱们幽都的根本，女人能为幽都男人生孩子，儿童被幽都父母抚养长大，以后便是咱们幽都的子民。当然，这些材料就不是乌月照拐来的了，只要派人去那些穷乡僻壤，花几两银子便能买一个壮劳力，便宜得很。"

"你……"顾侯城怒不可遏，"我父亲在世的时候，从来不允许手下做这些事情。你是我父亲最信任的人，对我父亲的想法比谁都清楚，为什么还要做这样的事？"

楚天阔笑容一敛，眼神复杂地看着他，微微一叹："这年头，慈悲有什么用？大宁皇帝不肯给我们幽都一条活路，我们又为什么要为大宁着想？你是咱们幽都人，不该为大宁人出头。在我眼里，幽都人的性命比大宁人的性命贵重一万倍。在贤侄的眼中，难道大宁人比幽都人更重要？别忘了，你母亲还在幽都生活，由我们精心照料。"

顾侯城深深地吸了一口气："这些事以后再说。现在，请你立刻退兵。"

楚天阔爽快地道："要我退兵也可以，你和九歌必须带着浑天仪跟我回幽都。"

顾俟城与九歌对视一眼。二人心有灵犀，一对眼色便明白了对方所想。九歌垂目一瞬，抬眼看向楚天阔："楚大人，我在玄都观潜伏多日，已拿到先秦古卷，并且盗得浑天仪之心。我跟你回去，阿鱼哥哥不必随行。"她伸手入怀，取出一张古老的羊皮纸卷和一个锦囊，拉开锦囊，取出浑天仪之心，在暗淡的天光下，浑天仪之心的熠熠光辉特别引人注目。她将浑天仪之心收入锦囊，随即握住古卷，"你若不答应，我便立即焚毁古卷，让你的谋算落得一场空。"

顾俟城紧皱双眉，猛地扑向她："九歌，不可……"

九歌向后飘去，温柔地看着他："阿鱼哥哥，答应我，不可去幽都。"

顾俟城用力地摇头："九歌，我们说过要白头偕老。"

九歌镇定地笑道："你在这里等我，我去去就回。"

这时，玄都山的千丈悬崖被玄微子等人打得崩塌，观中房屋不停地摇晃，似乎随时会分崩离析。屋子里的人不断地发出惊呼声，有人忍不住跑出来。

虞灵犀被玄微子勒令待在木屋中不得外出，在战斗最激烈的时候，她都老老实实地强忍着没有出去，只是一直趴在窗台上，看半空中玄微子等人的战斗。但不知怎么的，她只觉得越来越心慌，一颗心几乎要跳出胸口，震得她胸骨剧烈疼痛。她紧紧地捏住胸口的护身符，终于忍不住打开门，冲出了小院。

楚天阔身后簇拥着数人，其中一人是卜算师。他一直盯着手里的罗盘，不时喷出一口血，模样看上去本是稚龄孩童，每喷出一口血就长大几岁。等到虞灵犀冲出来时，他已经变得白发苍苍，清澈的眼睛却陡然一亮。一瞬间，他的皮肤变得惨白，眼眸褪色，脸上和手上生出皱纹，竟然变成一个老叟。

天地变色，似乎有一道红色闪电划过半空。顾俟城心中有感，突然看向显露出身形的虞灵犀，目光中流露出惊疑不定。

那个卜算师抬手指向虞灵犀，然后颓然倒下。楚天阔满意地笑着，死死地盯住远处的虞灵犀，对顾俟城说："贤侄，你不回幽都可以，用她来换你。"

"不行。"顾俟城断然拒绝，"她是天下第一高手玄观主的养女兼亲传弟子，我劝你见好就收，别再心存妄想。"

他的话音刚落，顾双白、顾四蓝、顾六褐、顾七朱便相继掉落在楚天阔身前。四个人有的吐血不止，有的声息全无，不知死活。顾一玄、顾三青、顾五碧、顾八紫随即赶到，也是浑身是血，只是情况比另外四个人略好。

顾一玄低声对楚天阔说："事不可为。"他们抵挡不住玄微子和玄都四老，这就意味着这次行动失败了。

楚天阔当机立断："拿下九歌。"

顾一玄立即挥起一只手，袖中长索探出，闪电般将远处的九歌拖过来搋在手中。他另一只手提起顾双白，向山下飞奔

328

而去。

顾三青、顾五碧、顾八紫分别提起另外三位长老，也向山下狂奔。

楚天阔微笑着对顾俟城拱了拱手："贤侄，告辞了。幽都随时欢迎你回来。"说完，他提起卜算师，飘然而去。

还能动弹的傀儡随即如潮水般退去，他们浩浩荡荡地下山，穿过阵法缺口，鱼贯走进黑暗的通道，界门随即被关闭，云海退去，回到原来的山谷中，恢复原状。

玄都山疮痍满目，河洛城同样尸横遍野。

实施暴行的各类术士死的死，逃的逃，黄昏的河洛城哀鸿遍野，一片哭声。

鬼市被摧毁了大半，河面上满是尸体，随水漂流。隐藏在鬼市里的牛鬼蛇神死了一半，另外一半逃出了河洛。卫怀定和谢图南骁勇善战，杀死贼子无数，却奇迹般地没有遭到重创，只受了轻伤。上官令、屠三良、钱满仓等人术法高强，也歼敌过百，战绩卓著。

皇宫里，温不劫斩杀妙道子与毒道人，袁天师杀死蛊道人和妖道人，韦长生灭杀鬼道人，血道人受重伤后以血遁大法逃脱。他们的徒子徒孙分头逃遁，被太史局和北司的术士们追击后杀死大半，其余皆被抓获，关进北司大牢里。此战虽大获全胜，温不劫和袁天师却也受了内伤，韦长生与寇德容更是险些丧命，战斗结束后便跌倒在地，必须卧床休养。

肃清潜入宫中的全部敌人后，太极殿的大门才被打开，温不劫与袁天师入内禀报："陛下，贼子已大半伏诛，臣等已命人追剿余孽。"

皇帝远远地看着两个人血迹斑斑的法袍，仰头看向精美华丽的藻井，半晌后才问道："各处损失如何？"

温不劫沉默片刻后，沉痛地说："难以计数。"

皇帝猛地握紧拳头，重重地捶在龙案上，怒道："到底是何方叛逆，竟敢来袭扰河洛，甚至攻进皇宫，意图行刺朕？"

温不劫与袁天师也是一头雾水："臣等尚不清楚，待查实后再行奏报。"

皇帝皱着眉头："也罢。你们先去肃清河洛城中的余孽，务必查出幕后元凶。"

"是。"温不劫与袁天师领命退出，忍着伤痛赶去外城，指挥太史局和北司的术士收拾残局。

当夜幕降临时，后宫内一片哭声，皇帝充耳不闻，只传旨百官进宫议事。

不久后，在玄都山发生的事情也传入宫中，袁天师向皇帝奏报此事，最后总结说："由此可知，发生在河洛的事情很可能也是幽都主使。他们明修栈道，暗度陈仓，收买天下旁门左道进攻河洛，拖住我们的全部力量，同时围攻玄都观，企图抢走浑天仪，其行可恶，其心可诛。"

皇帝勃然大怒，"啪"地一拍桌案："传旨兵部、刑部、工部、户部、太史局、金吾卫、北司、南衙、西大营、南大营，三日后发兵，攻入地底，血洗幽都。"

殿上众臣哪怕心思各异，这一天都在无差别的恐怖袭击中损失惨重，此时同仇敌忾，没再相互推诿，讨价还价，而是一起躬身道："遵旨！"

第十五章

玄都夜话

今天本是十五，天上的一轮满月却被厚厚的云层遮挡，看不到光亮，大地一片阴霾，飘散着不祥的气息。河洛城里有不少人家挂了白，灵堂里哭声阵阵，烧着白蜡和纸钱，青烟袅袅，飘向黑云翻卷的天空。

浓重的夜色中，玄都观里灯火通明。

玄都观八百弟子，今天身亡数超过一百人，重伤三百余人，轻伤者无数；信众死亡数十人，伤者不计其数。

受伤不算严重的阮星辰带着没受伤的弟子为那些阵亡的弟子擦去脸上和身上的血渍，洗干净头发，将那些被傀儡撕裂的尸身缝到一起，再给他们穿上干净的道袍，绾上道髻，插上他们喜爱的有着玄都观标志的桃木发簪。

女弟子一边落泪一边照顾伤员，有些去厨房帮忙提水、做饭，有些帮着身亡的女弟子和女信众整理仪容，换上洁净的道袍，绾个好看的发髻，戴上她们喜欢的首饰。

河洛城中棺材告急，玄都山的弟子根本买不到现成的棺木。季同带着一些弟子去山中伐木，亲手为死难的弟子和信众打造棺材。

阮星辰和其他弟子都不理会顾侯城，只有季同带着他去山中砍伐木材。季同不善言辞，只能用这样的方式安慰他。顾侯城默默地在夜色里行走，一只手举着火把，另一只手拿着斧头，找到合适的大树便砍倒，然后削掉树枝，只留下主干。

他心乱如麻，同时也很茫然，不知道现在应该怎么办。如果玄都观弟子问他是不是幽都前任少城主，他不会欺骗他们，但如果他们敌视他，他也无法与他们对峙。

他闷头砍了不少树，然后将十几棵大树捆在一起，用术法托回来。刚进玄都观大门，便看到表情复杂的阮星辰，顾俟城停住脚步，默默地看着他，等他说话。

阮星辰并没有问他问题，也没有恶语相向，只是平淡地说："师父请你过去。"阮星辰没有亲热地叫他"顾师弟"，也没有生疏地称他"顾大人"，想来阮星辰也不知道该如何面对这个非敌非友又似敌似友的人吧。

顾俟城点点头，说了一声"好"，将那些大树托到后面交给季同，然后擦了擦汗，去了玄微子的小院，推开屋门，蔫头耷脑地走了进去。

玄微子今天受的伤是最轻的，此时看着并无大碍。对于那么多弟子和信众的死亡，他自然痛心，但修道多年，对生死已经看得很淡。等到将死者收殓，玄都观为他们做一场法事，祝福他们下一世平安喜乐，再将他们的遗体送进玄都观的墓地，入土为安，四时祭祀，长年供奉，已经足矣。

那些因为玄都观而丧生的信众以及为了保卫玄都观而牺牲的弟子，玄都观都会按规矩给他们的亲属足够的补偿。当然，这些琐事都会由阮星辰去做，他要处理的是更加重要的事情。

他为顾俟城倒了一杯热茶，放到顾俟城面前，温声道："你不必多想，现在也没时间纠结这些。你要想的是，下一步要怎么走？”

顾俟城抬头看向他：“我……不知道……但我肯定要回幽都，我要救回九歌，还要接我母亲离开……我不知道……楚天阔为什么要这么干……我……我不知道……或许我叔叔出事了……我现在很茫然……师伯，我该怎么做？”

玄微子看着旁边墙上挂着的那幅字，缓缓地说：“你父亲顾秋水与我是莫逆之交。”

顾俟城大吃一惊：“什么？！”

玄微子的神情很平淡：“自从幽都建成，玄都观便与它休戚相关。浑天仪正对着的地下便是地动仪，二者联动，方可消除灾厄，保国运昌盛、河洛平安。幽都历代城主都会与玄都观观主见上一面，重新订立‘幽玄之盟’。你父亲顾秋水与我一见如故……”他停了一下后，眼里流露出一丝怀念，“那一次，在玄都观，他与我聊了一天一夜，给我写下这幅字，我赠他一件灵宝。”他看了顾俟城一眼，“他回到幽都后，我们偶尔会互相通信。我知道他的抱负，他也了解我的担忧与期待。他为实现他的理想，先后送出了六个孩子，我是他的接应人。”

顾俟城听得很入神。玄微子讲述的是他所不知道的父亲，令他无比神往。

玄微子冷厉的目光变得柔和了一些，继续缓声说道：“你父亲虽然生长在幽都，却胸怀天下，是一个真正的大仁大义之士。毫不夸张地说，他是一个圣人，我不及他，这个世界上九成九的人都比不上他。他本应光照千秋，名垂青史，谁知年纪轻轻便死在一群又蠢又毒的人手里。那些人，有自以为是的正义卫士，有刚愎自用的野心家，有愚蠢的江湖杀手，还有高居庙堂之上的道貌岸然之辈。"

顾俟城听得一头雾水，被玄微子对父亲的高度赞扬震撼，又因为他明确地指出当年父亲死亡的真相而悲哀。

玄微子拿起茶碗，轻轻地呷了一口，这才看向他："如今事态紧急，我也不瞒你了。但这件事你听过之后，只能放在自己肚子里，跟谁都不能说。"

顾俟城连忙点头："好。"

玄微子看向窗外的夜色，长长地叹了一口气："历史总是胜利者书写的，但真相不会被湮灭，总是会被人发现的。七百七十七年前，太祖与国师顾浩然本是结拜兄弟，二人相识于微末，一起成长，并肩作战，一起推翻前朝，一统天下。顾浩然多智近妖，术法高强，几乎为当时天下第一人，太祖登基后，对他的疑心越来越重。顾浩然立刻感觉到了他的杀意，于是建摘星台，创立太史局，约束天下术士，希望能维护多年的友情，打消太祖的猜忌。但好景不长，没过多久，太祖被小人挑唆，对他的疑心更重。卧榻之侧，岂容他人酣睡？顾浩然迅速淡出朝堂，避居玄都观，本想就此终老，却在观中的藏书阁内偶然发现一份上古密卷。"他停了停，看向小桌对面的顾俟城。

顾俟城心里一震，想起九歌带走的那份密卷，心里有些不安。

玄微子的声音仍然平淡："那份密卷上说，大宁帝都河洛城所在的地方龙首原有一条巨大的龙脉，还是一条'活龙脉'，它已蓄势万年，即将化龙飞升。若是在特定的位置上造一座地上城和一座地下城，利用浑天仪和地动仪激发龙脉，再用两座城的百姓和国运献祭，便可使龙脉之力成全一人。此人可成为天下至尊，甚至立地飞升，羽化登仙。顾浩然仔细研究过密卷，又翻遍玄都观的藏书，再游历天下，拜访了各大有名的寺院、道观，借阅了无数密藏，终于得出结论，此法可行。于是，他入魔了。"他意味深长地看着顾俟城，"很少有人知道这种事情而不动心，除了你父亲。"

顾俟城震惊得一个字都说不出来，脑中一片空白。

玄微子继续说："顾浩然结束游历后，回到河洛。那时，河洛城地动频发，井里常常会冒出沸水，烫伤百姓。钦天监与司天台的术士都说不出个所以然来，太史局也毫无办法。太祖勃然大怒，却无可奈何。此乃自然之力，非人力可为。

"顾浩然回朝后，向太祖奏报，河洛地动频繁，异象纷呈，皆因河洛之下的龙脉想要化龙飞升。为保国运长盛不衰，河洛安然无恙，只能在龙脉的逆鳞位置建造一座地下城，再用至宝地动仪镇压。那个地穴的位置向上，正好就是玄都观，观中至宝浑天仪可与地动仪联动，如此便可守护河洛太平，保大宁昌盛，千秋万代，永存于世。太祖大喜，当即征发工匠、徭役共十万人，进入地底建造幽都。地下城落成后，顾浩然率术士、部曲、工匠、杂役共五万人进入幽都，并封镇界门，誓言永镇地底，守护河洛。

"这就是明面上幽都的来历。皇室和世家大族的记载都是如此，所以当今圣上与达官显贵都不容幽都人走出地底——为保大宁永存、河洛安宁，幽都人必须被永镇地底，否则便视同谋逆，十恶不赦。"

顾俟城深深地吸了一口气，心潮起伏，难以平静。玄微子示意他喝点儿水冷静一下，顾俟城依言拿起杯子，一饮而尽，这才长出一口气。

玄微子这才接着说："顾浩然在幽都布下困龙大阵与献祭大阵，打算在寿元将尽时启动大阵，羽化飞升。可是，当时龙脉尚未成熟，还需要等待数百年甚至上千年。顾浩然博古通今，智力超群，竟从一些古法中钻研出一种邪术，即夺舍之法。此事只有当年与他相知甚笃的玄都观观主长青子知道，但他二人各有道途，长青子虽然不赞成以此法续命，却也不便阻止。后来顾浩然再无消息，不知是坐化了还是行了夺舍之法。我派祖师长青子终不免于心不安，便向当时在位的太宗皇帝献上他以堪舆学结合天象、阵法、禁制等绝学绘制的河洛新舆图。太宗皇帝雄才大略，当即按此图重建河洛，这才有了现在的一百零八坊。皇宫与摘星台作为阵眼，统领一百零八坊，可保河洛平安。

"七百余年过去了，历代幽都城主都不知献祭之事，一直兢兢业业地守护着地动仪，为河洛解除灾厄，因此有许多幽都的年轻人和孩子不幸横死。其实，当初你父亲多次谈到这种现象，言语间无比痛心，我便有些怀疑，总觉得这种现象与顾浩然的续命之术有关，但没有实证，就没有对你父亲提起。"

玄微子深深地叹了一口气。顾俟城忍不住握紧双拳。他有一种直觉，或许这确实与顾浩然有关。

玄微子有些惆怅："你父亲后来意外发现了顾浩然当年留下的笔记，知道了此事，可他为了百姓苍生，至死不肯启动阵法，不愿意以百万生灵的性命成全他一个人。所以我才说，他是一个真正的圣人，胸怀天下，义薄云天，世人难及也。"

顾俟城只觉得心神激荡，几乎坐不住。他紧紧地握着茶碗，竟将粗陶茶碗捏成了碎片。他手忙脚乱地收拾起碎片，用一块扫尘的巾帕包好，放到门边，然后回来坐下，这才平静了一些。

玄微子言归正传："往事已矣，咱们再说当下。昨日河洛城遭遇大劫，大批旁门左道的术士突然在河洛发难，造成死伤无数。还有邪道六子攻进皇宫，幸而被你师父、师叔与太史局、北司的术士们拦住。一场激战下来，邪道六子被杀死五个，只有一个人逃脱，他们的徒子徒孙也死伤大半。而与此同时，幽都大军突然破开界门，围攻我玄都山，指名要浑天仪，甚至察觉到……虞灵犀便是浑天仪之灵。"

顾俟城又被这个消息震惊了："什么？那她……还能成亲吗？"

玄微子一怔："你这是何意？"

"她……"顾俟城抹了一把脸，都不知道该从何说起，"我是说，虞师妹心悦我大哥谢图南，我大哥也动了心思，只是觉得高攀不上，有些犹豫。我们一直劝我大哥接受她，眼看他打算忙过这一阵后便来提亲。您说虞师妹是浑天仪之灵，那她……还能成亲，生儿育女吗？"

玄微子啼笑皆非，房间里沉重的气氛微微松动。他长叹一声："她既已成人，自然可以成亲生子。"

"那就好。"顾俟城松了一口气，"玄师伯，您接着说。幽都大军今日大举进攻玄都山，究竟意欲何为？"

玄微子脸上的笑容消失了，一脸凝重："我怀疑，现任城主顾长天也知道了这件事。而他不像你父亲，只怕要行此事，因此必须取得浑天仪。"

顾俟城更加不安，却也有些庆幸："幸好我交给九歌的浑天仪之心是仿制品，我与季同在里面动了些手脚，无论是谁用了，必遭反噬。"

玄微子赞许地点了点头："当时你们做此物，我也知晓。季同拿来给我看过，正中心的那点灵光是我注入的。确实如你所说，无论是谁用它来行不法之事，都会遭到反噬。"

顾俟城双眉一挑，更加乐观。有玄微子出手，此事就更加稳妥了。

玄微子温和地说："虽说浑天仪之心是假的，但此事必须解决。既然幽都的存在是一个巨大的威胁，不如让它消失。你最好尽快回幽都，将城里的百姓全部转移出来，并带出地动仪。我可以摧毁幽都，破解困龙大阵与献祭大阵，送龙脉化龙升天，保两座城的百姓平安。那时候，新生龙脉虽然弱小，却很稳定，依然能保证大宁安定，皇室存续。"

顾俟城毫不犹豫地答应道："好，等天一亮，我就去河洛见师父和大哥、二哥，然后便回幽都。"

"嗯。"玄微子领首，"你那里有溯洄镜，它便是我送给你父亲的灵宝。我这里有洄溯灯，以前我们就是通过这两件灵宝来通信的。后来，你父亲意外身故，这件灵宝便飞出来，回到我手中。我这边人多眼杂，不好随意拿出此宝，前些日子便交给辩机，让他交予你。你返回幽都后也可用此宝与我联系，并以此来转移幽都百姓。它的具体用法是……"

玄微子详细地讲述了怎么启动溯洄镜，怎么使用它的各种功能。顾俟城听得很认真，不时提出问题，玄微子一一解答，讲完后又说了一遍，等顾俟城表示全都明白并复述一遍后，他才放心："你别再忙观里的事了，快去休息吧。明日你可自行下山，不必耽搁。若有任何事需要找我，只管联系我。"

"是。"顾俟城郑重地对玄微子行了大礼，"多谢玄师伯！"

玄微子将他扶起："你父亲有子如你，足以含笑九泉。"

顾俟城点了点头，转身离去。他没再去山中砍树，而是回到与九歌成亲的新房里，看着窗格上贴着的双喜字，心里又是酸涩又是激奋。他在床上翻来覆去了半天，才迷迷糊糊地睡去。

第二天一早他便起身，悄然离开满是白纱白花的玄都观，飞身下山，纵马直奔河洛。

他现在依然是通缉犯，经过昨天的血案，他在河洛权贵的心中更是十恶不赦。因此，他并没有进城，而是在河洛附近的林中停下，然后通过传信玉简分别与温不劫、卫怀定、谢图南联络，询问他们的安危。

温不劫回复："受了些内伤，养一养就好了。"

顾俟城写道："师父，弟子要即刻回幽都。您多保重身体，等弟子回来，给您和师娘养老。"

昨天发生了那样的大事，温不劫自然明白他为什么要回幽都，于是没有挽留，只回道："你也多注意安全，遇事不要鲁莽，多想想你母亲、你师父师娘还有你的娘子。"

顾俟城的眼中有了一丝暖意："好，弟子记住了。"

他收起这块玉简，拿起另一块玉简，只见上面已经有了谢图南和卫怀定的回复。

谢图南写的是："我无事，你怎样？"

卫怀定的回复也很简洁："我很好，你呢？"

顾俟城在玉简上飞快地写道："我也很好，只是必须立刻回幽都，晚了只怕会出大事。"

谢图南和卫怀定的回复几乎同时出现，措辞差不多："三弟，皇上有旨，三日内，太史局、北司、南衙、金吾卫、西大营、南大营联合进攻幽都。你要小心！"

顾俟城更觉时间紧迫，立刻回道："我明白。大哥、二哥，你们要多保重！"

他收起玉简，策马直奔乱坟岗，看了一眼远处雄伟的河洛城墙，毅然地打开通往地底的秘密通道，坚定地踏入幻境大门。

幽都深处地底，距地面足有百丈的距离，却并不是一片黑暗，仍然有蓝天白云、雨雪风雷，但这些都是阵法做出来的，并不是真实存在的。因此，幽都没有四季交替，没有日月星辰，庄稼难以生长，百姓生活相当艰难。

幽都建成之后的四五百年间，大宁皇帝还一直记得让人定时往幽都送粮食、布匹、日用品、武器等物资，直到最近两三百年，地脉运动越来越频繁，河洛与幽都的联系渐渐地中断，再经过几代被世家控制的皇帝，就不再有物资被送到幽都。历代城主为了幽都百姓的生死，就想办法开凿了秘密通道，潜上地面，不择手段地为幽都供应物资，其中包括抢劫商队、偷窃富贵人家、贩卖人口、走私违禁物品、悄悄地倒卖傀儡，等等。

即使城主们拼尽全力，幽都的人口数量也一直在下降，最近几年降得更加厉害。

十六年前，顾侯城离开幽都的时候，人口还有三万余人，现在城中却只剩下八千多人。

这些年来，地脉动得更加频繁，地动仪一直在镇压灾厄，幽都随之有越来越多的年轻人和孩子横死。

虽然每年都有幽都密谍通过人贩子采买壮丁送到地底做奴隶，

乌月照也向幽都运送拐卖来的女人和孩子，有时数百人，有时上千人。被拐来的女人们会被分配给幽都的青壮年男子，配成对，生儿育女；孩子也会被交给不能生育的夫妻抚养，让他们渐渐地融入幽都。但是，幽都每年死亡的青少年依然远远多于外来人口与出生的婴儿。

幽都正在变成一座死城。

顾俟城走在人烟稀少的街道上，听着断断续续的闲聊、埋怨、咒骂、叹息、哭泣的声音，渐渐地把幽都的现状了解得清清楚楚。

想到河洛恢宏的城市景象与其中生活的百万人口，顾俟城心里只有苦笑。以往他或许会愤愤不平，但想到父亲的心愿和玄微子告诉他的那些真相，他连愤怒的心情都没有，只剩下怅然和迷茫。

顾俟城轻车熟路地纵马拐进小巷，渐渐地靠近自己的家。环顾左右，发现无人跟踪或监视，他便绕到大门口，敲了敲门。

过了好一会儿，门后才有蹒跚的脚步声响起，接着，沉重的大门被拉开，一个白发苍苍的老人探出头，看到顾俟城，不由得一怔，随即大喜："你……你是少爷？"

"对，张伯，是我。"顾俟城将马的缰绳递给他，"别声张，我去见母亲。"

"好好。"老人连忙将马牵进去，然后关上大门，上了闩，这才带着顾俟城往里走。

顾俟城觉得偌大的院子冷冷清清，忍不住问道："家里侍候的人呢？"

老人脸色不大好看，叹道："这些年来死了好些，剩下的仆人大娘子都给了钱，遣散了，只留下贴身侍候的赵媪、李媪、鸳鸯、百灵，还有一些粗使下仆。因为人少了，大娘子就吩咐老奴们将那些院子都封了，便不需要那么多人使唤了。"

"嗯，这样也好。"顾俟城点头，"这些年，我阿娘没受什么委屈吧？"

老人连忙说："那倒没有。大家都很敬重大娘子。"

顾俟城放心了："那就好。"

他们穿过前院，沿着幽暗的石板路走进后院，进入正房。

屋里有一个风华绝代的女子正倚在美人榻上看书，她的头发已经雪白，略显苍白的脸上却没有一丝皱纹，一双杏眼依然清澈如山泉。她穿着淡青色长裙，头上随意绾了一个巾帼髻，插着几支玉钗，看上去十分素净，此人正是顾俟城的母亲九章。

她身边站着两个年纪不小的婢女，看到顾俟城进来，都是一怔，随即大喜。顾俟城虽然是少小离家，但他的脸与他父亲像了八成，这些一直侍候九章的心腹婢女都是一看便反应过来他是谁。

百灵连忙俯身禀报："大娘子，大郎回来了！"

九章猛地抬头，惊喜交加地站起身："阿鱼！"

"阿娘！"顾俟城疾步上前，猛地跪下，激动地叩了三个响头，"孩儿不孝！"

九章连忙扶他起来："我儿快起，快坐。你怎么回来了？饿不饿？张伯去吩咐厨房，赶紧做几个好菜来。"

张伯连声答应："是，是，老奴这就去。"他转身就走，顺便将顾俟城的马也牵走了。

九章连忙叫两个婢女："快快，煮茶汤来。把我给阿鱼做的衣裳拿来，待会儿他好沐浴更衣。"她完全不顾礼仪，只是一个劲儿地抓着顾俟城的手，怎么也舍不得放开。

顾俟城看着母亲语无伦次地使唤着婢女，心里暖洋洋的，眼中几欲落泪。

一阵忙乱后，九章才稍稍冷静，仔细地打量着儿子，见他长身鹤立，潇洒挺拔，心里十分高兴，眉梢眼角都是笑意，温柔地问道："你怎么突然回来了？"

"有些事情要办。"顾俟城微笑着说，"然后就带母亲离开幽都。"

九章点点头："好，都听你的。"

顾俟城从新婚那天直到现在，几乎两天两夜没有合眼，此时见到母亲，心里一松，陡然觉得非常困倦。他强忍着困倦，大口地喝着茶汤，努力振作精神。

九章兴奋莫名，苍白的脸颊上泛起红晕。她端详着儿子酷肖夫郎的脸，忽然忆起往事，眼睛不禁红了："你就像你阿爹那般英俊潇洒，玉树临风。"

顾俟城握住母亲的手，柔声道："阿娘，儿子已经为阿爹报仇了。"他低声说起诛杀幽都五煞的事情，又说到自己在河洛有师父师娘和两位结义兄长照顾，父亲的好友、玄都观观主也待自己甚厚。最后，他提到自己与九歌已经拜堂成亲，打算接母亲去玄都山，一家人隐居在那里，"等阿娘的身子骨调养好了，儿子便与九歌陪阿娘四处走走。咱们带着阿爹的灵位，让阿爹也看看外面的大好河山，那是阿爹一心向往、用生命守护的地方。"

"好，好。"九章热泪盈眶，不停地点头，又关切地问道，"九歌呢？她没跟你一道回来？"

顾俟城略微一滞，随即笑道："我让她在地面等我们。我办完事就带着阿娘出去，与她会合。"

"那也好。"九章眼中含泪，很开心地笑着，"你能与九歌成亲，我也就放心了。"

顾俟城从身旁的婢女手里接过丝帕，帮母亲擦去泪水，柔声说："当时正值辩机法师即将在会昌寺为父亲做水陆道场，儿子便想成亲后，带着儿媳妇去给父亲看看，才没有禀明阿娘便仓促拜堂。阿娘，都是儿子不孝……"

九章笑着摆手："你能给阿娘娶来儿媳妇，就是天大的孝顺。以后再给阿娘多生几个小郎、小娘子，阿娘就更高兴了。"

顾俟城有些腼腆地笑道："儿子会努力的。"

九章忍不住哈哈大笑："真是阿娘的傻儿子。"

顾俟城不好意思地挠了挠头。多年不见母亲，他确实高兴得有些傻了。

九章看着儿子，一直心情激动。她抬手摸了摸儿子的脸，再次确认自己不是在做梦，心里非常愉快。多年不见，她不知该与儿子说些什么才好，于是好奇地问道："辩机是谁？他为何要为你阿爹做水陆道场？"

顾俟城便兴致勃勃地将当年父亲做过的事都告诉了母亲，顺便把那六个孩子被送到地面后的近况一一告诉了她。九章认真听完后，欣慰地说："你阿爹当年做的事我都知道，那几个孩子能过得这样好，你阿爹九泉之下也当瞑目了。"

"嗯。"顾俟城点头，"玄师伯对我说，阿爹大仁大义，有圣人之德，当光照千秋，名垂青史。"

九章听到这样高的评价，也有些激动地连声称是。她病弱多年，数个月前才治愈当年落下的毒伤，如今兴奋了这么久，便感觉有些力不从心，但她努力地撑着，不肯露出痕迹。

厨房做了一桌菜，一群老仆提着食盒送菜过来。他们高兴地笑着，上前给顾俟城行礼，然后打开食盒，将菜肴、胡饼、肉汤一一放到桌上。

九章与顾俟城坐在桌边，慢慢地吃着，说笑着，一向冷清的房间里弥漫着浓浓的暖意。

等到用完膳食后，九章便去歇息，顾俟城回到自己的房间，在大木桶里沐浴一番，然后换上簇新的衣衫。

他的奶娘赵媪替他理了理衣摆，满意地笑道："每年大娘子都要领着奴婢们给您做四季衣裳。虽然大娘子没有您的尺寸，这衣裳却很合身，可见母子连心是没错的。"

"是啊。"顾俟城坐到桌边，喝了一口茶汤，温和地问道，"这两天，幽都有没有什么大事？"

赵媪想了想："倒是没什么大事，只是下仆带回来一些消息，说是偃师营出动过，大半日后才回来，像是打了一场大仗，却不知是跟谁。咱们幽都已经没什么人了，您说偃师营还能去哪儿跟人打仗啊？老奴觉得，只怕都是谣传吧。"

顾俟城沉吟片刻，转而问道："我阿兄呢？可在幽都？"

"在。"赵媪连忙点头，"少城主每个月都会来看望大娘子，还让人定期送来粮食、蔬果、药材、布料，照顾得很周到。"

"嗯。"顾俟城实在撑不住了，"阿媪，你去忙吧，我睡一会儿。"

"好，好。"赵媪连忙给他把床上的锦被拉开，"您好好歇息，老奴就守在外面。"

顾俟城点头："好。"

他躺到柔软的床上，被褥、床单、枕头都是新换的，闻上去有种特殊的清香，这是家的味道，让他全身放松，很快便睡熟了。

幽都总是很安静，没有鸟叫虫鸣，没有人声喧哗。他睡了很长时间，忽然额头上沁出细细密密的冷汗。

在他的噩梦里，红云翻滚，恶咒不绝，地动仪上的八条龙同时发出咆哮声，幽都发生灾祸，人们横死。他在摘星台祭天大典上所现异象陡现眼前，昔日伤痛仿佛再度降临。河洛尸横遍野，玄都观血流满地……顾俟城看着周围的人惨叫着化作血云，只觉得触目惊心，却始终无法动弹。

突然，第一滴雨水落下，顾秋水踏雨而出，有他在，山河可倚，天下安定。顾俟城想要靠近父亲，幽都五煞却从水牢中蹿出，与父亲激战。顾秋水倒地，九章挺身上前，挡住昏迷的儿子。重击落下，九章倒地，血水混入雨水……大雨倾盆，楚天阔站在远处，表情看不清是笑是怒。

顾俟城从噩梦中惊醒，窗外已是暮色苍茫。他从床上猛然坐起，环视四周，这才想起这是在他自己的家里。

外面隐隐约约有说话声，不时响起低低的笑声，语气温柔，悦耳动听，这正是九章的声音。顾俟城隐约听到雨水的滴答声，屋里却依然温暖如春。他穿上外袍，走出卧房。正与赵媪说笑的九章回头，见儿子呆呆地站在那里，不由得笑着起身，拉着他的手，带他去吃夕食，就像他仍是承欢母亲膝下的幼儿，母亲怕他跌跤，总是牵着他的手走路。

顾俟城心里很是欢喜，像儿时那般叫道："阿娘，儿喜吃烤饼。"

九章转头看向他，眉眼含笑，仿佛回到了初为人母的那段幸福时光，慈祥地说："阿娘已经给小阿鱼做了。"

顾俟城俊逸的脸上露出稚童般惊喜的笑容，逗得九章忍俊不禁。母子俩正享受着天伦之乐，猛然看到顾临渊站在暮色中，看着他们微笑。

九章高兴地叫道："阿渊，快过来，阿鱼回来了！"

顾临渊没带任何人，是独自过来的。他缓步上前，温声道："婶娘，阿鱼。"

顾俟城也温和地道："阿兄。"

两个人对视一眼，彼此心照不宣。顾临渊愉悦地跟着他们去了正房，坐在桌边与他们母子共用夕食。兄弟俩谈笑风生，将九章逗得很开心。

等到用完膳，两个人又陪着九章在院子里转了转，送她回房歇息后，这才并肩往外走。

他们悠闲地散着步，顾临渊低声问他："你有什么打算？"

顾临渊开门见山，顾俟城也不藏着掖着："先杀楚天阔。"

顾临渊一点儿也不意外："就因为他带回九歌？"

顾俟城淡淡地道："这只是其次。"

"哦？"顾临渊有些意外，"那主要的是什么？"

"主要的是……"顾俟城看向他，"当年他参与暗杀我父亲。叛徒比外敌更加可恨，罪不容诛！"

顾临渊有些惊诧："果真？"

"千真万确。"顾俟城沉声道，"如果有可能，我想抓住他，问他为什么要背叛我父亲。"

顾临渊点了点头："他一回来就带着九歌进了城主府，至今未出来。"

顾俟城幼时在城主府住过几年，深知那里戒备森严，遍布禁制阵法，不亚于龙潭虎穴，思索了一会儿才道："等明日吧，先看看他有什么动作。"

"也好。"顾临渊看着他，诚恳地说，"阿鱼，九歌虽然是圣女，但为兄小时候便知道她以后是你媳妇，你与她成亲，我并不在意，对你们俩我只有祝福。我在幽都这么多年，早已经看透了，什么圣女必嫁少城主，都是陈规陋习，去他的吧！"

顾俟城第一次听他爆粗口，不仅不觉得刺耳，反而觉得爽快。他忍不住笑了："阿兄，我知道你对九歌无意，九歌离开幽都，也对你无心。既然如此，我自然不会谦让。"

"这样很好。"顾临渊深深地看着他，眼里有着隐约的哀痛，"阿鱼，为兄身子日渐衰弱，若将来有个万一，请你务必帮为兄照顾好几个孩子。"

顾俟城大吃一惊："阿兄此言何意？"

顾临渊转身看向夜色中亮起来的灯笼，幽幽地说："阿鱼，你也要与九歌多努力。你们的孩子是我顾家的嫡支主脉，以后为顾家传宗接代，接续香烟，都要靠你了。"

"阿兄这话从何说起？"顾俟城觉得他的话十分刺耳，"我知道阿兄身子弱，那就更要少操点儿心。再说，我想把阿娘送出幽都，阿兄带着孩子们跟我阿娘一起走吧。出去以后，你们暂时待在玄都观，可保无虞。"

顾临渊想了想，沉重的脸色渐渐缓和："也好。事不宜迟，你若要送婶娘走，最好趁现在楚天阔在城主府，八老或死或伤，无人封锁出路。等他们回过神来，只怕就没人能出去了。"

顾俟城觉得他说得有理，于是立刻道："那我这就让我阿娘收拾一下，你回去把孩子们带过来。等到夜深人静之时，我再送你们离开幽都。"

"好。"顾临渊匆匆离去。他虽然视死如归，对年纪尚幼的子女却很爱惜，不欲让他们死在这不见天日的地方。只要他们能出去，在阳光下生活，平安度过一生，他便死而无憾。

顾俟城回到母亲的院子里，吩咐赵媪、李媪、鸳鸯、百灵迅速收拾金银细软，当夜便要送他们离开幽都。赵媪等人都很惊讶，但对他无比忠心，自然听命行事。

顾俟城坐到床前，看着熟睡的母亲，心里虽有不舍，却也明白，只有把母亲送出幽都，才能确保她的安全。

第十六章

凡尘将尽

深夜，一队马车驶过幽都街道。

幽都虽然不大，却有七十二坊，拱卫着占据主位的城主府。幽都初建时，每一坊可住千人，如今每个坊中只有区区百人，有的甚至只有数十人，十分荒凉。

城中没有宵禁，夜里依然可以出行，但几乎没人敢出来。黑暗中仿佛有食人的怪物，以前常常有人在晚上出去后就再没回来，报到城主府也不了了之，于是大家总会在黄昏时便回到家中，紧闭门窗，这样才能平安地熬到天明。

顾俟城坐在车里，看着外面的荒凉景象，心里十分沉重。

顾临渊坐在他的对面，轻声说："阿鱼，为兄无用，有一件事想要求你。"

顾俟城立刻道："阿兄不必如此，有事尽管吩咐。"

顾临渊咬着牙说："我要你杀了顾长天。"

"什么？！"顾俟城震惊地问道，"你要我杀了阿叔？"

"对。"顾临渊脸色铁青，捂着胸口咳了几声，"他早就不是我阿父，不是你阿叔了。不知是哪里来的孤魂野鬼霸占了他的身体……喀喀……我以前不知道，后来渐渐地发觉有些不对。我阿母死得蹊跷，他却不闻不问，反而把贴身侍候我阿母的人全都杀了，说是给我阿母陪葬。他身边的人也死得很快，还有在我身边侍候的阿媪也死了。那些都是很熟悉我阿父的人，他们一死，就没人再发现他有什么不对了。后来，他就闭关，再也没让我见过……喀喀……再后来，我发现当年大伯的死也与他有关，他明

355

明发现有外来者收买幽都五煞企图暗杀大伯，却鼓动楚天阔推波助澜，终致大伯被杀害，婶娘闭门不出，你被逼出幽都……喀喀……这些年来，我韬光养晦，耽于玩乐，不敢露出丝毫端倪，才没有死于非命。我也试图积蓄力量，却根本敌不过他的势力，无法复仇。阿鱼，我知道你这次回来所图甚大，那就请你杀了那个人，为你阿父和我阿父报仇雪恨。"他呼吸急促，满脸恨意。

顾俟城听着，猛地想起玄微子的话，立刻相信了顾临渊的话。如今的顾长天很可能就是成功夺舍后的顾浩然，他们幽都顾氏的老祖宗。

顾氏的族谱上有标注，当年顾浩然进入地底幽都，带来的是顾氏一族的术士，其余的人都留在了地面，包括他的妻子儿女。他只带了妾侍，后来在幽都又娶了一位妙龄女术士为妻，生下来的子孙代代相传，便是幽都城主这一脉。

大宁帝国初建时，顾浩然因居功至伟，不但被太祖黎山河尊为国师，还被封为世袭的越王，封地在富庶的江南越州，邑万户。他慷慨请缨，愿带人到地下幽都，保大宁江山永固，太祖感动，允他长子袭爵，并颁赐丹书铁券，还在宫中留下遗训，只要越王府不叛国谋逆、不杀人放火、不扰乱国政，顾氏一族便可长存于世。

顾俟城幼时顽皮，趁父亲进祠堂，偷偷地翻看过族谱，知道这段渊源，因此他在河洛站稳脚跟后，打听过越王的情况。后来他到江南办案，也悄悄地去越王府查看过，还潜入他们的祖祠，翻看过他们供奉的族谱。

当代越王的确出自顾浩然嫡长子一脉，并且秉承祖训，一直在江南低调地发展，约束族人，不涉政事，财不露白，只潜心研究学问。越州顾氏数百年来出过许多大学问家，也出过术士、剑客、武士，却都没有入朝供职，日子过得都不错，便是旁支庶族，也都过得丰衣足食。

顾俟城并没认亲，只在心里觉得愤愤不平。上天如此不公，为何他们幽都顾氏过得如此辛苦？他父亲殚精竭虑，却惨死在雨夜，他小小年纪，便得出生入死，为父报仇。为何越州顾氏却能锦衣玉食，就连稍微得脸的奴仆都比幽都顾氏的嫡系族人过得体面舒坦？

如今，幽都顾氏子嗣凋零，上一代的顾秋水、顾长天和出嫁的姑奶奶们都已不存于世，这一代只有他和顾临渊，下一代虽有顾临渊的两子一女，却俱是庶出，还受父亲影响，先天不足，病病歪歪的，也不知能否长大成人。

想到这里，他对顾浩然生出滔天的恨意，听完顾临渊的话后，立刻点头："好，我会去见他的，若他果真不是阿叔，我一定会杀了他。"

顾俟城作为来历不明的孤儿都能在河洛成为令人闻风丧胆的"北魔"，顾临渊一直对顾俟城的决心与能力感到钦佩，于是握住顾俟城的手，用力地晃了晃："阿鱼，全靠你了。我虽然不通术法，却能感觉到此人实力极强，若是……你力有未逮，千万不可冒险，必要时以你的安全为上，切记，切记。"

"我明白。"顾俟城对他笑了笑，"放心吧，我心里有数。你只要照顾好自己，照顾好我侄儿侄女，再替我照拂一下阿娘，便足够了。"

"嗯。"顾临渊也笑了，"我会的。"

等到车队到达秘密通道入口时，顾俟城便坐到车辕上，亲自驾车，带着车队沿着通道向上行驶。因为马车很沉重，马的脚力不够，车队只能缓缓地行驶，直到破晓时分，他们才钻出通道，出现在乱坟岗中。顾俟城熟练地在坟包中找到可容马车通行的小径，穿过稀疏的树林，驾车来到大路上。

他在出发之前已经暗中用魂窍中的溯洄镜与玄微子说明了此事，玄微子立刻表示会派人前来接应，让他放心。此时，他们的车队刚刚抵达预定地点，他便看见了晨光中的季同与虞灵犀。两个人是玄都观中与顾俟城最亲近的亲传弟子，实力高强，足以护得住他们这支小小的车队。

顾俟城没有时间多说，跳下马车，对两个人拱手一揖："季师兄，我阿娘还记得你，到了玄都观，请季师兄与我阿娘徐徐解释，让她放心。虞师妹，我阿娘就拜托你了。另外，我阿兄和侄儿侄女的身子都不好，还要拜托阮师兄炼些丹药，为他们调理一下。待我回来，必有重谢。"

季同有些激动地拱手还礼："顾师弟放心，我一定好好照顾你的家人。"

虞灵犀也对他一抱拳："顾师兄放心。阮师兄已经听过师父的教诲，对顾师兄十分敬佩。我们玄都观一定不负师兄所托。"短短的几天工夫，她似乎突然从娇憨的少女变成了能独当一面的成人。

"多谢。"顾俟城点点头，然后去看了一眼后面马车上的母亲。

九章睡下时喝过安神汤，此刻尚未清醒，一直在沉睡。顾俟城没有叫醒她，只是默默地看了看，便放下车帘，飞身离去。

季同登上顾临渊所在马车的车辕，引导车队向玄都山驶去。虞灵犀登上九章所乘的马车，护在九章身边。车队在晨风中迅速地前行，很快便远离了荒草萋萋的乱坟岗。

顾俟城返回幽都，穿过冷清的街道，回到空无一人的顾宅。他稍做休息，等到精力充沛后，将温不劫和玄微子赠予的灵宝法器和符箓都检查了一遍，随后穿上法袍，出门向城主府走去。

顾氏族人聚居的地方离城主府不远，现在这里已经没什么人了，街道上空空荡荡的，只有巨石垒砌的城主府依然气势恢宏，在虚假的蓝天白云下庄严雄伟，令人望而生畏。

有四个武士百无聊赖地守在大门口。这里整天看不到一个人，他们守在这里其实毫无意义，个个心里闲得发慌。顾俟城大步流星地走过去，让四个武士眼前一亮。虽然他们以前没见过他，但他长得与顾长天、顾临渊都很像，一看便是顾氏嫡系，因此四个人并没有戒备，反而笑脸相迎。

顾俟城挺直腰背，对四个武士说："我是前任少城主顾羡鱼，有急事见阿叔。"

四个武士连忙让道："请，请进。"

顾俟城对他们点了点头，随即登上台阶，走进大门。

城主府里面庭院深深，分三个区域，有官员处理政事的外院，城主家眷居住的内院，还有一个放置地动仪的禁地。顾俟城少时在这里生活了八年，又皮又淘，喜欢到处跑，对每个角落都十分熟悉。他没有左顾右盼，而是沿着笔直的石板路直奔禁地。

偌大的城主府仿佛是一座空宅，他一个人都没碰到，当差的官吏、修行的术士、守卫的武士、服侍的下仆杂役，全都没有，十分诡异。

顾俟城提高警惕，不仅没有停下，反而拔足飞奔，一直冲进禁地大门。

以往，这里有术士与武士层层守卫，还有禁制阵法难以破除，如今，一切荡然无存，只有沉默的高墙和敞开的大门。

顾俟城前进十丈的距离，便看到禁地中心站着许多人。他驻足细看，不禁骇然。

那里有一座宽阔的圆形广场，边缘均匀地分布着八根巨大的紫金柱，上面都雕刻着一条条活灵活现的真龙，龙头朝下，尾巴在上，身上龙鳞片片晶亮。

广场正中间有一座五芒星形的巨大石台，上面有一座巨型镂空石雕，刻着日月星辰，有二十八正曜、黄道十二次和四御、三官、五星，与顾俟城在玄都观见过的浑天仪几乎一模一样，在正中心的太阳石刻上，有个五芒星状的凹槽。整座石台和巨型石雕都是由一整块珍贵的星辰石制成的，泛着青铜一般的光泽，隐约闪烁着熠熠星辉。在八根巨柱、中心石台以及二者之间的大片地板上，镌刻着纷繁复杂的禁制阵纹，组成一个大阵，而阵眼便是那个石台中心的石雕。

这便是先秦打造的神器之一——地动仪。顾浩然以它为阵基，布下了困龙大阵。

顾俟城小时候跟着父亲进来见识过一次，但那时年幼无知，并不清楚这里到底是什么地方，只觉得气势磅礴，摄人心魄。现在，他在摘星台和玄都观看过无数典籍、古卷，到现场一对照，立刻便认出这是传说中早已失传的困龙大阵。再思及幽都城的建筑布局，他不禁毛骨悚然——那是邪魔外道最爱布置的献祭大阵，而以困龙大阵为核心，献祭大阵的威力将成倍地增加。

此时，石柱之间与石台周围有着无数的人与兽，顾俟城一一看去，发现许多人他都认识。幽都八老、楚天阔等高级将领、城主府所有官员术士和婢仆杂役都在这儿，还有幽都豢养的虎、豹、熊、狼等猛兽。他们或站或跪，身子僵硬，面无表情，目光呆滞，体内却有微弱的魂力波动。

显然，无论是人是兽，都已经变成了生魂傀儡。

顾俟城大怒，厉声喝道："顾浩然！你丧心病狂！禽兽不如！"

站在石台上的人身着玄色的天仙洞衣，负手而立，闻言哈哈大笑："不错，顾羡鱼，你才是最像本座的孩子。"

顾俟城呸了一声："谁像你这种冷血无情的怪物？"

用着顾长天皮囊的顾浩然欣赏地看着他："你把顾临渊和他的孩子都送走了吧？这很好，幽都顾家这一脉也应香烟不绝，世代传承下去，以后就靠你们兄弟了。好孩子，你若即刻离开，本座便将九歌还给你，让你与她生儿育女，白头偕老。"说到这里，他脸上的笑容一敛，声音变得冷厉，"若你执迷不悟，本座即刻将她炼为生魂傀儡，让你悔恨终生。"说着，他左手向外一抓，一人被从台下牵引过来，跪在他脚下。他把手按在那人的头顶上，目光森然地看着顾俟城。

那人正是九歌。她口不能言，目光却灵动有神，显然尚是活人。她看着顾俟城，努力挣扎着摇头，示意他别管自己。顾俟城怔在那里，心神大乱。

顾浩然见到他的反应，心中大定，朗声笑道："我们顾氏在地底幽都镇守七百七十七年，传承二十八代，有功于天下，泽被苍生，积累下庞大的天地功德。待本座此番功成，要么羽化登仙，带领顾氏子孙飞升，要么成为天下至尊，扶你登基为帝，俯瞰万里河山，执掌乾坤。"

他意气风发，顾盼自雄："黎山河呀黎山河，当年若是没有本座，你不过是胡汉杂种，草芥蝼蚁，何德何能登上皇位？你一朝登顶，便翻脸不认人，竟然想要除掉本座。哼，本座子子孙孙把命填在这里，保你子孙稳坐了七百余年江山，你黎家欠我顾家的债永远也还不清。现在，就用你黎氏全族的血来偿还你我的因果吧！"

这时，作为先锋的太史局和北司的上千名术士、刑部与南衙的五百个捕快、金吾卫三千名官兵已经进入幽都。

以袁天师为首的术士队伍最残酷无情，见人就杀，那些不通术法的普通百姓轻易地便被术法杀死，毫无还手之力。

捕快们由谢图南统领。卫怀定率领金吾卫官兵。许多人都在河洛暴乱中痛失家人，对幽都怀着刻骨的仇恨，进来后也是大开杀戒。幽都的老弱妇孺不断地倒下，血流满地，很快地渗入地下。

谢图南与卫怀定没有胡乱杀人，而是带着一队精英，跟随袁天师、韦长生、寇德容、上官令、陈大庆、钱满仓、欧阳离、严志浩、吕华清等高级术士，直奔幽都中心的城主府。

禁地中，顾浩然深深地吸了一口隐含血腥味的空气，惬意地笑道："杀吧，杀吧，就让你们的鲜血、生命、灵魂助本座上青云，登九霄！"

顾俟城一惊，随即反应过来顾浩然要血祭幽都开启大阵，连忙往前冲："不可，住手！"

顾浩然左手拂袖，将九歌如一件兵器般砸向顾俟城，同时右手抽出插在腰间鞘中的轩辕剑，插进石台。这是一把圣道之剑，据说由众神采首山之铜为黄帝所铸，后传与夏禹，剑身一面刻日月星辰，另一面刻山川草木，剑柄一面书农耕畜养之术，另一面书四海一统之策。此刻，轩辕剑的剑身和剑柄与地动仪互相呼应，石台与剑同时发出耀眼的光辉。那些光迅速地沿着阵纹蔓延，点亮了八根石柱和石台中心的"浑天仪"。

顷刻间，无数鲜血沿着遍布幽都地底的阵纹渗进地下那条活龙脉里。顾俟城听到龙吟声在地下深处响起。地动仪上的八条龙也被鲜血浸染，仿佛活了过来一般，一起仰头长啸，似乎欲腾空而起。

顾俟城止住前冲之势，运劲接住砸过来的九歌，略一检查，便知她只是被封住灵力，并没受到太大伤害。顾浩然比他强大，他无法解开封印，只能将她轻轻地放在地上。

这时他已经明白了，顾浩然设计血洗河洛，围攻玄都观，固然是想夺取浑天仪之心，更是想激怒大宁皇帝与众臣，让他们发兵幽都，借他们的手屠杀幽都百姓，献祭大阵，他们自己同样会成为祭品。只是，顾浩然与顾俟城都没想到，朝廷连三日都不能等，只用了两日便派先锋军杀进幽都，西大营和南大营的二十万大军却尚未出发。

顾浩然有些遗憾，但粗略计算一番，便知现下人数已经足够。顾俟城却不能忍，厉声质问道："幽都百姓何罪？你怎可行如此恶事？"

顾浩然理所当然地道："自本座辅佐黎山河一统天下，我顾氏一跃成为顶级门阀，那些幽都子民都是我顾氏部曲和下仆的后代，为主人牺牲，难道不是应该的吗？"

他看着顾俟城，目光中带着遗憾："可惜你与你父亲一样，冥顽不灵。"

在这漫长的七百余年中，顾浩然已经转生七次。每次他都会选择顾家资质最好的后辈夺舍，然后一辈子闭关修行，将灵魂修炼得坚实无比，寿至百余岁，然后再夺舍下一代。因此，每一代顾家传说中的隐藏底牌、不出世的高手都是他。这一代，顾秋水的资质最好，但他意志坚定，看到顾浩然故意让他发现的笔记也丝毫不动心，完全无懈可击。于是，顾浩然只得对略逊一筹的顾长天下手。顾长天果然像以前每一个被他夺舍的顾家人一样，看到笔记后心思大动，意志动摇，顿时入魔，竟然买通楚天阔，配合幽都五煞，暗中杀害了嫡亲兄长顾秋水。此事让他的心境产生巨大的破绽，很快就被顾浩然乘虚而入，吞噬灵魂，成功夺舍。

十六年来，死亡的幽都人大部分被顾浩然献祭给了被镇压的龙脉，以安抚它的怨愤与恨意。如今，有数以万计的生命被填进大阵，有海量的功德保驾护航，他有足够的信心能够一飞冲天。

献祭大阵与困龙大阵合二为一，组成归一神阵。

龙脉怒号，剧烈挣扎，导致天崩地裂。幽都开始缓缓地陷落，河洛城同样遭遇大劫。地动山摇，大地开裂，墙倒屋塌，地下水迅猛上涨。

玄微子率玄都观长老与内门弟子共三百六十五人齐聚云顶，以浑天仪为阵眼布下周天星斗大阵，镇住河洛城周围河山。

温不劫率三十六位术士与七十二位有道高僧在祭天台上站好方位，以摘星台为阵眼，引日月之光，激活河洛一百零八坊组成的天罡地煞阵，与龙首原上的皇宫遥相呼应，护住河洛宫城、皇城、外郭城与其中的百余万生灵。

皇帝端坐太极殿，有内卫与武将、文臣拱卫，固若金汤。

一道隐约可见的银色屏障罩住河洛城，一道更加显眼的金色屏障从玄都山沿着河洛城周边的山脉展开，横跨整个平原，将其团团笼罩，给了大宁帝都第二重保护。

幽都城主府的禁地里，那些处于广场上的人与兽全都化成血水，汇入阵中。阵法的力量越来越大，渐渐地扩散，将顾俟城与九歌推出禁地大门，阻隔在外。

顾俟城心急如焚，努力控制住情绪，强迫自己冷静下来，终于分清轻重缓急。他催动魂窍中的溯洄镜，与玄微子的洄溯灯相连，向玄微子传去当前幽都的形势，请求救助幽都百姓。

玄微子知道不能让幽都百姓继续这般死下去，当即以大灵力破开界门，让刚刚带着九章等人回来的季同操纵木牛流马去幽都接回百姓。

与此同时，他传信给温不劫，将幽都的情况告知，请他转告袁天师，停止杀戮，尽可能让所有中低级术士和不会术法的普通人全部离开幽都，否则他们将会全部成为祭品。温不劫连忙给袁天师传信，将此事告知。

袁天师接到消息后有些怀疑，接着便见界门被破开，一队队木牛流马从通道里奔出，见人便束缚住，满载后便回头奔进通道，进入玄都山。他心里又急又怒，认为这是幽都的阴谋，差点儿想要转头回去大杀一阵，可是情况紧急，幽都正在分崩离析，不容他再耽搁。他带着人冲进城主府，那四个守在门口的武士在他之前就冲进府中，一同围在顾侯城身边。

顾侯城将九歌交给他们，让他们退到一旁，然后挡在袁天师前面："袁大人，请稍等。"

袁天师怒从心头起，二话不说，举起长尺便抽过去。顾侯城飞身避让，朗声道："袁大人，休要执迷不悟，若是出了差池，您便是大宁的罪人！"

袁天师虽然手段狠绝，却对大宁忠心耿耿，听他如此说，一时有些犹疑，便没有再攻，只是冷眼看着他。

卫怀定与谢图南随后赶到，连忙冲到顾侯城身边护着："三弟，你没事吧？"

"大哥、二哥，我没事。"顾侯城对他们笑了笑，转头看向袁天师："袁大人，一刻钟后便知分晓。"

这时，幽都虚假的蓝天白云、绿草鲜花全都消失了，只剩下一片黑暗。正在屠杀百姓的捕快与术士都吃了一惊，站住不动，于是纷纷被木牛流马束缚住，运出幽都，扔到玄都山的山脚下。他们都很茫然，游目四顾，一时不知该往哪里去。

城主府中同样漆黑一片，但有禁地大阵的光辉照耀，顾侯城这边尚能看清。袁天师等人站在那里，都焦躁不安，却不敢轻举妄动。

石台上的顾浩然看着阵法的变化，心中狂喜，右手一抖，握住从九歌那里得到的浑天仪之心，缓步上前，郑重地将它嵌进石雕太阳的五芒星状凹槽里。浑天仪之心灵光大盛，光芒迅速蔓延至整个"浑天仪"石雕，扩散开来，抹除了石台上的阵纹。

顾浩然如遭雷击，全身气血紊乱，连连喷吐鲜血，原本的磅礴气势陡然一降，遭到了严重的反噬。电光石火之间，他便明白过来，立刻上前抠出假浑天仪之心捏得粉碎，恨声道："好一个九歌，好一个玄都观！"

顾俟城感知到大阵内的变化，立刻对袁天师道："袁大人，你们在外破阵，我去杀了元凶。"他没有说出顾浩然的名字，免得更添烦乱。

他转头又对卫怀定与谢图南说："大哥、二哥，帮我带走九歌。"随即他飞身跃出，冲进阵中。

虽然归一大阵有所变化，但万变不离其宗。他幼时得父亲传授此阵的出入之法，现在又有溯洄镜相助，因此可以轻易入阵。

袁天师自然不会听他的话，立即跟着冲过去，却被法阵阻挡，弹了回来。他受到法阵之力反击，内腑受创，忍不住吐出一口血来。

这时，在玄都山上，九章等人正在前往山腰处的玄妙观。他们没有上到云顶，因为周天星斗大阵已经封闭了玄都观。季同之前已赶去云顶，操控木牛流马到幽都救人，这里只剩下虞灵犀。

他们的马车留在山脚下，车上的箱笼由跟来的下仆们肩扛手提，带上山来。顾临渊走在前头，他的侍妾和抱着孩子的奶娘跟在后面，然后是背着九章的百灵以及九章身边的侍女，再后面是顾临渊和九章府中的十余个信得过的下仆。

虞灵犀带着他们快步前行，温声安慰他们不用害怕。远处的界门清晰可见，不断有巨大的木牛流马在黑暗的通道里进进出出。界门四周有云海翻腾，白云泛红，仿佛有鲜血混杂其中，看上去十分恐怖。

他们尚未走到玄妙观，忽然有一只云团构成的大手从天而降，抓住虞灵犀便缩回去。虞灵犀猝不及防，消失得无影无踪。

顾临渊大骇，仰头大叫："虞仙子！虞仙子！"

他又惊又急又慌乱，却无计可施，只得加快脚步，气喘吁吁地走到玄妙观，将刚才的事情告诉观中的女弟子，请她们去玄都观报信。

这时，观中的大部分弟子和信众去安抚幽都百姓，只有几个小弟子待在观中。听到此事，她们比顾临渊还要害怕，但仍然鼓起勇气出了观门，往云顶奔去。

幽都城主府的禁地中，顾俟城一直冲到石台上，看着气急败坏的顾浩然，拔剑便攻上去。顾浩然虽然遭到严重的反噬，实力却依然不逊于顾俟城，对于这个不听话的后代，心中毫无血脉亲情，只有憎恨。他手中无剑，挥手间却剑气纵横，不必捏诀掐印，各种术法便随手施出。

八百年修行，顾浩然已经天下无敌。

顾俟城很快便落入下风，只能仗着身上的高阶灵宝、法器苦苦支撑。他打出的符篆无法伤到顾浩然，手中的长剑崩成碎片，遍体鳞伤，鲜血不断飞溅到石台上，使阵纹大亮。

顾浩然的脸上露出一丝笑意。

这时，黑暗的天空忽然裂开一条缝，一只云团组成的大手抓着不停挣扎的虞灵犀进来，笔直地落向阵心。

顾浩然得意地说："给本座一个假的浑天仪之心又怎样？本座有浑天仪之灵。只要将她融入阵心，这座星辰石雕塑就会变成真的浑天仪。顾羡鱼，你拦不住本座，还不跪下给你祖宗叩头？本座不计前嫌，仍会带你飞升。"

顾俟城不知他在说什么，理也不理，只紧咬牙关，极力支撑。

这时，阵外的谢图南敏锐地抬头看去，随即脸色大变。他猛地跃起，跳上旁边的屋顶，借力腾空而起，挥舞重剑向前斩去。他的精、力、神在这一刻高度地凝聚，全身的力量汇集在剑上，带着沉重如山的威压，以雷霆万钧之势斩向那只云团大手。

禁锢住虞灵犀的云团立即溃散，随即又凝聚起来。虞灵犀反应极快，已经在空中变换身形，施展飞空术向谢图南冲来。云团大手紧随而至，又朝着虞灵犀抓去，谢图南已经落下，此时挥剑猛劈，再度劈散那个云团。虞灵犀看得分明，笑着向他扑去，谢图南立刻伸手搂住她的纤腰，将她扔给了跳上来支援的卫怀定，大声喊道："带她走。"

卫怀定一怔，看见他握剑的胳膊被云团抓住，身不由己地被拖进阵中。

"谢大哥！"虞灵犀大惊失色，立刻想挣扎出来，冲进阵中救谢图南："放开我！让我进去！"

卫怀定连忙紧紧地抓住虞灵犀的胳膊，对她说："你别进去分散他们的心神。三弟还在里面，加上大哥，胜算更多一分。你先走，我再想办法进去帮他们。"

虞灵犀这才不再挣扎，跟着他跳下来，对袁天师吼道："快破阵呀！里面有个疯子要血祭幽都与河洛两座城之人，从而成为天下至尊。你不是忠于大宁，忠于陛下吗？赶紧破阵去救河洛呀！"

袁天师知她一向天真无邪，不会说谎，又得玄微子看重，因而知晓其中内情，这才信了她的话。

这时，有两个木牛流马从大门进来，出现在他们面前。袁天师对卫怀定说："让金吾卫和南衙诸人都走，别在这里碍事。"

"是。"卫怀定立刻指挥站在旁边胆战心惊的金吾卫官兵、南衙捕快和那四个护着九歌的城主府卫士，让他们主动靠近木牛流马，不做抵抗地被它们束缚住，收进腹中。

他随手将虞灵犀也送过去，对她说："玄都山更需要你。我会留在这里，你放心。"

虞灵犀点点头，在这危急关头也不敢有什么儿女情长，只能乖乖地配合，进入木牛流马腹中。一只木牛流马已经满载，转身就走，另外一只未满载，还固执地要把卫怀定、袁天师等人装进

去，虞灵犀知道木牛流马的机关，主动操纵它离开，没给卫怀定
等人增添麻烦。

幽都城渐渐地变得空荡荡的，只剩下残垣断壁。头上不断有
大块大块的岩石落下，地面如蛛网般裂开，滚烫的岩浆在地下奔
腾咆哮，不时有火焰喷出，点燃散落的家具、被褥、衣裳。零星
的大火在黑暗中格外刺目，硫黄的气味越来越浓。

袁天师看着温不劫的消息，知道河洛虽然开启了护城屏障，
大地的震荡却越来越剧烈，已经有火焰从许多井口喷出，将房屋
点燃，街道不时有裂缝出现，百姓不小心便会掉进去。情况越来
越糟，他必须立刻采取行动。

他不再犹豫，对韦长生等人说："布天罡北斗阵，助我破阵。"

"是。"韦长生等北斗七子齐声应道，迅速站好七星方位，各
自把手贴上前面之人的后心。

玉玲珑死后，候补瑶光已经补上，这次不再是女子，而是北
司捕快吕华清。他当年被寇德容推荐，早就经过秘密训练成为候
补瑶光，没想到成为正式成员后的第一战就是如此大的场面。

北斗七子以阵法传递力量，将力量汇聚到一处，最后传给袁
天师，使他实力陡然倍增。他手上的法尺便有破禁之能，于是奋
力顶住归一大阵的反扑，立即开始破解禁制。

卫怀定想要入阵帮忙，却根本进不去，急得握紧长枪就想硬
冲。袁天师叫住他："你过来，我叫你往哪里刺，你就用尽全力刺
过去。"

"是。"卫怀定立刻走过去，全神贯注地等待号令。

这时，阵中心的石台已经被打出几道裂缝。顾浩然疯狂地进攻，阵中时而烈焰熊熊，时而洪水滔天，时而满地尖刺，时而煞气奔涌，时而冰天雪地，使谢图南伤上加伤，最后身上的法器全部被毁坏，自己也奄奄一息。

谢图南拼尽全力，总算为顾俟城争取了时间，让他终于成功施展了才领悟几分皮毛的"无双"神术，一瞬间实力暴增十倍。他抓过谢图南手中的重剑，朝着顾浩然冲过去，重剑挥出，如泰山压顶，雷霆万钧，让顾浩然招架不住，第一次向后退避。

顾俟城步步进逼，一只手握剑狂攻，另一只手甩出灵宝、法器，操控着它们自爆，将顾浩然炸得血肉横飞，怒吼连连。顾俟城合身扑上，劈开洪水，斩破火海，摧毁地刺，踏平冰雪，冲出煞气，招招俱是玉石俱焚，令顾浩然左支右绌，狼狈不堪。

袁天师在北斗七子和卫怀定的辅助下势如破竹，一步一步地进入阵中。他每进一步，顾浩然便被大阵的反噬之力伤得口喷鲜血，强大的气息渐渐地萎靡不振。

顾俟城趁机腾身而起，抱着重剑俯冲而下。顾浩然大袖一挥，在身前布下熊熊火海。顾俟城冲进火中，势若奔雷，将被火焰烤得滚烫的剑刃插进顾浩然的胸膛。顾浩然的双掌同时拍在顾俟城的胸口上，将他击飞，重剑随之被拔出，顾浩然胸口有血柱飞溅，只觉得浑身的力气都已消散，满心不甘地倒在地上。

听着越来越清晰响亮的龙吟声，顾浩然苦笑一声，忽然挣扎着站起来，扑进石雕浑天仪中，伸手用力扳动机关，只听轰的一声巨响，石台四分五裂，显露出下面的无尽深渊。顾浩然用尽最后一点力量，猛然跃起，抱住石雕浑天仪中心的"太阳"，胸口喷出的鲜血瞬间将那颗闪烁星光的圆球染红。石雕浑天仪忽然运转起来，带着顾浩然化作一道血光，冲天而起。他疯狂地哈哈大笑，融入血光中消失不见。

顾俟城"无双"神术的效力消失，立即遭到反噬，瘫在地上动弹不得。他的五脏六腑都被顾浩然重创，不停地吐血，神志昏迷。谢图南倒在不远处，浑身的血液已流掉一半，同样无法起身，只能奋力地抬起一只手，抓住顾俟城的手——既然是兄弟，要死一起死。

袁天师等人看着两个人随着碎裂的石台往深渊里坠落，却无能为力。

卫怀定悲恸欲绝，大叫道："大哥！三弟！"他奋力地想要冲上前去，却被法阵所阻。

阵眼消失，阵心破碎，但这只是解开了困龙大阵，献祭大阵仍在，河洛依然危殆。袁天师迅速冷静下来，继续破阵，同时叫道："卫大人，快点儿过来！你以为我们还能逃得出去？反正是死在一处，早死晚死又有什么关系？"

卫怀定一听便冷静下来，立刻过去，继续听他号令，暴力破坏法阵节点。

城主府周围正在逐渐崩塌，但有法阵维系，毁灭之力仍然在源源不断地涌向地动仪的八根龙柱。

与此同时，玄都山上，界门已经被关闭，大地轰鸣，云海沸腾，充满怨愤的龙吟声越来越响亮。云海下的深谷轰然塌陷，露出深达千丈的黑色天坑，被困七百七十七年的龙脉错过化龙升天的时机，此刻破禁而出，准备血洗河洛，祸乱天下，以泄心头之恨。

主持周天星斗大阵的玄微子心有所感，突然起身，走近浑天仪，全身灵力鼓荡，化为一团血雾。他代替虞灵犀做出牺牲，以身祭阵，纯净而强大的灵魂与浑天仪融为一体，借助浑天仪与周天星斗大阵，牵引满天星辰的磅礴伟力，为被困七百余年的龙脉洗去吞噬众多祭品后产生的血孽，助其化龙升天。

只见白日星现，众多星辰出现在湛蓝色的苍穹中，向玄都山投下晶莹的光辉。浑天仪汇聚满天星光，当中还夹杂着一丝丝功德金光，星辰之力犹如瀑布般流泻而下，注入深谷中的黑色天坑。

渐渐地，充满怨愤与杀意的龙啸声变成了悠长而清亮的龙吟声，一条五爪金龙自深渊缓缓地升起，飞出千丈深谷，跃出汹涌澎湃的云海，直上九霄。

皇宫中的皇帝跳起来，与众臣奔出大殿。摘星台里的术士们、河洛城中的百姓们、玄都山上的弟子与信众们、周围州府县乡的官兵平民们，全都在此时望向天际。

那条金龙张牙舞爪，摇头摆尾，耀眼闪亮，气势磅礴。它声音高亢地不断长啸，渐渐地冲破苍穹，冲向虚空，缓缓地消失在世人眼前，给这个世界留下了永久的传说。

随着金龙的腾飞，深处地下的地动仪也缓缓地升上来，被浑天仪牵引着到达云顶，稳稳地落下。阵法已破，地动仪已经自动合拢成原本的圆球状，外面环绕着八根铜柱，上面各盘着一条巨龙，龙嘴里都叼着一两个人。他们衣袍上血迹斑斑，都受了重伤，但依然活着。

脸色苍白的卫怀定紧紧地抱着虚弱无力的上官令，缩在青龙嘴里。劫后余生，两个人都是悲喜交加，十指紧扣，决定不再有所顾忌。

与此同时，一颗金色光点从深渊里飞出，划过天际，落入玄妙观中九歌的眉心魂窍，为她解开了体内的封印。那是曾经待在顾侯城魂窍中的溯洄镜。九歌坐起身来，泪落如雨。

天边洒下金色光点，那是天道馈赠的天地功德。它们落到每一个曾经为潜龙升天而做出努力的人的身上，也洒在地动仪和浑天仪上，自此两件神器合二为一，继续在玄都观镇压国运，护佑河洛。

虞灵犀得到四位长老和三位师兄弟的支持，成为玄都观观主。她发誓终身不嫁，此生都会守护浑天地动仪，守护天下苍生。

皇帝传旨天下，封玄都观为镇国神观，封玄微子为玄都大悲救世圣尊，封顾秋水为幽都大善普度圣王，在全国各地建二圣祠，由天下百姓供奉。

温不劫被封为摘星侯，袁天师获封定星侯，韦长生仍然担任北司典狱长，陈大庆升任南衙典狱长。

上官宴被封为靖襄侯，嫡子上官仲舒被封为世子。

卫怀定被封为忠义侯，继续保卫皇宫与河洛百姓。皇帝为他和上官令赐婚，上官宴没有像以前那些儿子被赐婚公主或女儿被赐婚皇子的门阀世家一样封还圣旨，而是接受了这门婚事。

顾侯城被追封为明光侯，由顾临渊袭爵。圣旨还没出宫门，顾临渊已经带着家眷儿女，陪着九章和九歌离去。他们打算看遍天下风光，然后找个和平安宁的地方隐居，过逍遥自在的生活。

尾
声

两年后，幽都的子民在朝廷的帮助下已经融入大宁。经过玄都观和太史局的宣传，昔日幽都城主顾秋水与其子顾俟城为百姓苍生所做出的牺牲也大白于天下。世人无不感念父子二人的大仁大义，对幽都百姓也不再歧视与排斥。

永安二十七年的那场浩劫随着时光的流逝渐渐无人提起，繁华的河洛城恢复了曾经的安宁昌盛，似乎从来没有经历过伤痛。

清明时节，细雨微斜。河洛南郊，除了祭奠先人的普通百姓，还有三三两两的人在曾经的幽都入口处，祭奠那个已经消失了的地下城池。

卫怀定与上官令在这里站了很久后才并肩离去。

这时，一直撑着伞站在远处的虞灵犀也转过身，缓缓地消失在烟雨中。季同、阮星辰、上官仲舒陪在她的身边，都已经成长得实力强大、沉稳可靠。好像有一个魁梧的身影从路边的桃花林中悄然浮现，看着虞灵犀的身影，露出欣慰的笑容。

在南方开满杏花的水乡，临水的小楼中有一个清丽的娘子，抱着一个粉雕玉琢的小儿，指着桌上画像里栩栩如生的顾俟城，柔声说："宝儿，阿爹，这是阿爹。"

小儿挥舞着胖嘟嘟的手，牙牙学语："阿……阿爹……阿大……"

一条银色的小鱼跃出水面，然后咕咚一声钻进水中，在碧绿的春水里游来游去。

小楼里响起欢乐的笑声，渐渐地飘散在温柔的春风里。